等一個人咖啡

九把刀・著
恩佐・封面繪圖

愛・九把刀01

「阿拓，我們都很想你。」

等一個人咖啡。

CONTENTS 目次

楔子

現在的我，
手裡的湯匙正胡亂攪拌著浮在咖啡上的奶暈，
金屬與馬克杯的瓷緣合奏出沒章法的敲擊聲。
叮叮叮噹，噹叮噹叮。
就好像我現在的心情，沒有節奏，
卻很想表達些什麼。

明明就像經年累月的拼圖遊戲，不管散落在地上的碎片有多少，持之以恆，總是能逐一撿拾回來，砌成原來完整的樣貌，總會到那一刻的。

然而我還是很激動。

因為我發現，記憶的拼圖不是死的。

記憶是逐漸累加，越來越多，越來越複雜，於是碎片一直拼湊不完。

一邊要努力回憶起舊的部分，一邊又要把握正漸漸成為我生命的那部分。

屬於他的拼圖，卻是我所看過最簡單，最沒有修飾，最直接了當的。

玩過拼圖的人都知道，複雜的圖形反而容易掌握，因為每一塊都那麼特異，很快就能知曉它應放置的座標。

但越是簡單的圖形，如蔚藍的天空、茵茵綠地，卻往往最難拼成。

因每一片都太樸直、單純，許久都不會明白上一塊跟下一塊之間的關係。

還有跟自己的聯繫。

我深深吸了一口氣。

補充氧氣、勇氣。

還有醇厚的咖啡香。

然後我要說一個故事。

一本書至少要有一個故事鑲在裡頭，如果想要暢銷，那個故事最好是關於愛情。

告訴人們什麼叫愛情、如何去愛、怎麼被愛，或是正經八百地定義什麼才叫真正的幸福、靠山會倒、靠人會老、幸福還是靠自己最好等……

但我不確定這個故事什麼時候開始。

如果你期待手中緊緊握著的，是一本愛情小說的話……

我不知道，但我並不惶恐。

或許直到這本書的最後一頁，故事才會開始，但那已經是一種奢求。

或許故事永遠不會發芽。

因為，沒有一個人能在事情的一開始，就意會到發生在自己身上的一切是什麼。至少我不能。

而我只有在真正了解自己之後，才能體會我所追尋的幸福長得什麼模樣。

但在知道曾將自己溫柔包圍住的東西後，我可能再也找不到那片拼圖了。

第一章 等一個人咖啡店

然而從另一個角度來看，
誰跟誰坐在一起，
其實早就在問題形成之前就已經註定好了不是嗎？
什麼事情都是這樣，
所有的答案都在問題形成前，
就已經清楚刻在每個人的腦海裡。

1.1

幸運的，故事的起點很有趣。

因為這個起點是個有趣的人，阿不思。

阿不思，是我生平認識的第一個拉子的綽號，取自哈利波特裡魔法學校的校長『阿不思鄧不利多』之名。至於她為何要自暴自棄、拿個垂垂老矣的白鬍子死老頭當作自己的綽號，她從來沒說，我也從來沒想過要問。

阿不思留了一頭帥氣到不行的短髮，是我在咖啡店的工作夥伴，也是早我半年進店打工的前輩，在這之前她在台中頂頂有名的歐舍待過很長一段時間。

阿不思她常常叫我小妹，卻不讓我叫她大姐，她說被叫大姐很噁心，叫她阿不思就可以了。

我們打工的這間咖啡店位於清華大學對面夜市巷子底，有個浪漫的名字，叫「等一個人」。因為實在太浪漫了，所以當時才剛剛升高三的我才會在暑假害羞地進了「等一個人」，遞上我幾乎空白、只有姓名跟電話號碼的履歷表。

身為前輩的阿不思有個特異功能，只要是咖啡，價目表上有的沒的，甚至是客人開玩笑信口胡謅的，阿不思都能神色自若地將咖啡調出來。

這點許多老客戶，鄰近清華大學、交通大學、光復中學的學生都再清楚不過，所以阿不思常常得面臨無聊人士的突擊考試。

記得上個月，晚上七點。

「小姐……我……我要一杯華山論劍之……黯然銷魂特調咖啡。」一個高中男生在櫃檯前囁嚅說道，臉上都是尷尬的斜線與汗水。

長沙發座位上五、六個顯然是同黨的高中生們哄然大笑、笑得前俯後仰，我也在阿不思的身旁笑岔了氣。

阿不思面不改色地看著這位大概是猜拳猜輸的高中生，慢慢開口：「要幾分熟？」

那位被推派出來搗亂的高中男生表情很震驚，一時不知該怎麼回答。

「華山論劍之黯然銷魂特調咖啡，你到底要幾分熟？要幾杯？」阿不思幾乎沒有表情，不愧是個冷面笑匠。

「我……我要五分熟，六杯謝謝。」高中男生汗流浹背不知如何是好。

後面的無聊同黨笑得更大聲了。

然而阿不思五分鐘後，便將六杯加了一大堆烤洋蔥的炭燒黑咖啡端到那群無聊高中牛的桌上，那群高中生呆呆地看著阿不思。

「是洋蔥，我加了洋蔥。」阿不思冷冷地說完、頭也不回地回到櫃檯，留下那六個高中生愣然的表情，然後又是一陣大爆笑。

然後是上上個禮拜日，下午兩點。

「小姐，我要一杯蘇門答臘麝香貓咖啡。」一個穿著深色西裝，抽著雪茄的肥肚子中年男子故意說道。

他是店裡出了名的無聊客人，每個月都要來亂點一次，我們都私下叫他「亂點王」。不過亂點王這次點的蘇門答臘麝香貓咖啡可是真有其物，而且所費不貲。

老闆娘曾跟我提過，那種咖啡豆是位於蘇門答臘特產的一種「活生生的」、叫做「麝香貓」的貓在吃掉某種特殊咖啡豆後所排的糞便烘製而成，因為這種貓體內的腺體分泌物含有特殊香氣，所以烘焙出的糞便有種濃郁的巧克力香，但麝香貓越來越稀有，因此牠們的糞便可是全年全球產量不到一百磅的珍品，在日本食糞饕客的炒作之下，一杯竟要賣九百塊以上。

這麼稀有，我們這種小店當然沒有管道訂到貨，也壓根沒想過去訂。

「嘖，那種咖啡好貴啊，先生要是想喝有濃濃巧克力香的咖啡，點熱可可咖啡或巧克力脆片拿鐵就可以了，在這冷冷的天氣裡也是一級棒的享受喔。」

我有些窘迫，趕緊笑容滿面地推薦一杯只要五十塊錢的熱可可咖啡、或七十元的巧克力脆片拿鐵。

年輕的店老闆娘自顧自坐在櫃檯前的位子上，恍若無事地翻著她的壹週刊，沒有幫我解圍的意思。

「叫你們家的阿不思出來，我要喝蘇門答臘麝香貓咖啡！」亂點王嘿嘿嘿怪笑，搖晃著手中的鈔票，說：「老子有的是錢。」

我看著自以為幽默的亂點王嘆息。

唉，誰都看得出來肚子贅了一圈肉的亂點王想泡阿不思，可惜他不曉得阿不思是個只喜歡女生的拉子，他一點機會都沒有。

於是阿不思拿著拖把出現了，冷冷地問明了亂點王要的奢侈品後，轉身走進廚房，捧了正在吃麵包的鎮店店貓「阿苦」出來，放在櫃檯上。

「蘇門答臘要大便的話，大概還要三十分鐘，加上烘焙也要三十分鐘，再加上沖泡十分鐘，總共是一小時又十分，你要等嗎？」阿不思指著店貓阿苦。

阿苦的嘴裡還咬著法國麵包，表情痴呆地抖抖屁股。

「阿不思妳少來這套，這隻貓我也認識，叫阿苦！」亂點王愣了一下。

阿不思捧著阿苦的肚子，望向坐在櫃檯看雜誌的老闆娘。

「唉，阿苦死了，這隻貓是我們新養的，叫蘇門答臘。」老闆娘頭也不抬，淡淡說完繼續看她的八卦雜誌，亂點王瞪大眼睛。

「蘇門答臘只是牠的名字，牠全名叫蘇門答臘・麝香。」我忍住笑意，一臉正經地說。

亂點王瞪著無辜被改了名字的阿苦，阿苦打了個臭臭的哈欠。

「一個小時又十分，等不等？」阿不思冷漠地看著亂點王。

最後，亂點王點了杯巧克力脆片拿鐵外帶，就恨恨地落荒而逃了。

我無法克制地在店裡哈哈大笑，但阿不思跟老闆娘則酷酷地繼續她們原本正在做的事，好像一切都沒發生過似的，真是搞笑界的最佳拍檔。

不過，阿苦就比較倒楣了，牠從此被改了名字，就叫蘇門答臘・麝香，簡稱蘇門答臘，好應付以後還有類似的胡鬧要求。

這個故事，就從這間有趣的「等一個人」咖啡店開始吧。

二〇〇〇年九月，那時我已在店裡試聘了一個暑假，進入高三下學期。

周杰倫剛剛發了他生平第一張專輯。

1.2

「阿不思妳好厲害，要是我就無法應付那些無聊男子的無聊要求。」

我練習用手工打奶泡，這樣的奶泡比較溫和順口。

「小妹，只要妳待的夠久，妳也能夠調出世界上所有存在跟不存在的咖啡。」阿不思清洗著上面畫著史努比的可愛瓷杯，事不關己地繼續說道：「至於能不能喝就不是妳的責任了，是那些無聊的人的事。」

「說的也是。」我又笑了起來，默背桌上英文課本裡的第一課單字。手裡的奶泡器繼續翻攪著。開學一個星期了，我還在調適一面晚上打工一面準備考大學這種「讓同學聽起來很帥氣」的高中女生生活。

目前為止我自認這樣的生活很有規劃、朝氣蓬勃，不像一般高中生放學後必須去補習班繼續上學時沒打完的瞌睡、傳還沒傳完的悄悄話紙條，或是去煙霧瀰漫的網咖跟虛擬世界裡的怪物搶奪霹靂無敵大寶劍或根本不能用的金幣等。

在香香的咖啡店打工，可以學到調煮咖啡的各種知識和品味，跟冷面笑匠阿不思共事，向深不可測的幽默年輕老闆娘學習她自己發明的人生哲學，這才是一個健康的高中女生的課後生涯。

偶而有同學來店裡捧場，我也可以穿著白色的圍裙，像個小公主端出自己沖調的咖啡跟淋上心形焦糖的熱鬆餅放在他們眼前，有種「看吧，我就是比你們還要獨立喔！」的虛榮感。

「對了，妳不去補習卻來這裡打工，妳家裡都不會罵嗎？」

阿不思將所有的杯子都清洗完畢，快十點半了，店也快打烊了。

「不會呀，雖然我爸反對，不過我已經跟我媽講好了，如果我的月考全校排名沒有退步的話，我就可以在這裡賺零用錢不必去無聊的補習班囉。補習班好無聊，去補習班還不是在那裡跟女生傳紙條，不然就是一些自以為很帥的臭男生想跟女生『做朋友』，真的是小說看太多。」我說，故意將「做朋友」加重語氣。

高中女生討厭男生，天經地義。唯有他例外。

「那妳回去以後，洗個澡，多讀一點書再睡覺吧。」阿不思。

「超酷的阿不思怎麼會比我自己還擔心學校功課？」我吐舌。

「我可不想過兩個月後，還要重新訓練新夥伴。」阿不思酷酷地笑道。

阿不思將最後一個瓷杯收拾好，看著牆上的鐘，十點二十五分。

還有五分鐘打烊。

但是今天一整天，老闆娘的「老闆娘每日分享」特調咖啡一杯都沒賣掉。

所以，老闆娘還在等一個人。

店裡已沒有客人，老闆娘獨自坐在柚木小圓桌旁，赤著腳盤坐在白色的絨布沙發椅上看書。

小圓桌上，只有兩只乾淨的空咖啡杯。

「還有五分鐘。」阿不思將白色圍裙脫掉摺好，點了枝菸。

只有在快下班、店裡沒客人的時候，阿不思才會抽上一根菸。

她總是若有所思等鐵門拉下，然後去找她還在唸大學的女友吃宵夜。

「他一定會來的。」我說，趴在櫃檯上喝著剛剛打好的奶泡。

老闆娘抬頭，看著我笑笑。她也知道的。

那個人不管白天工作多麼忙碌，晚上如何狂風暴雨，就算新竹突然刮起龍捲風、下雪、落下冰雹，他也會盡一切可能趕到，喝她親手調製的、一天只與一個人分享的、口味永遠不確定的單品咖啡。然後與她聊聊。

雖然那個人從未出現過。

因為，老闆娘的故事，同樣尚未開始。

1.3

「那幾片乳酪蛋糕，你們誰把它帶回家吃吧，不然太可惜了。」

老闆娘指著透明櫃檯裡賣剩的小蛋糕，常有的事。

「我減肥。」阿不思舉手，將菸熄掉，轉身準備將鐵門拉下。

所以我就高高興興將新鮮的乳酪蛋糕用紙盒裝好，打算帶回去讓累了一天的老爸老媽當宵夜，他們一定會很開心恰恰好生了個懂事的女兒恰恰好在咖啡店裡打工。

回家時，我騎著單車，停在對面就是清華大學的紅綠燈前。

清大夜市前的紅綠燈很有名，因為這些大學生、研究生，甚至教授與講師，都把高高懸在光復路上的天橋當作空氣，將交通警察的指揮跟哨子嗶嗶聲當作闖紅燈的參考，個個見縫插針跑過車水馬龍的大街。

我懷疑我上了大學後，是不是也會將交通安全守則忘得一乾二淨。

話又說回來，每天上班下班，都看著那些勇敢的大學生奮不顧身闖越馬路，他們嘻笑的樣子是在補習班那種兢業的荒謬氛圍裡難以一見的。

上大學是個近乎魔法的生命過程，會讓死氣沉沉的高中生脫胎換骨。像我這樣的陽光女孩有權利決定要不要穿裙子上學，男生也不再只是會打籃球跟打電動。隔了一條街，還有三百三十一天，然後前方就是大學生活。

我很嚮往，甚至有些迫不及待。

因此，雖然我幾乎每天都會往咖啡店報到、提早學習獨立與體驗人生，但我每天總是溫書、做參考書上的練習題到兩點多才睡覺。

四個多鐘頭後，六點五十起床，睡眼惺忪地晃到竹女參加數不盡的晨間小考，遊魂一樣寫完考卷。不過我的成績跟隔了一條街又三百三十一天的大學，顯然還有一段尚待努力的距離。

綠燈了。

我一邊在腦海裡練習英文作文，今晚的題目是「If I were a president」，於是我胡亂想著我要如何改造台灣，一邊往家的方向騎車前進。

腳踏車在坑坑洞洞的馬路上登登登搖晃，我小心翼翼保持平衡，免得掛在把手上塑膠袋裡的幾片乳酪蛋糕摔在地上。

又稱「風城」的新竹，入夜，風格外的大。

光復路部分路段是些微下坡，夜風迎面而來，我的雙腳居然有些吃力，幾乎要倒退騎了，原本充滿英文成語的大腦漸漸無法思考，索性哼起張學友的〈想和你去吹吹風〉應景應景。

我奮力踩著踏板，老舊的腳踏車爬過一個又一個的路口，回到位於市中心圓環旁的家裡時已經十一點，我也香汗淋漓。

我想過不久我就會鍛鍊出一雙堅忍不拔的蘿蔔腿。

撐開拉到一半的鐵門，家裡的空氣一直飄著淡淡的檀香。

小客廳的電視上演著亂七八糟的叩應節目，爸媽那年紀最喜歡看的政治肥皂劇。

「爸，老闆娘今天又請客喔！」我將蛋糕放在桌上。

「哇，這很貴吧？」老爸掀開紙盒說道。

「對呀，賺到了。」我揹著書包蹦蹦跳跳上樓。

「哥在洗澡！妳先去念書，他洗完會去叫妳！」爸在樓梯口大聲說道。

爸爸一輩子都在開車。

年輕時開過怪手、起重機、推土機，後來結婚後存了點錢，就買了台裕隆牌小速利開起計程車來；生下我之後幾年，那台小速利被超速的卡車撞出一個大凹洞，逃過一命的老爸索性賣掉幾乎報廢的計程車跑去開一路跟二路公車。

「好像沒聽說過開公車會被撞死的。」他這麼解釋，一開又是好幾年。

「哥很煩耶，那麼晚了才洗！」我經過浴室外面時故意大聲喊道。

我討厭念書的時候全身臭摸摸的，會讓我精神無法集中。

浴室的門微微打開，縫裡露出一顆溼答答的大腦袋

「臭死了！什麼東西擋在門口那麼臭啊？！」然後又縮了進去。

我真想一腳朝這顆大腦袋踢下去。

我只有一個哥哥，沒有姐姐妹妹或弟弟。

聽說當哥哥都很會照顧妹妹、保護妹妹，但這只是不切實際的謠傳。

我家的這位二十歲笨蛋男生只會欺負我，跟我搶浴室、爭馬桶、趁我在洗澡時在門外發出尖尖細細又牽絲的聲音裝鬼嚇我，甚至跟我瓜分一半的房間長達十七年。

這個心智年齡不夠二十歲資格的男生叫做李豐名，目前正在中華大學念建築系大三，立志將來要當建築師。但他的可愛小妹我估計以他用功的程度、扣掉排在他書櫃上的漫畫長度、然後再乘上他貧弱的智商，這位叫李豐名的志氣青年多半只能當個苦力工頭之類的。

1.4

將書包掛在衣架上，拿出數學參考書一題題按部就班解決排列組合問題。

我的數學在班上可說是數一數二的高手，但還沒洗澡的我有些難以集中精神，加上許多排列組合的題目個個充滿可惡的陷阱跟不明確的題意，十分鐘內連錯了五題。

「真怪耶，什麼七個女生八個男生坐在一個圓桌上吃年夜飯，但瑪麗跟約翰兩個人彼此在生氣所以不能坐在一起，而彼得跟湯姆兩人感情很好一定要坐在一塊，請問這十五個人有幾種坐法？」我拄著下巴有些不甘願。

這種問題真的很怪，不知是哪個沒社會知識的數學家惡作劇發明的。

既然瑪麗跟約翰彼此生厭不坐在一起、彼得跟湯姆非坐在一起不可，那麼其他十一個人難道誰跟誰坐就會都沒關係嗎？

就算某甲不討厭某乙，不見得某甲就願意坐在某乙身旁，也或許某甲心底偷偷喜歡著某丙，所以盡其所能要坐到某丙身邊啊！

更可能的是，十五個人圍成圓桌坐在一塊吃東西，或許大家都是貪吃鬼，都以想辦法坐在離自己最喜歡的菜最近的位置為優先考量，所以題目應該詳加規定菜色的內容跟個人的喜好供解題者參考才是，不然一味瞎猜也不是辦法。

不管多少個人圍成一個圓桌，不論是吃東西或是純聊天，都有一定的規則跟潛藏的人際關係埋在底下，所以問題的答案其實限制重重，純解題實在窮極無聊。

然而從另一個角度來看，誰跟誰坐在一起，其實早就在問題形成之前就已經註定好了不是嗎？什麼事情都是這樣，所有的答案都在問題形成前，就已經清楚刻在每個人的腦海裡。

「所以，這種問題實在非常無聊，對人生一點加分的能力都沒有。」

但我清楚我繼續抱持這種「務實」的想法的話，我沒有一題能解得出來，於是認分地翻開下一頁，嘗試解出下一個沒有社會常識的題目。

然後哥哥頭頂著浴巾開門進來。

「臭死人了快去洗澡。」哥一屁股坐在床上，拿起吹風機嗡嗡吹頭髮。

「等一下我解完這一題再去。」我咬著筆桿，鉛筆的橡皮擦被我咬歪了。

身為班上數學神童的我可不能倒在排列組合的狙擊下。

我家很小，於是我跟哥哥從小就擠在一個房間，本來以為哥哥上大學後我就可以擁有一間完全屬於自己的小天地。

不料哥哥考上了同樣位於新竹的中華大學，為了省錢跟欺負我，哥哥沒有搬出去租屋，還是一如往常窩在家裡，將他沒有藥救的幼稚繼續傳染給我。

現在我那笨蛋哥哥正赤著上身打哈欠，拿著吹風機用熱氣嗡嗡嗡攻擊我的後腦。

「你真的很無聊耶，難怪交不到女朋友。」我的頭髮被吹得亂七八糟。

「呵呵，交不到女朋友還輪不到我。」哥哥笑得很白痴。

「是嗎？怎麼有人大學念了兩年，結果交不到半個女朋友？」我吐槽。

雖然我知道哥哥忙打工跟瘋社團，沒機會認識瞎眼兼沒品味的女生。

「親愛的小妹，如果我真的要追女生，唉，什麼系花校花哪朵花不讓我手到擒來？只是配得上我的女孩還沒出現，現在身邊的笨女生都跟妳一樣不夠亮眼，叫哥哥我怎麼追得下手？」哥哥自戀地說。

「我拭目以待。」我說，將頭髮撥正，繼續解著「雞兔同籠」的生態危機問題。

哥哥沾了一點髮膠抹在頭上，然後將頭髮搓成一個難看到連雞都想逃跑的雞窩，站在半身鏡前自以為是的怪笑。

看來大學不只製造出一張張笑臉，還製造出無懈可擊的笨蛋。

「說到交不到女朋友，嘿嘿，我今天在社團活動時聽到一個超好笑的真人真事，說給妳聽。」哥對著鏡子說。每天晚上哥都會說一兩件上學的新鮮事。

「有一種東西，叫做數學，數學需要專心致志。」我正經地說。

其實我對哥哥口中任何有關大學的事都很有興趣，好像身入其境，提早念了嚮往的大學似的。

「那個清大，妳知道吧？」哥哥將吹風機的電線纏起來，躺在床上，

「知道啊，我就在清大夜市裡打工，你要白痴啊？」我說，心不在焉看著題目裡抽象又沒有虛假的雞跟兔。

「呵，今天我們一票人去清大，跟他們的溜冰社討論分配期中教學的學校。」哥說，踢著吊在床頭上的直排輪溜冰鞋。

「什麼是期中教學？」我轉頭。

「就是去國中啊高中啊推廣直排輪，哎，還不是要拍照片當作社團活動紀錄，一年一度的社團評鑑時就可以當資料啊，方便申請經費咩豬頭。」哥的鼻子噴氣。

「繼續說。」我轉著筆。

「我們去他們的溜冰練習場一邊吃滷味一邊聊啊，本來很正經的，但他馬的竟然讓我遇到一個倒霉界的奇才，他叫什麼我已經忘記了，好像叫阿土？又好像叫阿杜？」哥哥陷入自言自語。

「不管他叫什麼，他到底做了什麼事啊？」我提醒哥好好把話說完。

「哦，妳算數學不專心！」哥好像戳破我的大祕密，不知在得意什麼。

「你真的很幼稚耶死大學生，請把那位倒霉界奇葩的豐功偉業講給我聽，不要故意吊我胃口，謝謝。」我偷看參考書上的解答，將解題方法默背下來。

「就叫他阿土吧，阿土他是清大溜冰社的，大三了，但以前沒看過他，今天他們大三的社長在介

紹他們社員給我們認識時，場面超爆笑，害我真的把一顆滷蛋從嘴裡噴了出來。」哥哥的大腳輕輕踢著直排輪，一本正經模仿清大溜冰社社長的語氣，拍拍身旁的空氣，說：「這位是我們的新社員，叫阿土，他最大的特色就是……他交往一年半的女友在去年這個時候，被一個女同性戀給追走了！至今單身，萬年誠徵女友中！」然後不斷拍手誇張地大笑，缺氧到臉都紅了。

我聽了也覺得挺好笑。

一個堂堂男子漢被這樣介紹，這位叫阿土的可憐蟲大概顏面掃地了。

「然後我們就你一言我一句，問他是不是那裡翹不起來啊、還是小時候那裡被保齡球K到歪掉啊、還有人提供猛打第四台廣告專治舉而不堅堅而不久的建華中醫診所的電話給他，要他好好把那裡舉起來，真的是超級爆笑！」哥哥好不容易停止住笑，說：「不過阿土先生只是搔搔頭不知如何是好，一點都不生氣，好像對這種場面已經免疫了，哈哈，真的是很有肚量的一個笨蛋啊！」

「說不定清大的社長只是開個玩笑吧？就算是真的，那個被拉子追走的女生也許是個女同性戀，只是她本來不知道而已吧？」我忍不住說，哥猛搖頭。

「Oh, No! 我可不這麼認為，後來一個清大的醜女私下告訴我，說阿土是她念核子工程系的同班同學，阿土的糗事她可是一清二楚，阿土那個女友可是從他高三就開始交往了，後來阿土念很拗口的清大工程與系統科學系，女的念交大管科，兩個學校根本就黏在一起，所以感情交往也應該理所當然的很順利啊，哈！妙就妙在這點，那個女生居然在上大學後被一個女同性戀給追走，害得那個阿土被這個大笑話給詛咒，每次出去聯誼、別人介紹他時，這個大笑話就會被重新翻出來提一次，提到阿土顏面神經都痲痹了！哈哈哈哈哈哈哈！」哥又開始大笑。

我也笑了，雖然女朋友被拉子橫刀奪愛的阿土先生，實在是個不折不扣的喪氣蛋，應該掬一把同情淚而不是捧著肚子大笑。

有個廣告說，能吻的時候就不要說話。我想，能笑的時候還是不要哭吧。

「阿土先生才大三吧，好可憐，我想他還要被笑兩年？」我痴痴發笑。

「不只不只，不管阿土再怎麼努力改變形象，大學必修三學分：課業、社團、愛情，阿土他在愛情這項已註定拿零分了。」哥哥又開始大笑了。

「為什麼？」我不懂。

「阿土不只丟盡了臉，那個醜女還說，阿土的男子氣概已經被這個大笑話給剝奪光光囉，妳想想，女友被女同性戀搶走，那代表阿土在命根子的表現上實在是很不MAN啊！所以阿土的自信也是一路下滑，長期跌停板跌到破底！」

哥哥打開床頭燈，隨手抽了一本漫畫，打開。

也沒錯，一個沒有自信的男生是沒辦法對喜歡的女生展開行動的。

況且也沒有女生會喜歡沒有自信的男生，那就像收留無家可歸兼愛流鼻涕的無助小弟弟。

「我只能說大學裡什麼人、什麼故事都有啊。」我說，將參考書闔上。

阿土先生，替你默哀一分鐘。

第二章 那一個人，澤于

但這輩子能有多少次心跳加速、
話都快說不出來的時刻？
我沒談過戀愛，但我知道，
一個對愛情有信仰的人，
應該珍惜每一次心動的時刻，
然後勇敢追尋下一次、
再下一次、
然後再下一次。

2.1

然後故事的鏡頭回到咖啡店。

或許是因為店名實在很浪漫的關係，所以容易吸引到個性浪漫、或容易讓人產生浪漫聯想的人。

如果亂點王跟那群愛嬉鬧的高中生不算的話。

我喜歡的人就坐在距離我不到五步的地方。

等一個人咖啡店，晚上八點半，紫色的小木桌上，兩杯他點的拿鐵。

一杯給他自己，一杯給他女友。

他的名字叫澤于。

楊澤于。

「所以我這個週末要去高雄租稅盃，實在沒辦法陪妳參加同學會，妳也知道我去年差一點點就是最佳辯士了，今年的題目很有意思，我又是社長必須帶隊……」澤于慢條斯理地說。

「所以呢？」他女友。

他的女友兼我的情敵，卻一副不能諒解的神情，咖啡一口都沒喝。

我假裝在附近擦玻璃，其實是在偷聽他們的談話。

在二十六次的偷聽過程中，我也認識了澤于。

澤于是交大資科系三年級、辯論社的社長。

他什麼都大大的，除了那副扁扁、鏡片偏灰的眼鏡。

眼睛大大，手掌大大，穿著大大的十二號鞋子，身材大大、大到一百八十二公分，我踮起腳尖正好將頭放在他暖和的胸口，多麼的天生一對。

澤于偶而會到店裡翻商業雜誌消磨時光，或捧著他的筆記型電腦打報告。

他一個人的時候喜歡坐在固定的角落，看固定的幾本雜誌，點固定的肯亞咖啡。

只有在與他女友一起來時，澤于才會點她最愛的拿鐵，大大的貼心。

每次他來的時候，我都無法掩飾我的魂不守舍，以及嘴角的歡愉，一整個晚上的心情都會很好很好。

雖然我只跟他說過一次話。

「真的很抱歉。」他連大大的眼睛都在委曲求全。

「我不管，你上個月就答應我要一起參加我的高中同學會，怎麼可以不守信用？」他女友噘著嘴。

哼，要是我就會讓他去。

辯論賽可是聰明絕頂人種的集散地啊，怎麼可以攔著才懷洋溢的他？

「抱歉，都是我不好，比賽後我一定會好好補償妳的，妳瞧，我一個辯論社社長都說不過妳，輸得啞口無言，只有不停道歉的份……」澤于一直說。

野蠻女友終於有點像樣的笑容。

唉，吵個架該有多好，雖然只是個高三生的我也不敢期待什麼。

反覆擦著玻璃，看著玻璃上澤于的映影，我想起第一天看見澤于的情景。

跟所有浪漫小說的開頭一樣，那天，大雨天。

我第一天上班。

2.2

叮咚──

一個高大身影站在門口，不慌不忙收著傘，即使他的褲管跟鞋子都已經溼透了。

「啊，好像金城武！」我心中暗道，觀察著我第一個顧客。

他走了過來，鞋子因為溼掉發出吱吱聲響，略微方形的臉龐加上碰到鼻頭的瀏海，像極了金城武。靠在櫃檯上，與我之間只有一個吻的距離。

「小姐，來一杯肯亞。」他愣了一下然後微笑，就像熟客發現新店員那樣的笑。

「肯亞？」我用求救的眼神看著老闆娘。

當時我還不知道肯亞居然是一種咖啡名，而不是非洲的不毛之地。但阿不思三分鐘前出去銀行辦事，這下可麻煩了。

「之前的小姐剛出去，可能要等一會。」老闆娘慵懶地坐在櫃檯前看書。

「那在肯亞之前，隨便給我一杯熱的東西吧。」他點點頭，改口。

他坐在身邊有個大玻璃的角落，不久從背包裡拿出當時還很稀有的筆記型電腦。

「老闆娘，我什麼都不會耶，妳教教我吧？」我細聲問老闆娘。

老闆娘伸手，在我的耳朵上輕輕彈了一下。

「隨便給他一杯熱的東西就好啦，他剛剛不是說了嗎？」

老闆娘似笑非笑，她一定沒看見我臉上的七條斜線。

於是我只好偷偷在櫃檯後面，將一些名稱不明的咖啡豆丟進磨豆機裡胡亂攪一攪，直接沖熱水後再用湯匙攪一攪，小心翼翼捧著味道很香但顏色不對的咖啡，走到他的身邊。

他看著我將熱咖啡放在他面前，嘴巴微微打開。

「妳……妳忘記過濾了吧？」他笑得很可愛，但這一笑我可窘斃了。

咖啡渣渣有的悲傷地沉在馬克杯底，有的哀怨地浮在咖啡上。

「對不起對不起，今天是我第一次上班，什麼都還沒學會，所以……」

我的耳根子在發燙，真想坐時光機回到一分鐘前。

「沒關係，但是……可不可以給我一杯熱水或熱茶就好？」

他看著發出沉重怨念的咖啡笑道。

我當然趕緊點頭，匆匆將亂七八糟的怪東西捧回櫃檯倒掉，熱了杯白開水給他。

老闆娘偷偷在笑，真是的。

半小時後救星阿不思終於回來了，他的桌上也終於有杯像樣的肯亞。

散發濃烈香氣的肯亞。

我也莫名其妙的在短短的交談中，喜歡上跟肯亞一樣濃烈芬芳的他。

2.3

玻璃實在被我反覆擦到就像根本不存在那樣完美，我只好開始拖地。

「如果我拿到最佳辯士，我一定在致詞時好好感謝妳囉。」

他捧起拿鐵，就像捧著女友的手那般體貼細緻，喝著。

「這算什麼好好補償啊？我要你寫三十封可愛的道歉信一一寄給我的同學，解釋你為什麼不能來參加我的同學會。」他女友裝可愛嗔道。

但其實一點都不可愛，這種要求就像辛丑合約一樣糟糕，根本就是想炫耀她有個體貼到家的男友。所以澤于皺起了眉頭。

「拒絕她吧，告訴她這樣很不成熟。」

我心想，用拖把輕輕碰了澤于的鞋子一下，當作是精神上的鼓勵。

「好，但得等我比賽完了才有時間。」澤于歪著頭想了想，終於開口。

「怎麼可以，道歉信當然要在同學會之前就寄給我的同學啊！你不知道事後道歉一點誠意也沒有嗎？」他女友堅決地搖搖頭。

我一邊拖地一邊快氣炸了，怎麼會有這種野蠻女友？

真是鳳凰叼著喇叭花。

「那好吧，把妳高中同學住址寫在紙上明天拿給我，我後天就去寄。」

澤于苦笑，笑得很有紳士風度。

我快昏倒。

他們倆後來聊到一年後準備研究所考試的事情，我就沒興趣聽了，在櫃檯後心煩意亂背世界地理。

不久，澤于的野蠻女友先走，只見澤于鬆了一口氣，拿出他那台肥大的筆記型電腦放在小圓桌上，開始打字。

我終於忍不住了。

我沖了杯肯亞咖啡（這是我沖的最好的咖啡），深呼吸看了看老闆娘。

老闆娘正迷上做薑餅屋，只是用眼神示意隨便我怎麼做。

阿不思打了個哈欠，推推紅色膠框眼鏡，她也沒意見。

於是我捧著肯亞咖啡，走到澤于的身邊，有些慌張地坐了下來。

「請你喝的。」我說，小心翼翼將肯亞咖啡推到澤于面前。

「妳知道我喜歡喝肯亞？」澤于有些驚訝，但隨即點頭稱謝。

「當然知道，因為你自己一個人來的時候，只會點一杯肯亞，最多再一塊小蛋糕，不記得也記得了。」我盡量笑得溫柔婉約。

澤于拿起馬克杯，笑笑喝著我親手調製的肯亞。

「妳真是個觀察敏銳的人。」

「這應該是誇獎，還是在笑我？」我笑。

「當作聊天的起頭，彼此認識的起點吧。」澤于笑得很從容。

他真是個善於溝通的人，不愧是辯論社的社長。

「那敏銳的妳，知道我為什麼每次都要坐在角落嗎？」

澤于拋出一個簡單的問題。

我指著地上他筆記型電腦的變壓器，笑笑。澤于也笑了。

有時澤于會在店裡待上兩三個小時，手指像彈鋼琴般在鍵盤上飛舞。

他坐在角落，是因為角落的位置底下有個插座可以無限制供電，讓他指舞不停。

「妳果然很敏銳。」澤于讚許。

「不，你的問題不需要敏銳的人才能解得出。」我搖頭。

「喔？」澤于。

「只要留一點心就會注意到啊。」

「原來如此，妳很留心我？」澤于笑。

我的臉大概紅了起來，我從手掌的溫度就可以知道。

「真失禮。」我突然變得很有家教。

「對方辯友，我看不出妳有任何失禮的地方呢。」他正經八百地說：「在這個充滿商業邏輯的社會裡，在一家咖啡店能不被當作一個陌生的消費者，其實是一件很令人愉快的事。」

「我想我懂你的意思。」我想起了法蘭克福批判學派的大師馬庫色寫的《單向度的人》，那是我們三民主義課的課外讀物。

「所以該輪我請妳一杯咖啡？茶？還是熱白開水？」他笑，笑得很認真。

「那天真的很抱歉，我剛剛上班什麼都還不會，只能讓你喝沒有味道的熱開水。」我吐吐舌頭：「別那麼記恨啊。」

「我才沒有記恨，開水也有口味，熱就是它的味道。」他道謝：「所以我一定要請妳喝杯東西。」

「哪有客人在店裡請店員喝東西的道理。」我說，這實在有點無厘頭。

於是他也不堅持只是看著我。雖然沒有再多說話，但我卻不覺得尷尬。

「然後呢？」澤于突然笑了出來。

「啊？」我迷惘。

「怎麼會想請我這杯咖啡？」他笑道。

「你不問，我還真的忘了。」我震驚自己的健忘。

「所以我收回我的話，妳不是個敏銳的人吶。」他喝了一口咖啡。

「的確不是。」我承認。

「所以然後呢？」他重複。

「對喔。」我再度震驚，於是我站了起來。

「對不起，其實我不該多管閒事，但我實在不明白你的修養怎麼會這麼好，可以容忍這樣的女朋友？她的要求真是太不體貼了。」

我雙手合十，歉然道：「我只是好奇，沒別的意思。」

「妳偷聽我們的對話？」澤于眉毛往上揚起，明知故問。

我吐吐舌頭，希望這個表情很可愛，我可是練了很久。

「其實我也不算忍受，我只是懂得稍做變通而已。」澤于賊賊地笑道。

他將筆記型電腦轉過來讓我看，螢幕上面是幾行對不起很抱歉去參加無聊的辯論賽但其實內心絞痛不已難捨萬分之類的話。

原來澤于打算用電腦寫一封信，然後用筆填上不同的名字寄出去就是了。

「你好奸詐啊。」我說，這倒不失一個好方法。

「也不是，只是跟小慧在一起一年多，應變之道被訓練得很出色了。」

澤于敲敲自己的腦袋將筆記型電腦轉回去，苦笑：「不過我想我最後還是會被罵得很慘，這只是暫時矇混過去而已，不過可以清靜幾天，對我來說已經達到目的。」

我點點頭，他女友知道他不是親筆寫道歉信後一定會大發雷霆。

「謝謝妳的咖啡，我實在受不了拿鐵太濃的奶味。」澤于喝了口咖啡。

「那我以後幫你那杯拿鐵的牛奶放少一點。」我說，笑笑站了起來。

轉身就要回到櫃檯後。

「等等。」

澤于的聲音突然有些靦腆。

我回過頭。手裡的餐盤有些顫抖。

「我想記得請我一杯咖啡的女孩名字，以後才不用稱呼她小姐。」

澤于的眼睛很細很細。

只有當他很高興的時候，他大大的眼睛才會瞇成一條線。

「那個小姐叫思螢，思念的思，螢火蟲的螢。」

我緊張地說。

甚至緊張到忘記笑容。

這是我們第二次對話，雖然愛情還沒開始。

也許以後也不會開始。

但如何沖泡一杯絕好的肯亞咖啡，我永遠不會忘記。

2.4

「別發春了。」

自習課，後面的小青拍拍我的腦袋，傳來一張紙條。

小青是我最好的朋友。

不過我們跟傳統女校裡好朋友不一樣的是，小青跟我個性都很獨立。

我們上廁所時既不習慣結伴，走路時也不喜歡手勾著手，就連放學也常常各走各的，因為我們都在不同的地方打工。我在咖啡店，小青假冒年齡在金石堂當櫃檯。

光是這一點就足以證明我們都嚮往成長。

「小青，妳說我有沒有機會跟澤于在一起？」我回頭看著小青，傻笑。

「才第二節課，妳就開始做白日夢了，妳還記得下午要考古文觀止跟中國文化基本教材嗎？」小青一副受不了的樣子。

我依舊傻笑，雖然小青說得一點都沒有錯，但只有跟我說過兩次話的澤于依舊盤據在我的腦海中，將課本上的文言文攪得一團亂，變成一隻隻的蝌蚪。

「不行，這樣下去我只能考上私立大學，我要好好用功，一定要考上交大，這樣才能夠當澤于的學妹。」我自言自語拿起綠油精狠狠一吸精神一振。

機會是留給準備好的人。

「話又說回來，思螢，交大可是理科學校耶，妳知道念社會組可以考哪些科系嗎？」小青用筆刺我的背，提醒我。

我想了想，對喔，我從來沒想過這個問題，也許我的潛意識裡覺得這輩子開咖啡店很不錯了，但一直沒想到大學裡沒有咖啡系這件事。

小青從抽屜裡翻出一本厚厚的學校科系簡介，是上個禮拜補習班到學校裡發的，我也跟著從抽屜翻出那本簡介，兩個人交頭接耳研究了起來。

「清大的文組科系比較多耶，有經濟系、中文系、外文系……」小青看著簡介。

「拒絕，我要念交大。」我直言不諱。

尤其是交大的男女比例是七比一，女生可是相當寶貝的稀有存在，一不小心就會變成系花，這對模樣平凡的我倒是個出線的好機會。

「交大只有兩個系是社會組，管理科學跟外文，看來妳的選擇不多。」

小青的指尖順著交大的科系介紹游動，抬起頭來：「外文在讀什麼我知道，但管理科學是在念什麼啊？要算很多數學？用到很多電腦？」

我對英文並不排斥，但要我一鼓作氣念它四年我就沒太大興趣了。

而管理科學四個字既好理解又很難意會，看來需要好好調查一下，好堅定志向。

然而這四個字好像有些熟悉？

我陷入沉思，在腦海裡尋找我到底是在哪聽過管理科學這四個字的。

小青則往前翻讀，停在台大跟政大的章節。

跟大部分的高中生一樣，小青想在大學階段離開家到外地求學，體驗離鄉背井的生活，所以清大、交大、竹師、中華都不在她的考慮範圍內。

我本來也有這樣的念頭，但這輩子能有多少次心跳加速、話都快說不出來的時刻？我沒談過戀愛，但我知道，一個對愛情有信仰的人，應該珍惜每一次心動的時刻，然後勇敢追尋下一次、再下一次、然後再下一次。

澤于。

澤于就是我追求的愛情。

要不然，我不會走進他常常邂逅的「等一個人」。

要不然，他不會早在我之前，就邂逅了「等一個人」裡的肯亞。

我們從各自的生命出發，註定要會合在某處。某處也許就是在這裡。

所以，我要留在新竹，留在我們相遇的咖啡店，想辦法考進交大。

要不然我永遠都不會知道答案。

「喂，妳又發呆了！」小青用立可白敲我的頭。

敲醒了我粉紅色的白日夢。

第三章 那一個人，阿拓

阿拓的臉上浮出一點笑容。
那一點點笑容彷彿烏雲密佈的天空，
靜靜綻露出一道澄澄的藍光。

3.1

午睡過後，下午第一節是兩班合上的體育課。

竹女的優良傳統，不管聯考壓力有多大，高三的體育課照上。

今天有些特別，肚子肥肥、長得像賣魯肉飯的鬍鬚張的體育老師，鐘響後就將我們兩班集合在操場邊點名，大家不知所以然蹲著。

小青甚至帶了英文單字冊出來偷背，我則在腦中開始了題目為「Time and Money」的即時英文作文。

「等一下清大直排輪社會來我們學校教學表演，大家要鼓掌歡迎，要有禮貌，展現我們新竹女中的泱泱風範，知道嗎？咳！」體育老師邊猛咳嗽邊說著。

他大概是我看過最虛弱的體育老師，夏天上課必撐著小洋傘遮太陽，冬天則將自己裹成一顆肥滋滋的大粽子，不管上啥球類都由可憐的體育股長示範。

他會的拿手好戲只有點名。

「妳哥不也是直排輪社的？」小青用手肘推我。

「我哥是中華的。」我點頭又搖頭。

這時候校門口外一陣摩托車的引擎聲。

一群略帶靦腆的大男生拿著校外活動證明通過門口守衛，朝這走來。

他們每個人都揹著一個大袋子，浩浩蕩蕩的一行人裡只有兩個女生。

班長喊著「歡迎光臨！」我們一起拍手。

一個頂著黑人頭鬈髮的大男生領著所有社員向我們揮手打招呼，我發現小青在笑，我研判是在恥笑他奇怪又誇張的頭髮。

「各位同學好，我是清大直排輪社的社長，今天很高興到全新竹最優秀的女子中學來示範直排輪運動，大家都叫我阿爆，就跟我的頭髮一樣，哈哈！」

社長先生乾笑，真是冷死人不償命。

接著阿爆先生指揮社員從護具的正確穿戴開始教起，他們從大背袋裡拿出處處磨損的直排輪鞋跟護具，並約略比較各家的品牌，但小青跟我只想看他們玩花式表演。

而此時，我的腦子裡好像有個東西一直想浮出來，卻遲遲不見蹤影。

「妳怎麼了？生理期還有一個禮拜不是？」小青輕推了我一下。

「不知道，我好像有件很好笑的事一直想不起來。」我說。

那些清大學生在講解如何保持平衡，由一個一個頭髮略長、沒有戴眼鏡的男生示範沒有保持平衡的後果，故意搞笑似地跌倒，班上幾個女生笑了出來。

然後社長阿爆也在笑。

「這位表演摔跤的社員的人生，正好就是一連串的摔倒。他可是我們清大的傳奇人物。」阿爆說，幾個示範的社員開始竊笑，班上的同學好奇地聽著。

那位示範摔倒的男生尷尬地站著，摘下塑膠頭盔表情有些不知所措。

我的眼睛卻逐漸睜大，原來……

社長阿爆繼續笑著介紹那位尷尬的男生：「這位社員叫阿拓，木村拓哉的拓，不過阿拓比木村拓哉還要厲害，阿拓在高中有個女朋友，交往了一年半後，他的女朋友居然被一個女同性戀給追走了，阿拓大受打擊，從此喪失了男性雄風、一蹶不振啊，哈哈哈哈哈！」

大家都狂笑了起來，小青還笑到摔在地上，氣氛一時熱烈不已。

阿拓有些不好意思地抓抓自己的亂髮，臉都紅了。

哥，你這個笨蛋……

「他不叫阿土，他叫阿拓。」我喃喃自語。

然後我也想起來，阿拓的前女友正是念交大管理科學，環環相扣的起點。

眾人的笑聲中，午後的陽光在阿拓手中的塑膠頭盔上閃耀著。

阿拓，一個在眾人日積月累的訕笑聲中，被剝奪男子氣概的大男孩。

二十二歲，耀眼的人生提早結束。

3.2

後來那兩節體育課就在清大直排輪社不太精彩的花式表演中結束了，但過程中我一直無法將眼睛從阿拓醬紅的臉色上移開。

即使是現在回想起來，我的胸口依稀還卡著一塊叫做歉疚的東西。

多麼慘的一個人啊，可以想見每次他們的社團需要暖場的時候，阿拓的萬年糗事就會被重提一遍，又一遍，一遍一遍，然後又是一遍又一遍，最後深深烙印在每個聽過他糗事的人的腦海裡。

即使他的名字被忘卻，但「那個人的女友被拉子追走」的荒謬卻無法被忘記。

類似的情況也曾發生在我身上。

國小三年級，有一天早自習大家都在練習生字，有隻很兇的流浪狗突然闖進教室亂吠，樣子很兇，當時老師不在，大家都亂成一團。

而距離那條大狗最近的我一時驚慌跳上了桌子大哭，但那隻流浪狗聽到哭聲後卻開始繞著我的座位打轉，時而趴了上來，牠的口水都滴在我的鞋子上。

躲在桌子上的我驚嚇過度，周遭的小朋友又吆喝大笑，不知是一時委屈或是慌亂，我竟然失禁了。

在五十個同學面前，我的裙子花了一片，桌上作業本也浸溼了。

那大狗大概是內疚，夾著尾巴就逃走了。

後來，慢進教室的老師沒問清楚狀況，就認為我故意搗亂，還罰裙子溼掉的我到講台上罰寫板書。

當時我一直哭一直哭，但哭聲一直沒法掩蓋掉身後同學的哄堂大笑。

故事沒完。

我從此成了笑柄。這個惡夢一直伴隨著我到國小六年級，這都得感謝那個留西瓜皮頭，長得像技安的「技安張」。

技安張他不斷跟我同班，也不斷把握種種機會跟其他的新同學介紹我的糗事，他每回顧一次，我就哭一次，我每哭一次，他就拚命拍手叫好，天生的壞胚子。

幸好他跟我的國中學區不一樣，我才一直懷抱著「我的人生到國中時就會重新開始了，別急，別慌」這樣的夢想活下去。

所以，我在國中新生訓練時又看見他笑嘻嘻地坐在我後面的後面時，我簡直傻眼，他還沒開始跟國中新同學回顧我的糗事前，我的眼淚就撲簌簌流下，害怕得發抖。新的導師還以為我生理期痛不欲生，特地叫衛生股長扛我到保健室休息。

後來我才知道，學區重劃了。

不過這個惡夢是我多慮了。

大概是技安張上了國中突然成熟，他沒再提這回事也不大跟我說話。

但童年惡夢的滋味，我一輩子都會記住。

人可以出糗，但旁邊總有人將不快的回憶倒帶、嘲笑，這是多麼惡質的對待。

所以我不可以當這麼可惡的人。

3.3

體育課結束的下課時間，在回教室的途中還在熱烈討論阿拓的糗事。

「那個叫阿拓的人真是忍耐力之王，要是我早就氣炸了。」

我說，在販賣機買了一罐開喜烏龍茶，咚隆。

「可見這世界上不管多糟糕的事都可以習慣，習慣後就沒有感覺了。」

小青完全置身事外，買了罐咖啡廣場，咚隆。

她完全忘記每次月經來的時候，她都痛得咬牙切齒乃至請假休養。

「這種事怎麼可能習慣？」我回想阿拓臉紅又勉強擠出笑容的表情，不禁有些氣憤：「他一定對我們新竹女中的印象壞透了，下次遇見他我一定要好好跟他賠不是。」

「妳真的太多管閒事了。」小青看看手錶，老氣橫秋地說：「再過三分鐘就要考古文觀止跟文化基本教材了，還是先管管妳自己的交大之路吧！」

結果，老天爺似乎聽見了我的義憤填膺。

晚上七點，等一個人咖啡店已經坐滿了八成客人，有的看書、看雜誌，有的則拿出原文書啃了起來。

我換上白色的制服圍裙，趁著客人流動較少的時候跟著阿不思學習如何從單品咖啡豆中取出適當的比例，以配置烘焙出口味穩定的綜合咖啡。

例如黃金海岸綜合咖啡就是取用頂級的拉丁美洲咖啡豆與印尼咖啡豆的組合，再用義大利烘焙咖啡豆引出略帶甜味的口感；佛羅娜綜合咖啡則是調和了八十％的優肯綜合咖啡，再加入二十％義大利烘焙豆增加口味的層次感。

當然還有阿不思自己研究的特殊綜合咖啡，她毫不藏私地傾囊相授。

「妳好厲害，怎麼會混出這麼香的咖啡？」

我聞了聞阿不思的獨家祕方，這祕方可是混了五種豆子再淋上少許焦糖的極品。

「還不是那些無聊的客人訓練的？他們老是嚷著怪名字，我就老實不客氣調了新口味給他們，把他們當作免費的白老鼠，沒想到有些即時創作聞起來還不錯。」阿不思將鬆餅放進烤箱裡，調整時間。

「原來如此。」我喝了一口阿不思祕方。

雖然我距離發表杯評的程度還很遠，但我至少嚐得出來好喝跟不好喝。口感層次分明。

「阿不思，妳相信一個人愛喝什麼咖啡，跟他是怎樣的人有關連嗎？」

我問，想起了嗜飲肯亞咖啡的澤于。

「相信。」阿不思的臉色很酷：「光是聽他們亂點的咖啡名稱就可以知道那些無聊人士的腦袋裡裝了些什麼垃圾。」眼光看向坐在左側七十五度方向的亂點王。

亂點王今天亂點了杯「都市恐怖病咖啡」，發覺我們在瞧他，他得意地舉起阿不思亂調的咖啡朝這邊拋媚眼笑笑，想電死阿不思。

「我是說真的啦，那些無聊又愛亂點的人當然不能算在裡面。」我小聲地說：「妳在這裡那麼久了，有沒有觀察到一些現象，比如說常常點巧克力脆片的人會不會比較幼稚啦？或是在冬天還在點咖啡冰沙的人個性比較偏執？諸如此類的。」

「我怎麼知道？我才沒空研究那些喝我咖啡的人是什麼樣的個性。」

阿不思依舊很酷，將鬆餅從烤箱拿出來，在上面撒上薄荷粉。

我挖冰淇淋球放在鬆餅上點綴，再用焦糖在上頭擠出一張金黃笑臉。

「好可惜，要是妳願意觀察的話，一定可以寫出一本《看咖啡知人心》的暢銷書。」我故意這麼說，實在想聽聽咖啡天才阿不思的見解。

阿不思聽了只是皺皺眉，端著鬆餅走到一對情侶的桌旁。

「小妹，妳知道阿不思是個什麼樣的人嗎？」

坐在我面前小心翼翼製造薑餅屋的老闆娘，終於忍不住插嘴了。

「很酷，非常酷，是天生的冷面笑匠，個性善良體貼但嘴巴卻永遠不會承認。」我不加思索回答。

「但妳知道阿不思喜歡喝什麼咖啡嗎？」老闆娘點頭表示同意。

我愣了一下。

仔細回想，阿不思喜歡喝的咖啡……我好像沒有特別的印象？

「好像沒有特別喜歡的咖啡？」我猜。我總是恍恍惚惚心不在焉，沒有留神過。

「錯，阿不思她從不喝咖啡。」老闆娘像個小偷那樣鬼鬼祟祟笑著。

我眼睛瞪得老大。

阿不思端著一些用過的餐盤回來，我接過來清洗。

「阿不思妳居然不喝咖啡？」我幾乎傻住，愣愣地洗著餐盤。

「我胃不好，不喜歡喝也不能喝。」阿不思總算有些表情，像個剛剛偷到國王皇冠的小偷：「所以我都用鼻子享受咖啡，光聞不喝。」

我嘖嘖稱奇，看來阿不思光用鼻子就能精準掌握咖啡的味道，簡直是爐火純青，如果日本電視台舉辦「電視冠軍之咖啡鼻子王」，阿不思一定要代表台灣參加。

「所以要從咖啡看一個人，實在是沒憑沒據，很無聊。」阿不思指著自己的鼻子，酷酷說：「人是人，咖啡是咖啡，肯亞是肯亞。」

我滿臉通紅，原來阿不思早看出來我喜歡澤于。

「看咖啡很容易，看一個人卻不簡單。」

老闆娘停止呼吸、小心翼翼將一塊餅乾用糖霜黏在薑餅屋的煙囪旁。

我嘟著嘴，真是兩個沒有想像力的女人。

一杯咖啡跟一個人之間當然有些關係。

每一種咖啡豆都源自世界南北回歸線的生長地，但各地所生產的豆子當然都不盡相同；我調查過，肯亞所種的咖啡豆是非洲鄰國、也是世界上最古老的咖啡產國衣索比亞傳入，目前常見的肯亞豆有波旁種、肯特種、提比加、盧里十一號四個品種，肯亞的地形複雜多變，有沙漠、草原、峽谷及高原，咖啡產區位於其中部與東部海拔一千到兩千五百公尺之間。

多麼遙遠的國度，那陌生的風卻將咖啡香帶進我們這間小小的店裡。

澤于特別喜歡喝肯亞咖啡，在某種層次上正象徵著他與遙遠的肯亞、某處海拔一千多公尺的地方、甚至是某棵咖啡樹發生了關係。這種關係既有萬里遙遠卻又近如杯口，肯亞正與澤于內心的某個質素正聯繫著什麼。

「或彼此相互反映著什麼。」我解釋完以上的長篇大論。

「妳將來填志願的時候，應該考慮一下哲學系。」老闆娘發笑。

我不置可否，這種事能不能理解是很講天分的。

叮咚。

門打開，又關上。

阿不思的眼睛睜大然後迅速縮小，表情在剛剛那瞬間似乎變了一下。

我擦著湯匙跟叉子，抬起頭來。

門口邊站著三個男生，裡面有一張熟悉又陌生的臉孔。

那臉孔有些不知所措，一隻腳正想踏出店，另一隻腳卻僵在原地。

「阿拓？」我一下子就認了出來。

阿拓頭低低的，似是很不容易下定決心般，跟著兩個同伴走進店裡。

那兩個同伴好像不是直排輪社，我在今天下午的體育課沒看過他們。

「真巧，剛剛進來的三個男生我認識一個，就是那個頭髮有些亂、眼睛尖尖、皮膚有點黑的那個。」我說，等著他們到櫃檯點東西。

阿拓三人坐在店左側的軟沙發上，亂點王的後面。

「是嗎？」阿不思的語氣還是很平淡。

「那個男的也算是個傳奇人物，因為……」我說到一半及時打住，因為我發現我正在笑。但阿拓的臉依舊還是垂得很低、很低很低。

不知怎地，我的心揪了一下。

阿拓是因為見了我、認出我是今天下午那群女學生中的一個，所以無奈地發窘嗎？一定是這樣，他一定認為我現在的腦中正轉著「這個笨蛋的女友被拉子追走」這件經典糗事，所以心裡正自難堪。

「因為什麼？」阿不思問，看著老闆娘面前的薑餅屋。

「沒事。」我自責地說：「我差點成為我最討厭、不善良不體貼的人。」

非常用力捏了自己的臉頰一下以示懲罰。

然後我想起了，今天對自己的承諾。我深呼吸。

每次我有重大決定時，我都會深呼吸補充氧氣與勇氣。

阿拓慢慢站了起來，撥撥頭髮。依稀在雜亂的瀏海後面神色很黯淡。

看樣子我剛剛實在不該認出他來的，當時我的眼神一定很傷人。

他走了過來，我卻慚愧地不敢正視他，胸口裡的氣一股腦全洩了。

「先生請問要點什麼？」我感到很自責很想伸出手掌讓阿拓打手心洩恨。

「兩杯焦糖瑪奇朵中杯，一杯奇異果汁，兩個水果鬆餅，一個九吋的海鮮披薩。」阿拓的聲音有些乾澀。

我的情緒突然有些反彈。

你們不是三個朋友一起進來的嗎?為何偏偏是你來點東西,臉色又這麼難看,讓我困窘得快要窒息。

「好,請等十分鐘。」我收下錢,打開收銀機。還是不敢看著他。

阿拓接過了我找的零錢,然後一動也不動,沒有回去座位的意思,就這麼站在櫃檯前。存心用低氣壓讓我愧疚到死嗎?

好吧,既然我許下心願,就一定要完成。

深深吸了一口氣,我抬起頭,看著臉已撇向一旁的阿拓。

「對不起,今天在……」我的聲音卻越來越細,不是因為勇氣再度崩潰。

而是因為我發覺阿拓根本沒在聽我說話。

他的眼睛看著我身旁,阿不思。

阿不思也看著阿拓,用一種難以形容的平靜情緒。

這份平靜迥異於阿不思慣常的冷淡。

這份平靜彷彿是早已準備好,等待適當時機拿出來應對的那種平靜。

「彎彎她……她過得怎麼樣?」阿拓開口。

語氣懇切到連陌生的我,一聽就動容。

「彎彎她很好。」阿不思微微點頭。

阿拓的臉上浮出一點笑容。

那一點點笑容彷彿烏雲密佈的天空，靜靜綻露出一道澄澄的藍光。

「謝謝妳。」阿拓的上身微微前傾，居然是在鞠躬道謝。

阿不思推推紅色膠框眼鏡，少見的回禮。

然後阿拓轉身。

就在那一瞬間，我明白了。

全都明白了剛剛是怎麼一回事。

「我知道妳想說什麼。」

阿不思的聲音很輕，不若平常的她：「他是個可悲的傳奇吧？也許他的不幸，還得算上我這一份。」

此時此地，我不曉得該說什麼。

搶走阿拓高中女友的拉子，原來就是阿不思。

男人的殺手，橫刀奪愛的拉子傳奇。

「妳……妳會覺得愧疚嗎？」我張口結舌。

「愛情不談愧疚。」阿不思說。

3.4

阿拓吃飯的時候很專心。專心到像是刻意迴避從櫃檯後、阿不思的眼神。

儘管阿不思不理他。

「我想他以後不會再到這間店吃飯了。」我心想。

換作是我，我也不願在前任情敵上班的地方用餐。彷彿有一百雙眼睛加諸在自己身上。

所以，如果要道歉的話，只有這次的機會了。

此時阿拓的朋友也注意到了阿拓一直不說話的異常，於是開始詢問阿拓。

我雖聽不見他們的談話，但我隱隱約約察覺到阿拓並沒有刻意隱瞞自己目前正處於很糗很糗的狀態。

因為他那兩個損友無可遏抑的大笑，阿拓的臉再度燒了起來。

「真是太不可原諒了。」

我的心中突然有股快暴發的怒氣，難道阿拓從來都沒有兇過他們嗎？

我一點都不再猶豫了，大踏步走出櫃檯，大剌剌來到他們的身邊。

他們的笑聲沒有停止，但也注意到桌子旁站了一個穿著白色工作圍裙、綁著馬尾的勇敢少女，於是邊笑邊抬起頭看我。

「不准再笑阿拓了，你們不知道這樣嘲笑別人會刺傷他的心嗎？是不是阿拓都不兇你們，所以你們就覺得沒有關係？」我忿忿不平，指著阿拓的鼻子：「光用看的就知道這個傢伙很善良，不忍心對你們發脾氣，但是你們卻將人家的體貼當作理所當然繼續欺負人家，這樣真的很可惡很可惡！你們如果靜下來，仔細聽，就會發現阿拓的心正在號啕大哭！」

他們停止大笑，尷尬地看著我，手中的叉子陷進鬆餅裡。

而阿拓則是張大了嘴，一動也不敢動。

「而且，你們知道搶走阿拓女朋友的拉子是什麼樣的人嗎？」我越說越不平：「她是我看過最聰明最厲害最神乎其技的拉子，就算是你們的女朋友，如果被她瞧上照樣也跑不掉！到時候你們喜歡這樣被笑嗎？到時候你們會有阿拓這樣的風度跟朋友相處嗎？」我開始信口開河，但阿不思的確是很神奇的人。

他們面面相覷、臉色通紅，完全的戰敗。

突然間我又氣餒了，我好像不是來道歉的，而是來添加大家的困擾。

「對不起，今天你來我們新竹女中的時候我們很不禮貌地笑了你，請你原諒。」我深深吸了一口氣，雙手合十。

「不會不會，我實在……實在不曉得我這樣會造成大家……或是妳情緒上的不滿，應該道歉的人好像是我才對。」阿拓忙道，拍拍他兩個朋友的肩膀忙說沒事。

我想我今天的唐突他們應會放在心裡，最好能將我的話散播出去，讓阿拓周遭的空氣開始友善起來。

然而我看著阿拓有些慌亂的表情，不禁對他有點生氣。

如果不是他這種窩囊個性，他怎麼能被笑這麼久？

如果他不被笑這麼久，就不會造成今天我要鞠躬認錯的尷尬局面。

「你說得也對，從今天開始，你就應該有點脾氣，真正的好朋友是不會因為你發這種脾氣而離開

的，真不知道你在怕什麼？」我氣呼呼瞪著阿拓的兩個朋友，氣氛有點僵硬。我站著他們坐著，然後都停止說話，不曉得該怎麼辦。

我似乎可以感覺到手腕上的秒針晃動的觸感，滴答滴答。

「對不起，我實在是太兇了。沒看過這麼兇的店員吧？」

我指著自己的鼻子，索性再度低頭認錯。

「沒有啦，我們自己也有錯，妳剛剛說的也對。」阿拓的朋友訕訕說道。

阿拓則站了起來，不知所措地伸出雙手來。

我呆呆地跟著伸出手，讓阿拓的雙手緊緊握住。

「今天很謝謝妳，不過這都是我不好，我會好好反省我自己的軟弱。」

阿拓的手很緊很緊，神色誠摯地道歉。

「不，是我太唐突了。」我感覺到手都快被握疼了，趕緊說：「你想喝什麼咖啡？我請客，手藝不好請多多包涵。」我每次犯錯千篇一律的道歉方式。

「不用了，我平常不喝咖啡的。」阿拓忙搖頭，指著奇異果汁。

啊，一個不喝咖啡的人！

我又錯失了一個藉由咖啡知曉一個人個性的機會，尤其是眼前這位既善良又懦弱的大男生，我實在好奇這樣的男生會與什麼種類的咖啡發生關係，好供我建立「咖啡／個性」這樣的品味圖譜的一員。

「那……那就從今天開始吧！只要你來，我就請你喝一杯咖啡，今天呢，就試試我剛剛學會的摩卡。」我笑笑。雖然阿拓可能再也不會踏進這家店一步。

人與人之間，這樣多可惜。

阿拓搔搔頭，讓他原本就不大整齊的頭髮又更亂了。

「那就謝謝了。」阿拓坐下，我轉身。

於是，從一個誤會跟一杯溫暖的摩卡開始，我認識了阿拓。

一個害羞近乎沒有個性，卻擁有誠懇藍色笑容的大男孩，二十二歲。

雖然，我從他的眼神跟沒口子的稱讚裡，看不出那杯摩卡到底對不對他的口味。

第四章 等一個人，老闆娘

「對不起。」我。

「不用對不起，妳從未應允過我什麼。」他。

「對不起。」我哭了。

「不用對不起，有些事，一開始就已經決定好了，努力是沒有用的。」

他強忍著，不讓眼淚掉下。

「對不起。」女孩子將臉埋在雙掌裡。

「不用對不起，不過妳要明白，有些事，是一萬年也不會改變的。」

他堅定地說：「我永遠都在等妳當我的新娘子。」

4.1

「拜！別忘記明天要模擬考喔！」

小青騎著腳踏車向我揮手，朝著不遠的火車站金石堂的方向騎去。

「拜託，這種事怎麼可能忘記？」

我嚷著，揮揮手，鑽進窄小的地下道裡，往光復路前進。

每天打工，我並不覺得困擾或疲倦，反而是上學，唉。

在台灣，高三的生活實在不怎麼彩色，美術課、工藝課、體育課、書法課、班會通通都是虛有其表的掛名，三不五時就有老師要借去考試或趕課，就算沒課可趕沒試可考，他們也會來個請術科老師讓學生自習，好像學生沒有考上台大法律系，這些老師就會很對不起他們的大好人生似的。

不過我念的竹女這一點就好多了，強調五育並進是竹女傳統驕傲，連體育老師這種愛裝病的角色也不敢借課來考試。不過考試連篇仍是少不了的壓力，有時壓力大到連續得十次憂心症也不奇怪。

只有回到「等一個人」咖啡店，穿上白色上有幾點咖啡漬的工作圍裙，站在吧檯後面被甫烘焙完的咖啡豆香團團團圍抱，我才能稍微喘口氣。

「今天氣色不大好？」阿不思罕見地問。

阿不思常常一言不發，就算直到打烊她都像個啞巴我也不覺得奇怪。

我想我懂得尊重她的沉默，因她的沉默不只是個性，還有那麼一點智慧。

「明天要模擬考，好煩。」我邊看著貼在櫃檯上的英文片語邊調製炭燒冰咖啡。

「要不要早點下班？我沒關係。」老闆娘笑笑，這陣子她在迷剪紙。

我看著根本不打理店務的懶散老闆娘，她大我十歲，今年不過二十七，年紀輕輕就已養成什麼都沒關係的個性，我也知道她不介意。

但模擬考就是模擬考，不會因為我提早回家它就不會考。

「老闆娘今天心情特好。」阿不思開口。

「為何？」我問，其實我也沒看過老闆娘心情真的壞過。

「今天下午有個在竹科上班的工程師點了她的老闆娘特調，兩個人聊得可開心。」阿不思忍不住洩密，臉上笑得很開。

「喔喔，原來妳今天剪紙都挑粉紅色的色紙，是因為談戀愛喔？」我跟著高興。

老闆娘笑而不答，手上的剪紙好像是個傳統式樣的騎鶴老翁。

「對方是什麼樣的一個人啊？」我問。

此時店裡只有兩個人，不忙，但透明的門外卻擠了五個高中生不停在嬉鬧推擠，我立刻認了出來，是上次亂點「華山論劍之黯然銷魂咖啡」的那群，不知道他們又在計畫些什麼。

「一個未婚、三十多歲的電腦工程師，今天下午正好坐在那杯肯亞的附近，兩個人、兩台筆記型電腦，好像事情永遠忙不完。」阿不思也注意到門外的那群小鬼。

好可惜，澤于今天來過了。看來我今晚微弱的動力又少了一點。

但我偷偷瞧著老闆娘剪紙的表情，真是有夠春心蕩漾。我原本鬱悶的心情逐漸紓解開來。

店裡的菜單上，一直有個醒目的「老闆娘特調」項目，一杯九十九塊，附註寫著：可以跟老闆娘聊天，時間？咖啡喝多久，就聊多久吧。

這是個謎。

記得我忍不住開口詢問老闆娘的那天，是我剛剛錄取進「等一個人」咖啡店的第二個禮拜，一個天氣涼爽的星期六下午。

在那天之前，有個剛剛返國任教清大的教授連續三天都來店裡坐，也連續三天點了「老闆娘不確定特調」。我記得他是個教物理的。

□

「所以，這個世界所有的一切，都可以用物理法則來解釋囉？」

老闆娘好奇地捧著冒著蒸氣的熱咖啡。

今天的咖啡是畸形的藍山咖啡，因上面漂著幾片不知所以然的檸檬切片。

物理教授的山羊鬍子微微沾到了咖啡，笑得很篤定。

「也不盡然，站在愛因斯坦相對論的角度來分析文本，妳剛剛短短一句話總共二十三個字，卻有四個矛盾點，或者說，有四個邏輯不相稱的地方，但如果依然站在愛因斯坦相對論的觀點來看，這四個邏輯不相稱的地方也就毫不矛盾地水乳交融，環環相扣無痕。」物理教授好像不字字珠璣就會死掉一樣。

身為高中生社會組的我，在櫃檯後聽得霧煞煞。

但我也不信自然組的學生可以聽得懂。

他根本只是個學術暴走族，不炫耀會死。

但老闆娘卻沒有反唇相識，了不起的涵養。

她很自然地與物理教授從牛頓第三定律談到宇宙生成，然後又從演化論談到從電影《撕裂地平線》中由人工製造黑洞的技術問題，兩人時而開懷大笑、時而嚴肅皺眉，講到宇宙膨脹論的時候兩個人更是張牙舞爪的。

我心中只有佩服得五體投地。

然而，物理教授第四天卻沒有來，第五天也沒有來。

第六天，物理教授來了。

但他點的卻不是「老闆娘不確定特調」，而是阿拉伯摩卡爪哇。

我想前幾天他沒來的原因多半是拉肚子，所以回店之後不得不換換口味。

老闆娘那天的表情略微失望，坐在吧檯上獨自翻閱新聞週刊，沒有過去小圓桌與物理教授聊天。

物理教授的表情也感到不解，想要來場學術演講的欲望一直在他的臉上無處暴走著，喝完阿拉伯摩卡爪哇後物理教授失望走了，從此我只看過他兩次。

我當然也感到很疑惑。

4.2

面容秀氣、幾乎不施脂粉的老闆娘年紀輕輕，雖然掛了老闆娘三個字，但行為舉止卻像個不打算寫論文的博士班研究生。

她每天都在店裡看雜誌、看書、做小學生做的勞作，例如燈籠或是用吸管蓋小房子等，從沒見過她為客人斟上一杯咖啡、或收拾客人用過的杯碗殘餘。

唯一說得上「打理店務」的部分，大概是老闆娘偶而會帶些小擺設做點修飾，卻也稱不上什麼工程。

但，老闆娘每天都會親手準備一點特殊單品咖啡的材料，等待隨時沖上兩杯。其全名「老闆娘不確定特調」，簡稱老闆娘特調。

「不確定」三個字，是因為老闆娘沖泡咖啡的技術比我還不穩定。

老闆娘用手動磨咖啡豆的樣子，像極了在月亮上搗藥的玉兔，既笨拙又可愛，但磨出來的咖啡粉總是粗細不一，故意搞砸似的。然後是沖泡的過程，不管老闆娘用的是咖啡壓濾壺、滴漏式咖啡機、摩卡壺、濃縮咖啡機、虹吸式咖啡壺，甚至是單純的布織濾網，她都表現得像是第一次使用那麼手法拙劣，不是讓咖啡粉浸泡過久，就是將濾孔開得過大，總之每一次煮出來的咖啡都無法保證品質，難有佳作。

我懷疑這間店沒有阿不思的話，大概撐不到三天就會倒閉。

「特調」兩個字，當然就是老闆娘親手烹製的別出心裁。

有時候在味道芬芳、生氣蓬勃的肯亞咖啡上放幾片詩情畫意的玫瑰花瓣，或是在略帶酸味的哥倫比亞中沉入幾顆酸梅，也曾做過胚芽咖啡之類乍聽很正經的怪東西。這些還算是好的，有一次我還看見她在原本就具有甜味的黃金海岸綜合咖啡中，放入一粒剛剝完皮的橘子，她竊笑的表情讓我覺得她‧根‧本‧就‧是‧故‧意‧的。

這些怪現象我當然也跟家裡的人提過。

「妳們老闆娘好奇怪，我看，我找個時間過去點那杯老闆娘拉肚子咖啡，順便問她為什麼要那麼奇怪吧。」爸爸聽我敘述完，這樣下結論。

「外星人，一定是外星人。」哥哥也一樣。

「妳在那打工真的沒危險嗎？她會不會私底下跑去縱火？」媽媽總是過分擔心。

「其實老闆娘人很好，每個人都有奇怪的地方啊，就像哥，他才是最奇怪的人，但因為跟我們住太久所以你們都沒有發現而已。」我說，靜靜看著哥，他正在客廳刮腋毛，一臉白痴地笑。

而每日一變只賣九十九元的老闆娘不確定特調，每天只與一個有心人分享。

誰沒有口福點了，就可以與老闆娘共同享受一杯咖啡的聊天時光，當作拉肚子的補償吧。

就在那天，物理教授喝完奇怪的阿拉伯摩卡爪哇、起身離去後，我終於忍不住走到落寞的老闆娘身旁。

「老闆娘，可以問妳一個問題嗎？」當時我剛入店沒有多久，其實不大好意思詢人隱私，但我已壓抑不住心中的好奇。

「妳想問我，我每天那麼無聊沖兩杯難喝得要死的咖啡是什麼意思？」

老闆娘將臉從雜誌堆裡抬起，她的笨拙只存在於沖泡咖啡時的刻意。

「對啊，我才來幾天就覺得好奇怪，老闆娘，妳為什麼每天都要親自煮咖啡等客人，有時候快要打烊了，還看見妳戀戀不捨地坐在圓桌子旁等人點老闆娘特調，有客人點了，那一天妳好像就會很開心，如果沒有，妳好像會滿失望？」我問。

老闆娘假裝祕密被發現，賊賊地笑著，然後完全忘記我的問題似的。

就這麼過了十分鐘。我，當然也不好意思繼續追問。

但我一直有預感，將來有一天這個謎終究會解開。

解開時，我就能看見老闆娘藏在慵懶背後的，那雙明澈眼睛。

「阿不思姐姐，我要……我要五杯……」

一個顯然是猜拳猜輸了的高中生害羞地站在櫃檯前囁嚅著。

還是同一個，上次點黯然銷魂咖啡的那位。真該練練猜拳技術的。

「五杯什麼？」阿不思的臉部肌肉完全沒有一絲牽動。

「我要五杯……那個……那個……降龍十八掌之吸星大法熱咖啡……」

高中生很艱難地背完，我笑了出來。

「滿十八歲了嗎？」阿不思冷冰冰地問。

「啊？還沒。」高中生有些震驚。

「降龍十八掌之吸星大法熱咖啡要十八歲以上才能喝，三歲小孩都知道，去跟你的同黨說，改點別的幼稚一點的咖啡。」阿不思拒絕。

高中生落荒而逃，臉紅地回到那群狐群狗黨，然後又是陣哄堂大笑。

「年輕就是美好，做什麼蠢事都會被當作英雄。」

老闆娘回頭看著那群喧譁吵鬧的高中生，忍不住發笑。

我深深吸了一口氣。

「老闆娘，妳記得有個問題還沒回答我？」我看著心情很飛揚的老闆娘。

我想，現在也許是個得到解答的好時機。

老闆娘看著我微笑，她立刻知道我在問什麼，實在是很聰慧的女人。

她的魅力不僅來自於淡淡的成熟，還有舉手投足間的慵懶自在。

只有真正的聰明人，才能夠得到這份慵懶暇逸的氣質。

「我不是一直都一個人。」老闆娘停止手中的剪紙，對阿不思說：「給我一杯低咖啡因的摩卡爪哇，我想，我又要開始說故事了。」眉毛上揚。

阿不思理所當然的笑笑。

短短三分鐘，阿不思變魔術般在老闆娘面前放上一杯熱咖啡。

而我的面前也擺了杯熱巧克力。

阿不思用一種很特殊的眼神告訴我，那個故事她已聽過，示意我暫時放下手邊的工作。

我同意了，我是個很喜歡聽故事、聽故事時也喜歡專注的女孩。

我看著老闆娘第一次喝「老闆娘特調」之外的咖啡。

比起我的熱巧克力，低咖啡因的香氣略顯單薄了些，但清爽沒有厚瑣的負擔，很像我眼中想像的，老闆娘的人生。

或許，這點觀察也可以在我偉大的「咖啡／個性」記事本裡添上一個小小紀錄。

「很久很久以前，我跟阿不思一樣，是個不喝咖啡的人。」

老闆娘聞著咖啡香，那淡淡的蒸氣撫摸著她略顯清瘦的臉頰。

「但我有個從小一起長大的好友，他非常喜歡喝咖啡，喜歡到連我都不由自主端起咖啡，進入他的世界。」老闆娘一邊說著，一邊端詳著左手無名指。

當時我年紀還小，但我明白，那裡是一個女人，身上最幸福的位置。

「妳很喜歡他，對吧？」我猜。

「一開始沒有那麼喜歡，只是單純的青梅竹馬、無話不聊的童黨。原本我以為，我們到了人生某個分歧點，例如國小畢業、例如國中畢業等，我們就會理所當然穿上顏色不同的制服，走進不同的人生，跟大多數人一樣，回憶塵封在畢業紀念冊上的短短祝福。」老闆娘的眼中充滿了得意的光采：「但沒有。」

4.3

他的雙親在他國小畢業典禮那天，不幸出車禍過世了。

當大家都在為分離培養情緒假哭時，我看著導師走到他身邊說了幾句話，他一聽，倉皇不知所措地從會場跑去醫院，我不懂，於是向導師問明了原因。

知道後，我開始無法克制地大哭。

一連哭了好幾天，每晚睡覺闔上眼睛時，彷彿都會看見他穿著麻衣、無助地跪在喪禮告別式的角落。我難過得無法入夢。

於是，我鼓起勇氣告訴我爸爸，我不想念私立中學的初中部，想到他讀的、位於八卦山山上的彰化國中，繼續當他的好朋友、照顧他的情緒，以免他變成自閉兒或是學生流氓。

幸運的，我爸爸很高興我珍惜這份友情，於是答應了。

上了國中，依親的他沒有錢吃營養午餐，於是我每天從家裡帶兩份便當給他吃。

他成績不好又貪玩，我便晚上押著他到我家、當他的小家教，教他到不想會也得會為止。

而他就是在這個時候看見我家裡擺放的種種煮製咖啡的器具，那些都是我喜愛喝咖啡的老爸珍藏的寶貝，而他老是好奇地東摸摸西摸摸，我爸也就熱心地傾囊相授，教導他各種咖啡的知識、如何辨別咖啡豆好壞，甚至還跟他一起蹲在院子裡用奶粉罐DIY烘焙生咖啡豆，兩個人像是忘年之交。

到了高中聯考，真是我的一場噩夢。

不曉得是因為太過緊張或是吃壞了肚子，我考到第二天就得了急性腸胃炎，在考場裡幾乎熬不下去，成績當然不好，只得在選填志願時將私立中學當作唯一的選擇。而他，他真的很聰明，他的聯考分數遠遠超過第一志願彰化高中五十分。

我想，應該是說再見的時候。

坦白說，我挺難過的，當時我真希望我爸還有沒教完的咖啡課程，如此我才能在偶而的下課晚上瞧見他的身影。

但到了私立高中報到、新生訓練的第一天，我嚇呆了。

「好久不見，以後請全校第一美女多多指教。」

他穿著白色襯衫咖啡色長褲，笑嘻嘻地揹著藍色布書包站在校門口等我。

然後深深一鞠躬。

我根本沒辦法反應，只好訕訕地向他揮揮手打招呼就走進教室。

回想起來，我當時根本不明白心中的情緒，是一種叫做「喜歡」的東西。

我還單純地以為我們會是一輩子的好朋友。

後來我看見他每天放學後都匆匆忙忙騎腳踏車離去，我才知道，原來他為了支付私立學校高昂的學費還辦就學貸款，每天晚上都到咖啡店打工。

呵，也算學以致用吧，我爸知道了還很得意他的徒弟終於青出於藍。

我偶而會到那間咖啡店寫作業，老闆跟其他工讀生都向我誇讚他手藝是全店第一，客人都很滿意。

「全校第一美女，請問今天想喝點什麼?本店請客。」

他總是笑嘻嘻地穿著白色圍裙，彎腰問我，故意裝紳士。

「隨便。」我想說既然他請客，那就隨便吧。

他每次都端上風味不一樣的咖啡，拿鐵、摩卡、濃縮、哥倫比亞、美景三河、佛羅娜、蘇拉維西，還會貼心地附上一片小蛋糕，單就技術上絕不比阿不思遜色。

雖然我的舌尖沒有特別敏銳，但我總是可以感覺到在每一次不同的口味後、藏在他手藝裡的，那一點點特別的東西。

但我還不知道，那一點點特別的東西，是多麼珍貴。

所以我在高二時交了一個男朋友，高三的學長，高高帥帥，騎紅色FZR打檔車、穿刻意訂做的打摺褲上學，是所有少女心中的夢想。

「對不起。」我。

「不用對不起，妳從未應允過我什麼。」他。

「對不起。」我哭了。

「不用對不起，有些事，一開始就已經決定好了，努力是沒有用的。」

他強忍著，不讓眼淚掉下。

「對不起。」女孩子將臉埋在雙掌裡。

「不用對不起，不過妳要明白，有些事，是一萬年也不會改變的。」

他堅定地說：「我永遠都在等妳當我的新娘子。」

我想我傷透了他的心。

雖然我還是可以見到他勉強擠出笑容，彎著腰、伸出手，紳士般問我：「全校第一美女，請問今天想喝點什麼?本店請客。」

然後加上一句：「請問我還有沒有機會，如果有，別忘了輕敲桌子鼓勵我喔。」

然而，我的手從來都吝惜傳達我的情感。

他卻從來不吝惜他的笑容，還有美味的咖啡。

所以老天爺給了他一個機會，也給了我一個啟示。

大學聯考前一個月，他陪著我到郵局劃撥一套音樂CD，當時正值中午，來郵局辦事的人很多，他趴在我身邊看著我填寫劃撥單，不知在傻笑個什麼。

突然有兩個搶匪衝進郵局大叫搶劫不要動，我嚇呆了，他立刻緊緊從背後抱著我。半分鐘後我聽見一聲爆竹巨響。還有玻璃碎裂的聲音、人群的尖叫。

「妳有沒有怎樣！妳有沒有怎樣！有沒有哪裡很痛？」

他驚慌地抓著我的肩膀將我繞了一圈察看，我趕緊搖頭表示我很好。

「嚇死我了。」他鬆了一口氣，我卻看見他的右手袖子上，都是血。

我在醫院急診室外，不斷祈求上天別讓他離開我。

只要他還能對我綻放笑容、為我端上一杯溫暖的咖啡，我願意給我們一次機會。

兩個小時過後，掛在急診室門上的紅燈熄了。

我又哭又笑，站在走廊上將滿臉的眼淚揩乾，將電話卡插進話機裡，告訴那個學長，我想分手。

大學聯考後，因右手還沒復原、計算答案時慢了半拍，所以沒考上國立的大學，填了台中的東海。

我幫他拿志願卡去登記時，瞞著爸爸，將我的志願卡上第一順位「台大心理」用橡皮擦偷偷擦掉，填上一個象徵機會的數字。

然後，開始了多采多姿的大學生涯。

但我還是很笨，即使我越來越喜歡他。

四年中，我深深害怕我一旦被他追到了，他就會像其他現實生活裡的許多男生一樣，失去戀愛的熱情，失去當初追求時的活力，忘記在咖啡裡添加那一點點，對我來說很重要的東西。

所以我一直沒答應他的追求，眼睜睜看著他跟學妹手牽著手，走在美麗的文理大道上。

我哭了，躲在浴室裡偷偷地哭了好幾天。

我親手揮別珍貴幸福，絲毫沒想過一次次拒絕他之後他所嚐到的酸苦滋味。只顧著保存他追求我的快樂時光，卻不敢攜手挑戰不可知的未來。心如刀割，我才明白我自以為付出甚多，其實我多麼自私。

畢業典禮，他穿著黑色的禮服，神色有些落寞地站在路思義教堂前的寬闊草坪上與同學、學妹合照，我終於鼓起勇氣，哭著向他大聲告白。

東海大學畢業典禮，大草皮。

數百個人圍觀一場鬧劇。

他走了過來，說要跟我合照。

「你去死去死啦！我以後都不要見到你！」我大哭，推開他的照相機。

「應該說這句話的人是我吧！」他突然情緒爆發。

「你怎麼可以丟下我一個人……煮咖啡給我、為我念精誠、陪我念書、拉著我蹺課看電影、為我……為我擋子彈……嗚……都是騙人的！」我把鮮花摔在地上，號啕大哭。

「我的努力一直都沒用！都沒用！我追妳那麼久妳都不肯跟我在一起，別人一牽妳，妳就跟人家跑了！我算什麼！上個月妳網友說要追妳，妳竟然說要好好考慮一下！幹！我比不上一個妳從未看過的男人嗎？」他把相機丟在地上憤怒咆哮。

「嗚～～～～」我蹲在地上，氣得大哭大鬧。

他從未見過我這麼胡鬧，氣竟消了一半。

「對不起。」他嘆口氣說。

「不要跟我說對不起！」我咬著嘴唇，看著草地上的小野菊。

「對不起，我真的追不到妳。」他轉身，就要走。

就要走。就要走出我的生命。

「不要走！」我大叫。終於下定決心。

他不明白，但停了下來。

「我……我不是不當你的女朋友……我只是要你一直追我！」我紅著眼，大聲說：「我只是很喜歡很喜歡你追我的感覺，我好怕，好怕你跟我在一起以後，就突然不要我了嘛，嗚……」我一直哭，他也一直哭。

圍觀的數百人，也一起哭。

「不要丟下我一個人，你知不知道這年頭，要找到一個真正願意幫我擋子彈的人，有多……有多困難……」我的鼻涕跟眼淚攪和在一起。

「你們才是最登對的，再不走，我要被大家用石頭砸扁了。」他身旁的小學妹淡淡一笑。

「Sorry……」他歉然說，看著小學妹摀著臉跑出人群。

「看這裡。」他看著我哭花的小臉，撿起草地上的照相機對準我。

「走開啦！」我摀著臉，不讓他拍照。

「我搞不懂，一下要我滾一下說我走了妳會死掉，一下又叫我走開。」

他笑著，把臉上的眼淚都笑落了。

「我哪有說我會死掉！」我抽抽噎噎地笑了。

「嫁給我！」他大叫。

「不要！」我也大叫。

「至少當我的女朋友吧！我連妳的手都沒牽過！」他開心地嘶吼著。

我別過臉，但隱藏不住幸福的笑意。

「答應他吧！」一個穿著畢業服的長髮女孩擦著眼淚道。

「答應他吧，讓我在畢業前留下一個難忘的美好回憶吧！」

一個拿著籃球，畢業服亂穿的男生大叫。

「答應他吧！」「答應他吧！」

「答應他吧！」「答應他吧！」

他拿著相機，賊兮兮地等待他盼望已久的瞬間。

我擦掉眼淚，說出他期待十四年的咒語。

「女朋友就女朋友。」

「喀嚓！」

往後的四年間，他當完兵、在新竹找到一份工作，我則在一間出版社上班，擔任小小的美術編輯。我們之間，也再度經歷了上千杯的咖啡。

一個週末，他開著剛剛分期付款買下的新車，興高采烈載我到竹東的觀霧度假，還讓根本沒有駕照的我偷偷開了一小段路，想想真是驚險。

「小咪，妳喜歡喝我煮的咖啡嗎？」在民宿吃晚飯時他突然認真地問我。

「當然喜歡啊，雖然我每次都說隨便，但只有是你為我煮的我才會這麼回答，嘻，其實我寧願喝白開水也不願嚐別人煮的咖啡一口，我爸爸還會因為你吃醋呢。」我點點頭回答。

他笑了，笑得很開心。

自從大學畢業典禮那天以後，就屬那個時刻的笑容最燦爛了。

「你煮的咖啡太好喝，萬一我以後喝不到這麼好喝的咖啡該怎麼辦？」

我學著周星馳電影《食神》裡的經典對白。

「如果真有那麼一天，教妳一個辦法。」他正經八百地卻又說著搞笑的內容：「妳就開一間咖啡店，整天瞎煮一堆亂七八糟的咖啡，取名叫老闆娘特調，然後每次煮的內容都不一樣，唯一相同的地方，大概就是難喝得要死吧。接著規定這種爛咖啡每日只供應兩杯，一杯給自己、一杯得請老闆娘，如果點了老闆娘特調的話，就可以跟世界第一美女聊聊、聊一杯咖啡的時間。」

「好無聊喔，有誰會點這種咖啡？豈不是砸了自己的店招牌！」我大笑。

「一點都不無聊。如果有一個人，每天風雨無阻，就算走路碰上下雪、就算開車遇到龍捲風、就算大地震將他前面的路裂成好幾條縫，他都會克服萬難，敲敲妳的門，一臉靦腆地向妳說：老闆娘特調，兩份。」

他越說越認真，認真到，我的鼻子都酸了起來。

「那麼他就是妳下一任真命天子，當妳遇見這樣的一個人，妳千萬要珍惜他別讓他輕易溜走，因為這樣的人，是帶著我託付的使命，帶著我的眷戀。」

他笑了。

我卻哭了。然後一直用力捶他罵他，叫他不要亂說話，害得我好好的假期卻無端哭累了眼睛。

那天晚上，山上飄著細細小雨，他站在門口邀我夜遊。

出門前，我看了看日曆，四月一號。

「我警告你，在愚人節求婚的話我會很生氣。」

我用力敲了他的頭。即使我已經拒絕了他一百次的求婚。

他神祕地笑著，撐開雨傘。

4.4

「然後呢？」

那個猜拳老猜輸的高中生趴在櫃檯，他的朋友們擠在櫃檯邊圍成了一圈。

不知道從故事的哪一段開始，他們全都靠了過來。

亂點王也將椅子湊近了不少，豎起耳朵傾聽。

蘇門答臘不知何時，被老闆娘抱在懷裡，睡著了。

「然後，我就在這裡，等一個人。」

老闆娘笑著，沒有眼淚，也沒有一絲悲傷。

我卻哭了。

我不知道該怎麼開口問，「他」最後怎麼了。

但我知道老闆娘為什麼開了一間幾乎無所事事的咖啡店。

為什麼菜單上會有一道老闆娘特調。這就夠了。

「阿姨，為什麼妳在說這些事情的時候都不會哭啊？」那高中生問，他剛剛偷偷抬起頭來讓淚光滑回眼睛裡面的動作，早就被我發現。

「回憶很美，為什麼要哭呢？」老闆娘依舊看著左手空蕩蕩的無名指，笑得很陽光。

「還有，我不是阿姨，我叫老闆娘！小心我叫阿不思放老鼠藥進咖啡裡！」

老闆娘故意惡狠狠地瞪著那些高中生。

「老闆娘，妳年紀輕輕就變成了歐巴桑，我們一定會幫妳。」

一個剃平頭的高中生勇敢地說道，差點被老闆娘的手刀擊中。

「幫什麼！」老闆娘第二記手刀也打不中。

「幫妳貼海報啊！」平頭高中生空手奪白刃，硬接住老闆娘的手。

「貼海報怎樣？」老闆娘感到好笑。

「徵求喜歡喝難喝咖啡的勇者，通過一百杯咖啡就可以娶世界上最年輕的歐巴桑回家！而且一杯只要九十九元，多少也值得嘗試一下！」長得像西瓜的高中生附和。

「現在的高中生真是太不可愛了。」

老闆娘無奈地收回手刀，然後突然往西瓜高中生的頭上一斬，斬得他哇哇大叫。

我看著老闆娘。

多麼美的一個故事。

很榮幸，我能夠在這間店裡工作。

陪著老闆娘等著她的真命天子，總有一天，他帶著天上另一個他的祝福與使命，前來共飲那一杯杯難喝，卻充滿幸福期待的咖啡。

也希望，在這段浪漫店史的庇蔭之下，我也能等到生命中的那一個人。

「咳，我想來杯老闆娘特調。」亂點王整理衣襟，故作憂鬱地走了過來。

然後我們全都用白眼瞪他，他只好乾咳了兩聲，假裝沒說過那句話。

白爛終歸是白爛，只想撿現成的便宜。

一點都不值得同情。

第五章 海堤煙火

人與人之間啊，
真不該如此脆弱。
但情人與情人之間，
卻常常需要斷裂得無比徹底才能釋放彼此。

5.1

模擬考成績公佈了全校名次，我第一〇八名，在班上排名二十，差強人意。

小青就厲害了，她只有數學小敗其餘都超過我，全校名次是六十六。

「六六大順，距離台大又近了一步。」

她這麼說，然後要到我打工的咖啡店小小慶祝一番。

我當然說沒問題，還要給她半價優待，小青高興地打電話跟金石堂請假。

晚上六點小青換下制服，跟我一起走進店裡選了個靠近牆角的地方坐下。

「那杯肯亞應該就坐在這附近吧？」

小青才是觀察敏銳的人，她一進店裡就尋找電源插座，想要碰碰運氣。

「不曉得今天他會不會來就是，有時候他下午就會來了。」

我說，看見阿不思遠遠朝著我搖搖頭。她不僅鼻子靈耳朵也很靈光。

小青從我口中得知阿不思的神技，但可沒膽跟阿不思胡謅奇怪的咖啡名。

跟不熟的人亂哈啦違反了小青的本性，所以我也不怕她突然代替我向澤于告白。

小青她點了一杯藍洞咖啡，還有一盤義大利青醬麵。

肯亞先生大約在晚上八點才來，那時小青早就嗑光了桌上的食物，雜誌也翻了三本。不過肯亞先生今天不點肯亞，而是兩杯拿鐵。

我端著兩杯拿鐵放在澤于跟他野蠻女友的桌上，偷偷跟澤于打暗號。

於是他笑笑拿走了奶量尤少的那杯。

但就在我轉身要回到櫃檯的時候，我聽見小青驚呼一聲。

回頭看，一杯咖啡已經空了，因為它淌在澤于的臉上。

「你竟敢這樣對我！你知不知道這樣我會很丟臉？你存心讓我難堪！」

野蠻女友憤怒地瞪著澤于。

小青看著這一切，張大嘴巴用誇張的嘴型告訴我「那女人是個瘋子」。

I can't agree with you anymore，我不能同意小青更多。

然而澤于似乎沒有太大的情緒反應，彷彿早料到那杯拿鐵會像多年前機車廣告中郭富城被女友潑了杯水一樣，淋在自己臉上。

「如果你不想寫你就說啊！我會逼你寫嗎？你知不知道我現在在朋友面前都抬不起頭來？」野蠻女友振振有辭地罵著。

但她發現澤于的表情竟是那麼漠然時，她的情緒再度瀕臨爆發極限。她的手猛然抓著澤于面前滿滿的咖啡，眼睛瞪大。

「夠了。」

阿不思一手壓下野蠻女孩手中的咖啡兇器，一手將冰開水放在桌上。

「如果妳一定要潑，潑冰開水，不然地板妳來擦。」

阿不思冷冷地說，與野蠻女孩之間的咖啡杯正自僵持著。

野蠻女孩忿忿瞪著阿不思，有些發窘，有些牽拖式的憤怒，不肯、也不甘就這樣屈服。

此時，店裡的每一個人都往這邊猛瞧。

好像還聽見右邊桌的好事客人，正打賭第二杯咖啡會不會跟著潑上。

「抱歉，地板我會擦的。」澤于面無表情地說，摘下滴著飲料的眼鏡。

然後慢慢撥開阿不思跟野蠻女友的手，將拿鐵慢慢倒在自己臉上。

棕中帶白的咖啡液自額頭順著高挺的鼻梁而下，然後分成無數條小河流，小河們在寬闊下巴上瀑布落下，最後浸溼了黑色的襯衫。

阿不思沒有很驚訝，酷酷地拿著冰開水就走。我跟小青卻傻了。

野蠻女孩卻略微得意地看著澤于。

想必，她會將這件事當作「男友珍貴的道歉事件」大喧大播。

「我們分手吧。」澤于沒有閉上眼睛。

即使大家都震驚店裡正發生的事，所有目光都不留情集中在他身上。

但澤于的表情並沒有分毫狼狽，而是一種堅定。

沒有妥協空間，因為不帶感情。

「你這是什麼意思？」野蠻女孩的聲音變得很軟弱，但她的眼神兀自強裝憤怒。

澤于沒有說話。

他要說的，在三十秒前，已經淋在他的臉上。

「你會後悔！到時候你來找我，就不是兩杯咖啡淋在臉上可解決的！」

野蠻女孩大聲咆哮，然後抓著PRADA包包衝向店口。

在她奮力推了門一下時，自動門沒並沒有立刻打開，而是震了一下。

當她看見透明門上的玻璃並沒有映射出澤于跑過來拉住她的身影時，她又歇斯底里地吼了一聲，當作這段戀情不甚優雅的句號，忿忿走出門。

而我呢？當我回過神時，我正拿著一條毛巾塞在澤于的手裡。

他苦笑，然後將臉揩乾。

「出糗囉。」澤于說，然後忍不住哈哈大笑。我也跟著笑了起來。

我能不笑嗎？我心裡開心得要命。

後來據小青說，我當時笑得跟白痴一樣，好像當選總統的不是阿扁而是我。

5.2

我跟澤于一起拖完地、擦好桌椅後，他請了我一杯卡布其諾。

他自己當然要了杯肯亞。

「為什麼要分手？」我問。

「不該分嗎？」他答。是很該。

「我問錯了，你為何要用『將咖啡倒在臉上』的方式提分手？」我問。

「看一本網路小說學的。」他笑。

「啊？哪一本？」我好奇。

「開玩笑的。既然是我提的分手，心中有些虧欠，況且用鍵盤寫信這件事我是明知山有虎偏向虎山行，既然老虎已咬了我一口，不妨再讓牠多咬一口，這樣我心理壓力會釋放不少。」他端詳著溼掉的襯衫，然後多解了兩顆釦子。

翻譯過來，大概是：衣服溼都溼了，再潑一次也沒關係。

然後我想起阿不思上上個禮拜跟我說的，愛情不談愧疚這檔事。

說到底，阿不思還是最酷的。

「那你，當初怎麼會跟脾氣這麼……這麼剛烈的女生在一起啊？」我問，把「野蠻」兩個字鎖在喉嚨裡。

「她是我在交大資科bbs站認識的網友，在線上她挺溫柔婉約的，後來見面只覺得她嬌氣了點，也沒什麼。」

他說：「於是我們就在一起了。」

所以說，網路真是臥虎藏龍。

母老虎，跟恐龍。兩者都不能讓人全身而退。

「後來呢？後來為什麼會變得不溫柔婉約？」我問。

我得紀錄下嗜喝拿鐵的女生有什麼毛病。

「就像咖啡一樣，再好的咖啡放久了，也難免變質吧。」他還故意嘆了一口氣。

此時他從玻璃反射察覺小青正在跟我擠眉弄眼，知道了她是我朋友。

於是澤于轉頭跟小青揮揮手。小青尷尬地將臉埋在八卦雜誌裡。

「那很簡單啊，下次選白開水不就得了，放再久還是同一個味。」

「熱水久了會溫，溫水久了會冷。不同溫度就不會是一樣的感覺。」

「冷開水呢？放再久都還是冷開水。」

「我不喜歡喝冷開水。」

從那一次對話後，我開始努力思考我有沒有可能是一杯冷開水。

偶爾，還會徵詢「重要他人」的意見。

起先是爸。

「爸，如果要用一種飲料形容你的女兒，你會拿什麼形容？」

我拿著從店裡帶出來、沒賣完的小蛋糕，擺在桌上。

「飲料喔？這個很難喔！」爸隨手拿了塊蛋糕塞進嘴裡。

「快點啦爸！」我催促著，他既然生了我就應該為我長得像什麼飲料負點責任。

「你爸書沒念很多，不太會形容啦！」爸爸口齒不清地說。

他眼睛一直沒離開過電視上，千篇一律的政治人物談話節目。

每次爸看政論節目就會進入睜眼冬眠的狀態，對外界的刺激都沒太大感應，真是浪費了那塊可口的草莓蛋糕。

不過他現在已經好多了，回想起在今年初總統大選前的激烈口水戰時，爸僵在沙發上的表情還讓我以為他中風了。

「人／飲料」這樣的問題好像真的很難，看來需要聰明的我幫他轉個彎。

「爸，如果你女兒要變成飲料，你希望是哪一種？」我這樣問總行了吧。

「亂問一通，我怎麼可能希望我的女兒變成一罐飲料？」爸很有義氣。

「好啦，如果你希望這世上有種飲料是你的女兒，你希望是哪一種？」

於是我又轉個彎。爸的臉上一塊藍一塊綠一塊黃的，都是電視上的光影。

「維士比。」爸答又塞了塊蛋糕，嚼了起來。

「……」我沉默了。

過了很久，進了廣告。

「怎麼不問我為什麼妳是一瓶維士比？」爸回過神來，看著我。

「我不想知道。」我還沒從霹靂打擊中回復過來，靈魂持續出竅。

「是三洋的。」爸補充。

「啊？」我還在恍神，沒有從驚嚇中回復過來。

「只有三洋正港的維士比才是我的女兒。」爸用力強調。

「我不想聽我不想聽！」我摀著耳朵尖叫跑上樓，完全不想知道維士比跟我之間的關係。

然後是哥。

「哥，如果你非得要用一種飲料來形容我，你會用哪一種飲料？」

我拍拍哥哥的肩膀，鼓勵愚笨的他好好動動久違的腦子。

「妳們這些懷春少女整天就喜歡做心理測驗，哎真是可憐啊可憐，還不如陪爸看點政治口水戰，多少會學到怎麼講冷笑話啊——歐——歐——」

哥哥用力哀嘆著，用棉被捲住自己慘叫。

他也不想想自己。哥到了國中的時候還一度以為自己是忍者，整天鬼鬼祟祟地想隱形，還纏著爸爸問我們家是不是有日本伊賀忍者的血統。

盡做些別人國小低年級才會做的蠢事。

「你就當同情我懷春，告訴我我到底是哪一種飲料！」

我一腳踩著裹著棉被的他，用力壓下。

「呵呵，既然妳都承認懷春了，那就賜妳一杯春酒！」哥哥全身怪動著。

「春酒又不是酒！你給我認真想！」我一拳打在棉被上。

「好吧好吧，懷春少女的最佳飲料，當然是電視廣告裡充滿戀愛滋味的水蜜桃汁啊，那個李麗珍不是演了部蜜桃成熟時？就是這個意思。」哥的表情很正經。

正經到我很想弒親。

把我生下來的娘當然也不能放過。

「媽，如果妳一定要生一種飲料下來，妳會生什麼飲料？」

我在廚房幫媽切蘿蔔。

「妳爸不是說了嗎？維士比啊。」媽毫不在意地說，將鍋蓋蓋上爆香。

「維士比？」我很震驚，幾乎啞口無言。

「妳爸想要我就生給他啊。」媽說。語氣甜蜜，但內容殘酷。

看起來，哥哥居然是家裡對我最好的那個人。

然而，不管是維士比或是色色的水蜜桃汁，至少我確定自己不是一杯不被澤于喜歡的冷開水。

但，我懷疑阿拓正是一杯，不折不扣無色無味的冷開水。

5.3

阿拓顯然是個精神力旺盛的鬥士，要不，就是有自虐狂。

就在我以為阿拓永遠不會再上門後，我居然看見阿拓朝著店裡，大步從外面走來。然後砰的一聲，阿拓愕然撞上了吊著各種小擺飾的自動門，然後摸摸鼻子，不好意思地走進來。

「天啊，你走路都睜開眼睛睡覺喔？」我甚至覺得他根本就是故意出糗的，雖然阿拓的鼻子都撞紅了，那一聲巨響也是貨真價實。

說到出糗，我想起了澤于跟野蠻女友分手的當晚，他告訴我他一個辯論社學長的怪談。

那學長叫冠凱，擅長擬訂各種論點跟資料蒐集，在私下跟同伴討論策略時都侃侃而談，但一說到實際上場比賽，卻因為太過緊張，冠凱總是畏首畏尾、狀況百出，特別是雙方進行交叉質詢時，這種焦慮就會更明顯。

於是冠凱開始打噴嚏，不停地打噴嚏。

甚至創下三分鐘打一百二十二次噴嚏的恐怖紀錄，嚴重地干擾對方問問題的節奏，還有自己的答辯時間，有一次還因為缺氧跪在台上、需要對手攙扶。

「好慘，那個叫冠凱的噴嚏魔人應該很少上場吧？」我大笑。

「才不，他是我們交大辯論社的寶貝，別的學校看到他就頭痛。」澤于笑著解釋：「我們總是觀察別校有名的強將是打哪一個位置的，我們就把冠凱擺在跟他交叉質詢的位置，如此一來，對方高手的實力就沒辦法充分展現，時間都在哈啾哈啾裡過去了，況且冠凱是真的在打噴嚏，完全沒有造假啊。」

「哇！可是，這樣的話他自己不也拿不到什麼分數吧？」我歪著頭。

「表面上這卑鄙的策略看起來是傷敵八百自損一千的內傷戰術，但關鍵是對方主將的實力無從發揮，整體的分數掉得比我們還快。」澤于幽幽地說。

「不過這樣說起來，冠凱好像滿可憐的。」我說。

「也不能這麼說，他常常搶著要上場，說自己是王牌殺手呢！」澤于開始大笑。

說不定出糗會變成一種強迫症，只要一天不出糗全身就會過敏長蕁麻疹。

同理可證，女朋友被阿不思搶走的阿拓又回到阿不思上班的店裡，這不是自尋毀滅是什麼？出糗出上癮，也不能太小覷他了。

「阿不思不在嗎？」阿拓看著我，搔搔頭。

「她說新的少年快報出了，她去梅竹租書城看半個小時就回來了。」我看看牆上的掛鐘，說：「還有十分鐘吧。」阿不思總是那麼率性。

「那……」阿拓摸著紅透了的鼻子，東看看西看看。

「要不要坐著等她一下，坐一下又不收錢。」我建議。

「不了。」阿拓搖搖頭，然後從有些破破的背包裡拿出一個包裝極為精緻的盒子放在我面前。

「包得很好耶，你的手真巧。」我嘖嘖稱奇，包裝封口甚至用上了蠟燙。

「請幫我交給阿不思，她會知道我的意思。謝謝妳。」阿拓握緊我的手。

好疼，他一點都沒把我當女生看，好像硬要將內力一次灌給我似的用力。

「不急著走啊，小妹不是說過，你每來一次就請你喝一次不同的咖啡賠罪嗎？坐下等阿不思吧！」老闆娘坐的地方離我們不遠，朝著這邊懶懶地說話。

我看著阿拓，他顯得很緊張，但不緊繃。

「是啊，我昨天學會了中等濃度的美景三河，要不要試試？」我邀請。

「中等濃度的河？是哪三條河？」阿拓狐疑。

「不是啦，是哥斯大黎加的一種咖啡！」我簡直昏倒。

於是阿拓坐下。

坐在陽光潑洩而下的窗口旁，試圖讓黃昏的陽光遮掩他臉上的扭捏？

「喏，很好喝喔，經過阿不思杯評認證的。」我捧著咖啡到阿拓面前。

「謝謝妳。」阿拓趕緊站了起來，雙手伸出。

我害怕我的手會被他高強的內力絞斷，趕忙將咖啡送進他的手裡。

「上次的事，真的承了妳的情。」阿拓道謝，接過咖啡。

「那你最近有沒有快樂點啊？」我問，希望他周遭朋友可以收斂一點。

「嗯，後來話傳開了，我收到很多道歉的email。」阿拓紅著臉但看起來很愉快。

「真替你高興。」我真的很高興，拍拍手，說：「你以後可要有脾氣一點，這樣才像個男人嘛！」

「嗯，我會好好記住妳的話，我是說真的。」阿拓點點頭，跟我比了個大拇指。

聽他這麼說，我也非常得意，仗義執言果然是正確的。

「別顧著說話，快喝我的美景三河啊，然後給我個分數。」我笑著。

阿不思在的時候，都是我弄餐食她弄咖啡居多，偶而她發懶，才會將調咖啡的工作拋給我。

阿拓喝了一口，點點頭，表示好喝。

然後一口氣將咖啡喝完了。

「哪有人這樣喝咖啡的？你以為是在喝酒啊？」我又好氣又好笑。

「啊，對不起，請再給我一杯！」阿拓還真的給我擺出很抱歉的表情，補充說：「這杯我會付錢的。」

「你這樣是不行的，不夠雄壯威武，來，跟我說一遍。」我表情凝重地搖搖頭，想要教導他男子氣概點。

阿拓毫無疑慮地點點頭，認真的表情讓我真想捶下去。

「妳管個屁啊！老子就是這種大口吞蛋糕大口喝咖啡的個性！」我兇巴巴地說。

「妳……妳管個……管個屁啊，老子就是這種大口吞蛋糕大口喝咖啡的個性。」阿拓靦腆地說。

「請個咖啡有啥了不起？老子難道沒錢付妳？少在那裡擺一副臭臉！」

我更兇，右手扳著左手掌，作勢要打人。

「請個咖啡有啥了不起？老子難道沒錢付妳？少在那裡擺一副臭臉！」

阿拓總算聽出我的意思，努力裝出一副凶神惡煞的樣子。

我用力拍下桌子，砰！

阿拓用力拍下桌子，砰！

然後我們相互看了一眼，不約而同哈哈大笑。

「大概就這樣了，你總要學發脾氣，不然會被人欺負到頭都抬不起。」

我笑著，拍拍阿拓的肩膀。

「謝謝妳，我會記住的。」阿拓站了起來。

然後，我的雙手又被阿拓奔騰氾濫的內力灌得孜孜作響。

5.4

過了兩天，我下班回家的途中又遇到了阿拓。

記得那天是不用上學的週末，原本老闆娘下午就要回老家彰化跟朋友吃飯，所以要提早關門，但我們還是拖到晚上八點才打烊。

比較晚下班的原因是，有個喜歡聊天的歐巴桑點了老闆娘特調。那位奇妙的歐巴桑說她看了菜單，猜想老闆娘的興趣跟她一樣，都喜歡天花亂墜地聊天，於是興致沖沖地點了一杯跟老闆娘抬槓。

我跟阿不思面面相覷，這可是初次有女人點特調跟老闆娘親密接觸。

「她不是拉子。」阿不思淡淡地表示權威意見：「只是一般的歐巴桑。」

但這位歐巴桑堪稱等級超高的聊天魔人，除了一開始的那杯老闆娘特調外，她又連點了七杯不同口味的咖啡，只為了跟老闆娘抱怨她那老是在外勾三拈四的死老公有多麼負心、唯一的兒子又如何遊手好閒的家庭倫理大悲劇。

老闆娘人很好，沒有露出絲毫的不耐跟苦笑，反而請了她幾塊蛋糕跟烤餅，聽她把足以媲美連續劇「春天後母心」的故事好好說完。

忘了說，這故事從中午十一點一路碎碎唸到晚上七點半，但如果扣掉內容重複的地方，這故事大概要縮水一半以上。

「我以後一定不能讓自己過得那麼不幸，不然會成為這種恐怖的聊天魔人比死還要痛苦。」我暗暗發誓，沿著光復路而下。

突然，腳踏車的把手有點無法控制，我感覺到身體前方一下子沉下，我想腳踏車的輪胎怪怪的，大概是漏風還是爆胎了吧。

於是我跳下車，將腳踏車牽到路旁，蹲下來檢查。

「可惡。」我做出簡單的結論，然後回憶再往前走有無可換輪胎的地方。

此時幾台機車從旁呼嘯而過，我下意識抬頭看了一眼，然後其中一台機車在我前面不遠處停住，騎士走下車，其餘的機車也停在路旁觀望。

「啊，是妳！」騎士摘下安全帽，是阿拓。

「啊，那麼剛好。」我點頭，捏著鬆軟的輪胎示意。

我原以為阿拓是看見我才停下車來，但後來我才知道，阿拓只是很單純地、看見一個可憐的少女遇到了麻煩，所以下車問問狀況。

阿拓就是這樣，如果駕駛無敵鐵金剛的柯國隆臨時拉肚子不能上場打怪獸，只要跟阿拓說：「喂，別光在旁邊看，幫個忙吧！」這顆老實頭就會打開鐵金剛的腦袋坐進去，抓著搖桿跟惡魔黨搏鬥去。也不管會不會贏。

「你知道前面有沒有腳踏車店？」我問。

「沒有，只有三間機車行，腳踏車店要往回走，天橋下有一間，不過那間腳踏車店今天跟明天都休息。」他說，想都沒想。

「不會吧，你連這個也知道？」我不信。

「因為成伯全家去玩啊，我前幾天經過的時候成伯跟我說的。」阿拓說，彎下腰研究腳踏車輪胎，捏一捏。

「成伯？成伯是誰？」我摸不著頭緒。

「當然是腳踏車店老闆啊，我剛進大學時還沒買機車時騎腳踏車，在那灌過不少次氣後自然就會認識啊。」阿拓站了起來，搔搔頭，想著什麼。

「阿拓！要不要幫忙啊？」他的朋友遠遠喊道，招招手。

「等我一下！我問一下！」阿拓轉過頭來看著我，慢條斯理說：「妳等一下有沒有空？我們正好買了個蛋糕要去南寮海邊慶生，還會放煙火喔，要不要跟我們一起去？然後我再載妳回家。」

我看著阿拓，再看看他的朋友們，依稀都是那一天到竹女的同一夥人，直排輪社。想想，跟大學生一起出去玩，好像也不錯吧？後天上學就可以跟小青說嘴了。

況且，我一直都想體驗大學生的夜生活！

「好啊，不過我十二點以前要回到家耶。」我大概笑得毫無掩飾吧。

「沒問題，現在才七點五十，我一定提前送妳回家。」阿拓看起來也很高興，補充：「臨時遇到妳真是太好了，因為沒有妳就沒這次的慶生會。」

我聽不懂，但還是趁阿拓還沒將驚人內力灌進我的手掌前，開開心心將腳踏車放在路邊，接過阿拓從行李箱拿出的安全帽，上了摩托車。

一行人繼續往風更大、更有型的南寮海邊前進！

「喂～剛剛你說沒有我就沒有這次的慶生會，是什麼意思啊？」我在後座喊著。

「他們要慶祝我的重生啊～沒有妳就沒有我的重生～」阿拓大聲說。

「好好笑啊！我何德何能讓你重生？！」我緊緊抓著身後的桿子，大概知道是怎麼回事了。

「真的啊！我們剛剛經過咖啡店的時候本來要進去找妳一起出來玩的，但是店關了。今天比較早關吼～～」阿拓大聲喊道。

「對啊，老闆娘有事要回彰化！」我奮力回應。

「幸好妳腳踏車壞掉～～」阿拓不三不四地喊道。

「壞個大頭鬼！我還謝謝你的好心咧～～」我沒好氣地說。

隨著兩旁的建築物越來越矮，風也越來越猖狂，每一句話都要高強內力，論內力阿拓很多，我就吼得相當辛苦了。

過了虎林，我明顯感到除了狂風襲來，車身的速度也增添風的威勢。

我偷看時速表，哇！已經一百一十公里了！後天可有得吹噓的！

「會不會太快？我可以騎慢一點，反正我們都知道地方。」

阿拓注意到我的動作。

「不用！你保證安全就行，要保證喔～～」

我大叫，我在新竹土身土長，可卻沒去過南寮海邊！

「我保證！」阿拓壓低身子，我感覺身邊的景物飛逝的速度又快了些。

然而阿拓居然還是殿後的！

「大學生好酷！」我大叫，然後想起了我哥。

不曉得他在外面是不是都亂飆車，等一下回家可要好好拷問他。

「剛剛好而已！」阿拓聽起來很高興。

5.5

我們來到一條筆直寬闊的公路上，公路旁都是間隔頗遠的路燈。路燈橙黃的燈將整條公路鋪蓋住，但暖暖色澤似乎無法沾上捲來的大風。越是近海，越是聞到鹹味，我就開始覺得冷。

大家停在漁港裡的小吃攤前買了幾杯珍珠奶茶，然後再騎到海堤下。

我打了一個大噴嚏。

「這件風衣給妳穿別介意。」阿拓將身上的橘色風衣脫下，交給我。

「不用了啦。」我推辭，剛剛在前面擋風的阿拓應該比較冷才是。

「大家都說笨蛋不會感冒，放心！」阿拓正經地說，我大笑將風衣套上。

「一個一個上去，女士優先！」那個叫阿爆的爆頭社長指揮著。

阿爆先跳上海堤，阿拓用手當人橋，幫助兩個女社員爬上了堤防，然後輪到我。

「好久不見！聽說妳很兇喔！」阿爆哈哈一笑，拉我上去。

「剛剛好而已。」我學阿拓講話，上了堤防。

幾個男生從機車裡拿出蛋糕跟一包又一包的煙火，從下面傳了上來，不多久那些動作像猴子的男生就一個個竄上，還比賽誰的動作比較優雅。

所有人都上了堤防，我們沿著略顯窄小的堤防走著，尋找他們口中的「老地方」，但海風很大，看著右手邊的大海黑壓壓的一片，剛剛久坐的我突然有些目眩，於是蹲了下來休息一下。

「就坐在這裡吧。」阿拓注意到我，於是蹲了下來，補充：「這裡也可以看見燈塔。」於是善良的大家就圍著我跟阿拓坐下。

一個女生打開蛋糕，我則幫忙將蠟燭插成一個驚歎號。

「阿拓，幫人家自我介紹一下啊？你這阿呆！」

阿爆身為社長，提醒重生的苦情主角大家都還不認識我。

阿拓疑惑地想了想，好不容易才開口：「對了，我好像還不知道妳的名字？」

我點點頭。廢話，因為你根本沒問過我我也沒主動跟你說過啊！

「我自我介紹吧，我叫李思螢，思念的思，螢火蟲的螢，在咖啡店打工。」

我想了想，又補充：「我還是高中生，新竹女中高三。」

「高中生耶！奇貨可居的高中女生耶！這下子阿拓你賺死了啦！」

一個瘦瘦長得像猴子跟竹竿交配出來的男生鬼吼鬼叫起鬨。

「不愧是直排輪社的傳奇，跌倒了不但爬起來還一口氣飛上天空去！」

白痴阿爆擁抱著阿拓，阿拓緊張大叫不是這麼一回事，解釋我們只是朋友，而且剛剛才認識。

接下來，大家簡單自我介紹自己的外號，雖然我已經在學校體育課聽過一遍了。

阿爆、綠猴子、鬼腳七、橄欖人、美華、可心、弗力札、大界王。

除了女生以外，每個人的外號都很詭異。

「思螢啊！有漂亮的同學可要介紹一下啊！要漂亮的喔！」
長得跟大界王一模一樣又戴一模一樣眼鏡的大界王提醒我。
「不好吧，我在學校還要交朋友。」我開玩笑。
「講話很毒喔！難怪能幫阿拓重振男性雄風！不簡單！」
長得跟電影鬼腳七一模一樣的鬼腳七大聲讚嘆。
「講到重振雄風！來！切個蛋糕吧阿拓！今天十月七號就素你的重生紀念日啦！以後要牢牢記住啊！」阿爆大吼大叫，將蛋糕上的蠟燭全點燃。
阿拓笑個不停，邀請我跟他一同將蛋糕上的蠟燭吹熄。
「喂，是你重生耶！」我拍拍阿拓的肩膀。
「謝謝！謝謝妳！」阿拓緊緊抓住我的手，於是我再度慘遭分筋錯骨！
我們合力將蠟燭一口氣吹熄，大家鼓掌。
「阿拓，以前真對不起你！沒想到你也是一條威風八面的男子漢！」身為社長、負責介紹社員的阿爆大概恥笑了最多遍，站了起來，指著自己的胸膛大吼：「給你打！打到你爽為止！打到你的手抽筋為止！別客氣！」
「不必了啦，以前我也有錯。」阿拓摸摸自己的頭，傻笑。
「還有我，你原諒我吧！以前我借你的A片不必還了！打到死為止吧！」
弗力札也站了起來，A片不用還大概是一種很誠懇的道歉吧。
「那謝了。」阿拓靦腆跟弗力札握手後，弗力札臉色慘白地坐下。

「我們也是，以前都沒顧慮到你的感受，真的是Sorry啦！」

美華跟可心拿出一隻趴趴熊玩偶，將它吊在阿拓的背包上。

「願這海風代表我誠摯的追歉，隨逝向遠方無情回憶再度緊繫彼此。」

橄欖人唸詩的時候我才知道為什麼他叫橄欖人，因為他說話的時候嘴裡像含了七、八顆橄欖一樣含糊不清，而且他的腦袋好像也含了不少顆橄欖，唸的詩根本狗屁不通，比我哥還笨。

「我們什麼也不必多說！來！」大界王大叫，然後什麼也沒做，也不知道他在來個什麼勁。

「阿拓！除了對不起，說真的，以後有認識高中女生一定要記得我！」

綠猴子齜牙咧嘴地大叫，他的外號真是夠了。

「你們都不夠誠意！我來獻個吻好了！」

鬼腳七在大家哈哈大笑之下，硬是親了阿拓一下。

看到阿拓，原本是一個陌生人、現在變成半生不熟的新朋友，因為我一場潑婦罵街重新獲得人際關係上的平衡，我很高興又榮幸，整個晚上都笑得合不攏嘴。

雖然跟大家根本就不熟，但這些人都很活潑也都怪怪的，一下子就將我帶進另一個鬼吼鬼叫、在女校裡還看不到的世界；歡樂的氣氛下暫時忘記自己外來者的身分。

然後煙火滿天。

阿爆很厲害，他可以兩手各抓一個蝴蝶炮，然後在最好的時機甩將出去，不停旋轉的綠光在海空上呼嘯。

大界王也不賴，他居然敢用嘴巴放沖天炮，搞得大家笑都快笑死了。

阿拓則更不可思議，簡直就是特異功能人士。

「阿拓！來了！」鬼腳七朝著阿拓丟來一顆金光閃閃的鑽石炮！

「簡單！」阿拓竟輕鬆將彎彎曲曲衝來的鑽石炮抓住，然後用力丟向天空，燦爛的煙火滴溜溜轉著。

我看都看傻了，阿拓他一連接了五個鑽石炮，無一漏失。

真不知道他沒事幹嘛練這麼恐怖的武功？

「思螢！妳敢不敢用手放沖天炮！」

綠猴子尖聲尖叫，手中的沖天炮咻一聲劃向天空。

「來啊！誰怕誰！」

我不甘示弱，拿了好幾支沖天炮，阿拓跑過來用線香幫我點火。

雖然我滿害怕的，只是太high了管不了這麼多！

「不要太快放！等屁股噴出火來再朝著天空鬆手！」阿拓提醒我，緊張地看著。

「要提醒我！」我神經緊繃。

沖天炮的尾巴竄出煙花，我眼睛瞪大。

「三、二、一！就是現在！」阿拓大叫。

我鬆開手，感覺炮柄輕微的震動。

咻！

沖天炮清脆地劃出我的手，我聽見尖銳的、活生生的破空聲。

砰！

「哈！我也會！根本沒有訣竅嘛！」我開心極了，要阿拓再幫我點一根。

「這次試著把角度調到45度，這樣會射得比較遠！」阿拓高興將沖天炮點燃。

阿拓重生了。

二〇〇〇年十月七號，星期六。

與有榮焉的美好夜晚。

5.6

回到家的時候，差不多是十一點半，阿拓將車子停在我家巷口讓我自己走進去，大概是怕被誤會，導致我被家裡的人罵吧。所以也不能說阿拓是百分之百的笨蛋。

「謝謝，我玩得很開心，以後要放沖天炮記得來店裡找我啊。」我說的可是實話，今晚收穫頗豐呢。脫下風衣還給號稱感冒不侵的阿拓。

「一定一定，對了，妳家是哪棟啊？」阿拓遙遙從巷口張望接過風衣。

「就是二樓陽台攀著一大堆黃金葛那棟，我爸媽都喜歡種東種西的。」我說，邊走邊跟他揮揮手：「謝謝你準時送我回來，掰掰。」

「嗯嗯掰掰，啊啊啊對了！」阿拓像是突然想到什麼，叫住了我：「思螢！明天是禮拜天，妳有沒有空？明天是金刀嬸開爐的日子！我差點忘記！」

「明天下午以後都有空啊，不過金刀嬸是什麼東西？」我摸不著頭緒，阿拓說話常常亂七八糟的。

「太好了，那明天請妳吃飯！傍晚我在巷口接妳好不好？」阿拓看起來很高興，一副我也要感到非常興奮才對的樣子。

「好啊，不過在巷口不好啦，在東門城那邊的NET門口吧。」我點頭，有人請吃飯當然很好啊，雖然那不叫約會。

有一天澤于請我吃飯的話，那才叫做約會。

「那明天見！」阿拓揮手，戴上安全帽。

回到家，我跟正在看電視的爸媽說了我腳踏車臨時爛掉、被我鎖在光復路旁，碰巧我遇到一個熟客好心載我回家等等。

「光復路啊？光復路的哪裡？反正都簡單啊，明天下午跟我一起去上班，我開公車經過光復路時妳下去牽就好啦！」爸提議，他開的兩班公車路線都會經過光復路。

「明天下午幾點？」我問，爸的排班表一向跳來跳去。

「大概兩三點吧。」爸說，我說好。沒有沖到免費的晚飯都好。

洗個澡，泡了杯熱牛奶，我打開參考書做歷史跟地理的題目。

我背書的本事不高，所以我都靠多做題目來強固我的記憶。

週末夜晚最適合搶攻需要專心致志的歷史地理，因為哥整夜都不在。

念私校的哥每到週末就是打工賺學費，下午去加油站，晚上則去KTV當服務生，好讓平常的時間可以拿來蹺課看漫畫。

大概是煙火的殘影還留在腦海裡劈劈啪啪吧，念書的效率不是很高。

然後我想到了阿拓跟我在海堤上的對話。

「我問過阿不思了，她說那個盒子是你送彎彎的生日禮物，你真是個滿念舊的人，我想彎彎一定很高興的。」我說，但阿不思沒有告訴我那盒子裡裝的是什麼。

「嗯。」阿拓搔搔頭。

「可以問阿不思是怎麼橫刀奪愛的嗎？」我最喜歡聽故事，因為故事用聽的，遠遠比用看的要真實得多。耳朵接受情感的能力遠比眼睛要來得高，所以女生才那麼喜歡聽情話。

「彎彎說她比較喜歡阿不思，所以就這樣。」阿拓說。說完了。

我看著阿拓。

他的優點也是他的缺點，只要端詳他的臉就可知他的心情甚至想法。

他根本藏不住，或是他沒想過要藏。

阿拓的表情告訴我，他真的把故事說完了，而不是不肯說得感情豐富點。

「彎彎也是拉子嗎？」我問。

「我不知道，其實什麼是拉子我也是很後來才知道。」阿拓很坦白：「我只知道彎彎如果喜歡另一個人，不管對方是誰，都應該得到祝福的吧。所以我們就分手了，說起來也很正常。」

「那你以前跟彎彎在一起的時候，會不會覺得彎彎是那種會喜歡女生的女生？」當時的我覺得這些問題才是關鍵。

「不知道，坦白說我以前根本想都沒想過這種問題，後來回想起來，也只記得當時阿不思跟彎彎滿常在一起的。」阿拓認真地說，遞給我最後一塊蛋糕：「阿不思是個很棒的人，她比我聰明多了，彎彎考我腦筋急轉彎的問題我都招架不住，阿不思卻好像事先知道答案一樣，每次都隨口答出來，真的很厲害。而且她也比我細心多了，像剛剛，我就忘記騎機車會冷，應該在一開始就把風衣讓給妳穿的，我卻到了妳打噴嚏以後才想起來。要是阿不思，阿不思才不像我這麼笨。」

關於阿不思的聰明，我可是百分之百同意。

「你知道阿不思很會調咖啡嗎？跟你說幾件超級爆笑的事。」

我開始說著阿不思應付無聊客人的故事，例如蘇門答臘麝香貓啦、華山論劍之黯然銷魂啦、藍山咖啡要藍不要山啦、小杯濃縮咖啡小辣不要太甜啦，聽得阿拓一愣一愣的。

「所以說，你輸給阿不思也不必感到不好意思啊。」我開解阿拓。

「我從來沒有不好意思啊，反而是彎彎，她自從跟阿不思在一起之後，就不跟我聯絡了，這讓我覺得很洩氣。」阿拓苦笑，聳聳肩。

「她應該是覺得很對不起你吧，所以不是不跟你聯絡，而是不敢。」我以常理猜測。

「我想也是，所以我就更自責了。彎彎跟我在一起一年多，可我竟沒讓她了解我，了解我根本不會生氣，也不會想埋怨她。我只是想繼續跟彎彎做朋友，畢竟人跟人之間的關係不該是說斷就斷，如此脆弱。」阿拓拍拍自己的臉，說：「所以我被甩得很徹底，很失敗。連送個生日禮物都要託人轉交。」

我將牛奶喝完，也有點困倦了。

人與人之間啊，真不該如此脆弱。

但情人與情人之間，卻常常需要斷裂得無比徹底才能釋放彼此。

阿拓還不明白。我也是看了一缸愛情小說才提前明白的。

第六章 洗衣店與電影院

他的右手臂外側刺了一條張牙舞爪的青龍，
左手臂內側卻刺了六字大明咒：「唵嘛呢叭咪吽」，
兩者合併後的意思，
大概是具有攻擊與防守的黑道魔法吧。

6.1

早上醒來，哥已經躺在床上睡得跟死豬一樣。

哥不只要打工存一筆錢好還就學貸款，他還想買一台二手汽車練開，他說老是開朋友的不好意思，而且萬一撞壞了什麼又要修又要道歉的，還不如買台自己的車來得心安理得。所以週末的哥幾乎跟我沒交集，想想他也是滿淒慘。

我走到樓下，媽跟爸正在客廳裡做家庭手工。

「小妹，妳交男朋友了吼！」爸開玩笑說。

「亂講。」我打開冰箱，將鮮奶倒在杯子裡當早餐。

「妳自己開門看看，妳男朋友送禮物來了。」媽也笑得很奇怪。

「一大早就怪怪的，又不是辛普森家庭還是阿達一族。」我拿著玻璃杯邊喝邊走到門口，打開。

我那老舊的腳踏車好端端停在家門口。

我蹲下檢視，不用說，輪胎也換了新的。

「啊？這是怎麼一回事？」我隨即想到阿拓，那傢伙該不會精力旺盛到幫我將腳踏車修好騎回來吧？十分可疑，尤其昨晚還刻意問我家是哪棟。

問題是，我上鎖了耶！

「那個咖啡店的熟客對我們家女兒有意思吼！」爸跟媽說，聲音很大。

「現在的年輕人真是管不住，亂浪漫的耶。」媽回答爸，真是雙簧。

我又好氣又好笑，但阿拓幫我將腳踏車騎回來還真省了我不少麻煩。

傍晚阿拓騎機車在NET接我時，我先是謝謝他，然後開始怪他怎麼那麼無聊。

他的回答很簡單，就是他剛開學閒著也是閒著，又有在睡前運動的習慣，於是昨天深夜就將腳踏車牽到認識的車店前，貼上紙條說要換新輪胎，一大早，阿拓就幫我將它騎到我家門口，然後坐公車回住處。

「認識的車店？貼個紙條？」我不信，貼著紙條人家就自動將車修好？

「是啊，我會開腳踏車鎖也是他們教的，很簡單，妳想學可以教妳。」

阿拓講話很耿直很理所當然，但我還是覺得很怪。

十分鐘後，阿拓載著我穿過地下道、騎進一條小巷，然後又轉進一條小巷中的小巷。最後停在一間半自助洗衣店外。

我終於知道誰是金刀嬸。

「阿拓！來洗衣服還是來吃飯！」

金刀嬸的嗓門很大，模樣像女子監獄裡的典獄長。

「金刀嬸！今天禮拜天！妳不會告訴我妳不開爐吧！」

阿拓的嗓門跟著大了起來，笑著。

「虧你還記得，口福不小啊你，咦？你旁邊的女生是？」

金刀嬸露出一口金光閃閃的金牙，好奇地亂摸我的頭。

「我朋友，剛剛認識不久，叫思螢。」

阿拓用力拍拍我的肩膀，我感覺到阿拓的內力快將我震散了。

「思念的思，螢火蟲的螢。」

我補充，雖然我的靈魂完全傻了。

金刀嬸是一間洗衣店的老闆娘。

是的，很抱歉你沒有聽錯，我們要去一間洗衣店裡吃飯我簡直嚇壞了。

「那你跟你女朋友幫我顧一下店，我那死鬼還沒回來，真不給老娘面子。」金刀嬸接著隨口幹罵了幾句後就一個人走上樓，留下嗡嗡不絕於耳的立體環繞洗衣機響。

「阿拓？」我的表情應該很呆很呆。

「嗯？」阿拓的表情卻像剛登陸月球的阿姆斯壯。我看他是皮在癢。

的頻道。」

「在洗衣店？你要請我在洗衣店吃晚飯？」我抓著阿拓的肩膀用力搖著，想把他的腦筋搖回正常人

我本來以為今天晚上應該可以去鬥牛士或龐德羅莎之類的地方吃頓大餐，畢竟再造之恩是多麼的珍貴，搞不好還有大飯店的高級料理可以享用，最差最差，至少也要有貴族世家或爸爸餓我餓我餓的達美樂吧？

「不是洗衣店！是金刀嬸！」阿拓的表情不只是得意，還笑得跟拿到同花順的周星馳一樣。

「嗯，金刀嬸。」我的臉上一定掛滿斜線，差點沒比出大拇指。

「廚藝新竹無雙，二十年前號稱香廚美人的金刀嬸～～」阿拓大叫，差點沒從口袋掏出同花打不打得過葫蘆的同花順。

6.2

我跟阿拓就在洗衣店裡瞎顧了四十分鐘的店，老實說我的腦袋一直被洗衣機震耳欲聾的嗡嗡聲搞得昏頭轉向，但阿拓卻開始跟我聊一些外星人的事，坦白說我不是很相信這個世界有外星人，所以我的頭只有更昏了。

「妳相信這個世界上真的有這種事嗎？我以前有個鄰居整天都在說他的身邊總是有各式各樣的外星人走來走去，我一開始當然是不信啦，但他還是像布穀鳥一樣說個沒完，長得跟麥當勞蛋捲冰淇淋一樣的蛋捲星人啦，打扮得跟消防隊一樣的消防星人啦，喜歡送人生日禮物的西瓜星人啦，眼花撩亂，

說得我頭都暈了。」阿拓嘆口氣，但眼神可是很得意：「不過我最後還是信了。」

「你真是善良。」我拍拍阿拓的肩膀，雖然我也很善良願意聽他瞎扯。

不久後金刀嬸口中的死鬼老公回來了，看到我這個新面孔似乎很高興，爽快地關了店，吆喝著一起吃頓晚飯吧！

「今天就只有我跟我朋友要來嗎？」阿拓想阻止金刀嬸的老公拉下鐵門。

「還有鐵頭啊，不過鐵頭有鑰匙會自己開門啦！」金刀先生無所謂。

「誰是鐵頭啊？」我隨口問。

「還有哪個鐵頭？當然素少林寺卡拉ＯＫ那個鐵頭！」金刀先生嘻嘻，我投降。

走到洗衣店二樓，擺設跟一樓的氣氛相差很多，著實讓我驚異不已。

深色實木地板，兩組在牆上投射出鵝黃溫暖的鹵素燈，一張厚實的橢圓核桃木桌，一幅似乎是小孩子在嬉鬧中塗鴉的巨畫懸吊在天花板下。

簡單的擺設，簡單的氣氛。

還有最重要的，五個閃閃發亮銀色餐盤蓋還有幾組排放整齊的歐式餐具。

「這麼講究？」我嘖嘖稱奇。

「當然講究，金刀嬸一個禮拜就開這麼一次爐，其他的時間都是金刀桑胡亂煮的，那東西不能吃的。」阿拓說，幫我拉開椅子，算他還有點紳士風度。

「別等鐵頭了我們先開動，哈哈！」金刀桑嘻嘻，拿著湯匙猛敲餐蓋。

金刀嬸穿著白色的圍裙走出廚房，手裡拿著一瓶紅酒，笑得比彌勒佛還彌勒佛。

「等不及啦？都二十年了，還是一樣等不及。」金刀嬸風情萬種地笑著，還神不知鬼不覺上了眼影。

「妳的菜跟妳的人一樣，二十年的陳年佳餚，風情不減吶～」金刀桑深情款款，我全身起雞皮疙瘩。

好一對噁死人不償命的夫妻拍檔！

「今天是什麼菜！可不能讓我的朋友失望啊！」阿拓拍拍手，我勉強露出很期待的表情。

「好小子，老娘的菜什麼時候讓你失望啦？」金刀嬸哼哼哼怪笑，然後一一掀開罩住美食的銀色鍋蓋。

第一道菜，鮮豔奪目，我感覺到我的瞳孔快速縮小的聲音。

七種水果依五色的五行位置排放，剁碎的雞肉和著馬鈴薯泥為底。

「五彩繽紛之七果迎雞賓奇幻大拼盤！」阿拓興奮地大叫。

金刀嬸跟金刀桑的雙手在頭頂上比了個圈，表示答對。

第二道菜，香氣滾滾，我的嗅覺一瞬就被征服，連手指都感到酥麻。

半隻雞被支解得死有應得，與一隻同樣死得其所的吳郭魚依太極圖擺放，香氣飽滿、如海浪般波濤洶湧。

「等等！居然是十香軟筋散之鐵雞鬥吳郭！」

阿拓嘖嘖稱奇，好像有十年沒吃到這道名字怪力亂神的好菜。

第三道菜，濃郁厚實，光用眼睛就能品嚐出藏在香濃背後層層鮮滑誘惑。

我看那菜色是烤羊小排或牛小排淋上綠色的醬汁、以及青蔬青果。

「今天真有口福，思螢，妳猜猜這道菜的名字？」阿拓邀我一猜，可惜我沒有瞎掰的天分。

「我瞧是清海無上師之三羊開泰。」我居然說出自以為搞笑的話。

「很接近了，是愛情青紅燈之要青不要紅首部曲，羊女的一生。」

金刀桑嘉許我，可惜我很努力思考也想不出這兩道菜名為何很接近。

第四道菜，銳氣千條，我光用膝蓋想也清楚鐵定是道武林豪宴必選之菜。

鮮筍森然羅列，白醬行雲流水，四季豆與紅蘿蔔依天罡北斗陣護法其中。

「厲害，厲害，真不愧是萬水千山縱橫之筍人筍己。」

一個光頭佬拍手，從樓下踏步走上來。

「你越來越厲害喔！居然不用看也可以聞得出來！」

阿拓看著光頭佬，他一定是那叫鐵頭又擁有金刀家鑰匙的神祕男人。

「好說，少林寺武功一法通萬法通，全身百穴都通通，鼻子也通通。」

鐵頭朗聲，差點沒拈花微笑。他坐在我身邊，向我友善一笑。

我也笑笑，真想推薦鼻子好的他給另一個鼻子好的阿不思認識認識、切磋切磋。

依據歸納法則，鼻子奇好的人都是擁有特異功能的奇才，例如鐵頭、阿不思，還有大名鼎鼎的楚留香，也許我該去薰薰或是蒸蒸我的鼻子，看看大學能不能考好點。

「第五道菜，誰說得出名字，老娘今天晚上不收他的錢！」

金刀嬸自己拿起湯匙敲敲鍋蓋，我們做出拭目以待的表情。

鍋蓋掀開，是一盆湯。

湯水極為清澈，顏色卻帶著一抹火紅，番茄與鰻身悠閒地交纏在一起。那鰻似乎在微笑，大概很滿意有番茄陪葬。

鐵頭面有難色，不斷搖頭。阿拓沉吟不決，眼睛時大時小。

這道菜大概很少排到通告。

「我猜猜，番茄與鰻魚之天人永隔不倫戀？」鐵頭咬著手指，不倫不類的答案。

「讓我試試，應該叫憤怒的番茄之鰻不講理！」阿拓振振有辭，這是我看過他最有主見的表情。

可惜我看不出番茄到底是哪裡憤怒了。

「依我看，鰻身依舊在，幾度夕陽紅？」我也不甘示弱。

「答對了！就是鰻身依舊在，幾度夕陽紅啊！」金刀嬸尖叫，金刀桑拍手叫好。

我卻嚇呆了，這一定是靈異事件！

「大家開動吧！今天晚上的心情實在是太好了！」在金刀嬸爽朗的笑聲中，我們愉快地動手用餐，我更因為答對了天花亂墜的菜名而興奮不已。

「對了，金刀嬸，妳怎麼能做出這麼棒的菜啊，簡直跟大廚師沒兩樣。」我用叉子戳了一大坨雞肉沙拉到盤子裡，開心地說。

今天晚上到洗衣店吃飯，真是件很奇妙的事哩。

「大廚師？金刀嬸比大廚師還要厲害多啦！光是從菜名就知一個人創意的深淺，當廚師是很講究靈感的！」阿拓義務講解，幫我倒了點未成年少女不宜的開胃紅酒。

「這是真的，我老婆是最棒的，要不是她嫁給了我這開洗衣店的，現在不知道在哪一間五星級飯店當大廚咧！我們要吃這一頓飯，可得花上萬把塊不只！」金刀桑含情脈脈地看著一旁的金刀嬸，開始說著噁心的往事。

6.3

原來金刀嬸二十多年前可是新竹美食界響叮噹的人物，手藝無雙，容貌也號稱無雙，在知名的國賓大飯店裡當廚師，飯店還打算出資送她去日本進修學料理。

但金刀桑，原本是個送瓦斯的臨時工，每星期總要跑三次飯店廚房，早愛慕她已久，卻苦苦沒有表達的機會。

有一天，金刀桑又送瓦斯桶到飯店廚房，看見她剁菜忙不過來，一回想，好像她常因為剁菜花了不少辛苦時間。於是金刀桑回去後，郵購買了把金門出產的絕世好刀苦練飛快剁菜的技巧，等待大顯身手的關鍵時刻。

天可憐見，終教金刀桑等到了這天，她在廚房忙得焦頭爛額，於是他義無反顧將肩上瓦斯桶放下，亮出傢伙在廚房裡快刀斬亂麻秋風掃落葉，什麼菜都給他擺平了。

「我的名字，為了妳，從今天起叫金刀。」

「金刀？好殺氣的名字。」

「是的，為了妳，我再多一點殺氣也甘之如飴。」

「刀，吃過我做的菜嗎？」

「我窮，吃不起，但總有一天我會存夠錢，等我。」

「不必等，我去你家做給你吃。」

從那天起，她的名字就叫金刀嬸。

她揮別大飯店，走進一名瓦斯工人的小廚房，幾年後，瓦斯工人開了間洗衣店，她則升格當了老闆娘，還有兩個孩子的媽。

真夠浪漫，真夠扯。

「其實我受夠了大飯店的油煙，吱，你們都不知道每天要煮菜的痛苦，一點都不享受做菜的樂趣，嗆都嗆死了，人老得多快！青春比什麼都重要喔—」金刀嬸慢條斯理為吳郭魚挑刺，說：「更重要的是，那些付錢請我做菜的人總以為他們的回報就是錢，卻不肯讓老娘自己取名字？媽啦！老娘為什麼不可以替自己的兒子女兒取名字？沒道理嘛！就這麼跳槽到這死鬼的廚房來啦！」

「嘻嘻，所以我都馬讓我的親親老婆取菜名，然後再一個一個背起來。」金刀桑怪裡怪氣地笑著。

我也哈哈大笑，真是個有趣的故事。

金刀嬸喜歡料理美食，又怕油煙，所以一星期只開一次爐，其他的時間不是叫外賣就是由金刀桑隨便下個麵，而金刀嬸的廚藝享名少數幾個饕客兼洗衣客之中，例如鐵頭。不分貧富貴賤，只要熟客付個三百塊基本的食材費，就可以搭上一週一次、在洗衣店樓上祕密舉行的豪華饗宴。

「很好吃耶，好吃到我都快流下讚嘆的眼淚了。」

我豎起大拇指，然後猛嗑佳餚。

「好吃就多吃點啊！阿拓，幫人家夾菜啊！」

金刀桑用湯匙敲阿拓的頭，阿拓趕緊幫我夾一塊羊小排。

「這次居然能嚐到前所未有的新菜色，真是好口福。」

鐵頭露出一口菜渣卡得到處都是的牙齒，幸福地笑著。

吃吃喝喝，再配上亂七八糟的談話，這頓神奇的晚餐大概吃了一個小時半才結束，從聊天中我知道了金刀嬸的兩個兒子在兩年前都到外地念書，一個去高雄餐飲學校接受磨練，一個則在台大唸書，都是令兩老相當驕傲的傢伙。

我也知道了阿拓為什麼知道這裡的原因。

「阿拓啊，他是個熱心過頭的傢伙，平常他來洗衣服的時候就會跟我抬槓啦，哎呀有一天他拿了件羽毛衣來洗，樓下的電視正好壞掉，他看見我在那裡亂拍亂搞的，阿拓就很阿莎力說這種小東西交給他行了，果然他把電視抱走後，隔天再抱回來就好啦，就這樣熟了起來。」金刀桑說起阿拓時，表情可是稱讚到極點。

「阿拓你會修電器喔？」我隨口問問。

「不會啊，那是開租書店的兩撇修的，他什麼都馬會修，超厲害。」阿拓說，聽得我一愣一愣的。

「阿拓你才厲害，有誰會知道一個開漫畫店的老闆很會修電器？」金刀嬸幫阿拓夾了一塊鮮筍。

是的，阿拓最厲害，誰會知道洗衣店樓上會有這樣的美食。

吃飯的過程裡讓我最高興的是，老闆娘並沒有因為煮了精緻豐盛的大餐而訂下許多繁文縟節，例如應該先吃什麼菜還是紅酒應該什麼時候喝等，一切都讓我們吃得隨興自由，愉快得很。

「謝謝你們，今天讓我大開眼界，大快朵頤囉。」我笑得跟白痴一樣。

「別這麼說，以後歡迎常來啦！我老婆菜都馬買很多。」金刀桑露出金牙笑道。

「對了，你們等一下要去哪裡約會？年輕人現在都直接去汽車旅館吧？」鐵頭摸著肚子問道。

「約會？我們不是男女朋友啦！」我有點摔倒，還汽車旅館咧，距離我的世界真是太遠太遠。

「吼鐵頭你不要亂說，如果阿拓的女朋友跑掉你以後就別想過來吃！」金刀嬸警告胡說八道的鐵頭。

「現在才八點半，思螢妳等一下要趕著回家嗎？」阿拓趕緊岔開話題。

「沒啊，你有想到要幹什麼嗎？」我無所謂，說實在的我神經也滿大條，只想著好不好玩，沒想到男女之間的邀約可能都意味著什麼，但坦白說，阿拓那種憨到不行的個性也很難令我將他想太多。

「來！來我家！我唱卡拉ＯＫ給你們聽！」鐵頭顯得很興奮，拍拍自己的光腦袋大叫：「然後讓阿拓的女朋友見識一下我苦練多年的少林寺鐵頭功，很恐怖喔！」

我嚇了一跳，然後我一點也不想見識少林正宗之鐵頭卡拉ＯＫ的表情被阿拓察覺，於是阿拓清清喉嚨，說：「思螢，等一下去看電影好不好？」

「好啊。」我趕緊說好，雖然我根本就不知道最近在上什麼電影。

於是阿拓付了三百塊，帶著我高高興興地揮別神祕的美食洗衣店。

6.4

「去看哪一部電影啊?去國際還是去金像獎?還是去新復珍看二輪的?」我坐在阿拓後面,迎風問道。

「今天比較晚了,改天我們再到電影院看,今天先帶妳去一個超屌的地方!」阿拓很高興地說,機車就這麼經過國際電影院,鑽進一條餿水桶跟垃圾桶堆得到處都是的小巷,然後是幾間招牌搖搖欲墜的PUB。

我不禁開始幻想,月黑風高的夜晚,在這麼陰森森的小巷裡,恐怖的吸血鬼隨時都會從垃圾桶掀開跑出來嚇人,而鬼鬼祟祟的阿拓說不定是狼人,等一會兒月亮從烏雲裡露出來他就會開始變身……

「到了。」阿拓將車停在一棟破舊的老公寓樓下,放眼四周只有幾隻流浪狗在交配,不時發出嗚嗚嗚的聲音。

「我相信你是好人。」我拍拍阿拓肩膀鼓勵他當個好人,雖然這地方夠恐怖了。

「我知道啊。」阿拓聽得一頭霧水,將機車停好,領著我走到一個開放式的懸空樓梯,兩人一前一後走上去。

那樓梯生鏽斑駁,我每踩一步都覺得自己內力驚人,快要將腳底下的鐵板踩穿,真是步步驚魂。

「我們要去哪裡?你住這嗎?」我從上往下看,哇,大概走到第四樓。

「這裡那麼棒,我怎麼可能住這裡?」阿拓說,卻從背包裡拿出一串鑰匙,插進門鎖孔裡。

不是他住的地方,他卻拿了一把鑰匙開門?

門開了,阿拓摸黑將燈打開。我好奇地東張西望。

這房間乍看之下跟一般住家沒有兩樣,雜物與日常用品堆得到處都是,但我注意到擺在客廳的沙發很大很寬，我用手一摸，說不上是什麼質料，但可以感覺到相當柔軟舒服，然而這沙發卻也不是一味的鬆軟，裡面不知道用的是什麼填充物，或許是乳膠之類的東西吧，挺有彈性。

「好沙發。」我自然而然就坐下，拍拍真皮表布。

然後我發現這客廳沒有任何電視，四個角落卻有直立式的環繞音響，怪唬人的。

哥哥有時候會跟朋友借一些音響雜誌或電腦雜誌回家看，我偶而也會翻翻，看著那四座直立式音響上的品牌名稱立刻發覺是高檔中的最高檔。

我一抬頭，牆壁上裝有小型的懸吊式喇叭，正上方更有一台投影機。

但最叫我驚異的是，除了地板，房間的牆上都貼滿了可以吸音的泡棉隔音板，這地方的主人一定是大行家，要不就是常在家裡開技安演唱會的大嗓門。

「想看什麼？雖然這裡的DVD當然沒有院線電影那麼新，不過真是多到不行、看都看不完，來，一起挑一片吧。」阿拓走到一整面排滿五花八門DVD跟VCD甚至LD與錄影帶的影片牆前，專注地檢視。

我火速跳了起來，興沖沖走到阿拓身邊一起挑片。

好萊塢電影、歐洲藝術片、東南亞歌舞片、各國恐怖片、百老匯舞台劇、國港片、奇奇怪怪紀錄片，甚至是未成年不宜的丹麥愛情動作片等應有盡有，但我發現影片雖然多到氾濫，但排放的方式亂七八糟毫無邏輯可言，要日期沒日期，要種類沒種類，一時之間我也不曉得想看些什麼。

「真不知道要看什麼，你出選項我來決定吧？」我說，這裡真是個眼花撩亂的寶藏庫啊！

「好啊，一，哈拉猛男秀，二，絕命終結站，三，臥虎藏龍，四，獵殺U-571。」阿拓抬頭看看我。

「聽說絕命終結站很恐怖，你看過嗎？」我問。

「沒啊，那就這部吧！」阿拓抽出DVD放進牆角的高級影碟機裡。

垂掛式的投影布慢慢下降，阿拓小心翼翼控制客廳的燈光，調暗。

我一屁股摔在沙發上樂得大叫：「好棒的視聽間！可惜就缺飲料！」

阿拓猛拍自己的頭，好像裡面的電路板給放歪了似的：「也對，居然忘了，我去看冰箱有沒有喝的吧。」說著就去一旁的廚房開冰箱，投影機正放著片頭的預告片。

「阿拓這裡到底是啥地方啊？你朋友的嗎？」我接過阿拓遞過來的可樂。

「對啊，他是個黑道大哥，一個人住很寂寞的，所以我有時候會過來跟他看電影，他啊，雖然看起來很兇，但談到電影卻是個一百分的影評跟影痴哩。」阿拓打開手中的可樂，說得理所當然。

「亂講，說真的啦。」我鍥而不捨地追問。

「真的啊，我什麼時候騙過妳了？」阿拓狐疑地看著我。

「黑道大哥？住這裡？你有他的鑰匙？」我張大嘴巴。

「他外號叫暴走死神，聽說在南北二路都很有名的，年輕時也上過通緝犯的排行榜喔，不過他自己是覺得沒什麼了不起的，是個謙虛的人，他說聯考反而比較難上榜，他試了兩次什麼鬼都沒考到；想在黑道混出名堂就簡單多了，砍幾個人就可以屌很久，反而不適合拿來吹牛。」阿拓看著電影開始，一邊說：「他說，我叫他暴哥就好了，鑰匙也是他給我的啊，而且他覺得一個人看電影滿無聊，所以有新片他都會問我要不要一起看。」

「暴哥……聽起來是個很恐怖的人？」我快昏倒了，說不定沙發底下正躺著一具打包好的屍體也說不定。

「不會啦，他又不是整天砍砍殺殺。而且不砍的時候怎辦？他這種人最寂寞了。」阿拓將鞋子脫掉，盤腿坐在沙發上：「所以他設備越買越高級，他就越發現沒有人一起分享實在是很孤獨，畢竟現在的社會大家都需要朋友啊。」

正當我想放棄追問的時候，房間的門喀喀打開了。

6.5

一個剃著精悍平頭，穿著黑色西裝、戴著黑色墨鏡的男人站在房門口，抽著菸，漠然地看著我們，然後將菸徒手捻熄。

大約四十歲的男人，眼睛像孤傲的雄鷹，鼻子上的橫疤紀錄著狂暴不馴的青春。

我全身寒毛直豎，雞皮疙瘩爬了整條手臂。

「你的女人？」男人將菸蒂隨手彈向樓梯下，關門。

「不是啦，剛認識的朋友，她人很好。」阿拓指著我又指著他，說：「她叫思螢，他就是我說的暴哥。」

我趕緊正襟危坐，知書達禮地靦腆一笑：「暴哥好。」

暴哥冷淡地揮揮手，脫掉黑色上衣捲起袖子，露出刺得龍飛鳳舞的手臂。

我呼吸快要停止，暴哥一屁股坐在我身邊，害我左邊的臉瞬間麻痹。

「絕命終結站。」阿拓隨口提。

「我知道。」暴哥蹺起二郎腿。看來他老人家早看過了。

暴哥坐了五分鐘兩腳交替了十幾次，嘆氣了二十幾次顯得很不耐很不爽。

然後他站了起來，皺著眉頭，一言不發走出房間下樓。該不會是忘了帶刀子吧？還是這裡待會有交易要做？

「暴哥去哪裡？他不高興嗎？」我害怕地說：「還是不要看趕快走為妙？」

「他啊一定是去買吃的了，他看電影喜歡邊嗑東西，他說這樣比較享受。」阿拓笑嘻嘻地說：「妳別被他的模樣嚇到了，我看得出來他今天很開心呢。」

「很開心？他這個樣子叫做很開心？」我摸著劇烈跳動的心臟。

「是啊，因我帶了新朋友來！暴哥其實很喜歡熱鬧，只是大家都以為他是一匹狼。只要跟他混熟了妳也可以看出他真正的樣子，說不定妳會覺得他很搞笑。」阿拓聳聳肩，看著飛機場上剛剛升空不久的大客機化成一團火球。

但我覺得暴哥的形象跟搞笑兩個字實在相差太遠，大概是呂秀蓮跟董念台之間那種不可思議的距離。

不久，暴哥果真拎著一大袋滷味跟奶茶回來，放在沙發前的小茶几上。同樣一言不發，照例喜怒不形於色，只是遞給我一雙筷子跟插了吸管的熱奶茶。

「謝謝。」我冒著被迷昏的危險喝了一口奶茶，又冒著被毒死的危險夾了一塊百頁豆腐。

接下來暴哥就像一隻沉靜的大老虎，任何動作都充滿了王者的風範。

我根本無法融入布幔上恐怖的劇情，因為我很在意他每一個動作的細節。

他的右手臂外側刺了一條張牙舞爪的青龍，左手臂內側卻刺了六字大明咒：「唵嘛呢叭咪吽」，兩者合併後的意思，大概是具有攻擊與防守的黑道魔法吧。

暴哥一直換腳蹺二郎腿，偶而跟阿拓說一兩句話，但語氣都冷冰冰。

他的手從來沒閒著，所以滷味他買了很多很多，還有東山鴨頭跟油炸的甜不辣。

影片中他從來沒開口跟我說句話，這讓我快要窒息，雖然他跟我說話我可能會直接心臟爆破。這是我看電影最糟糕的經驗了。

就當影片快要進入結尾、男女主角奮力與死神的大決戰，我竟不自覺打了個哈欠。該死的哈欠！

「精闢。這片的缺點就是後繼無力。」

暴哥看著我，冷冷地對我的哈欠發出評論。

我嚇壞了，真的是嚇壞了。看樣子今天晚上沒有見血是走不出這個門了。

「看過綠色奇蹟？」暴哥瞪著我。

「沒啊。」我緊張地說，不知道有看過還是沒看過才是正確答案。

「下禮拜妳過來看綠色奇蹟。」暴哥的邀請近乎命令，我不由自主點頭如搗蒜。

影片結束，阿拓將燈光調亮。

暴哥站了起來舒活筋骨，俯看著我跟阿拓。

「今天晚上要不要睡這？我睡客廳。」暴哥的臉孔像鋼鐵鑄造，絲毫沒有情感。

他從口袋拿出一大串顯然是剛剛才買的保險套，丟在小茶几上。

「不要亂啦，我們是好朋友啦。」阿拓露出真拿他沒辦法的表情，說：「我也差不多要送思螢回去了，你早點睡，如果砍了人不要直接坐在沙發上，很難擦掉。」說著，阿拓跟我也站了起來，走到門邊。

「記住，綠色奇蹟。」暴哥冷酷地看著我，那眼神翻譯成中文，多半是我敢不來就死定了。

「綠色奇蹟，YES！」我豎起大拇指，勉強擠出一個甜美的笑容。

6.6

「所以說，妳這個禮拜天還要去那個流氓家裡看綠色奇蹟？」即使是阿不思，她也感到昨晚的事很新奇。

「恐怕是的，要不然我怕被追殺。我跑得很慢，一下子就死了。」我點點頭，對於生命這件事，年紀小小的我已懂得好好愛惜。

老闆娘跟大鬍子聽了都大笑，兩個人都說有機會一定要請我帶他們去那間神奇的洗衣店吃飯，至於恐怖的流氓視聽間就免了。

對了，大鬍子是今天晚上點了老闆娘特調的有緣人，是個在清大念歷史所博士班的中年人，據他自己說，他是在路上收到一張傳單，上面寫著「等一個人咖啡店：試試驚奇不斷的老闆娘特調！」所以就無聊跑來了。

「一點都不好笑。」我正經八百地說，雖然我事後會把它當笑話講，但當時的全身冷顫可不是在開玩笑。

「那個阿拓還真有辦法，看他平常害羞又缺乏自信的模樣，真難想像他也有能袖善舞的一面。不愧是我的前情敵。」阿不思淡淡地評論。

雖然我問過她很多遍，但她就是不肯告訴我她與阿拓當初決勝負的過程，可我又不忍心問一敗塗地的阿拓。

「阿拓他沒自信歸沒自信，可是他很真誠，所以他特別能吸引到真誠的人。」我說。這樣說起來，我也是個真誠的人？

昨天晚上阿拓載我回家的路上，我強忍著七天後還要去接受心臟強度訓練的悲痛，問他怎麼會認識暴哥這樣的黑道分子。

阿拓的回答依然奇妙。

□

阿拓打工的時間很不固定，但範圍很廣，有時候他幫擁有漫畫店卻又懶惰的兩撇顧幾天店，有時候他會代替臨時有事的同學上家教課，有時候他會幫擔任工地監工的鐵頭趕幾天進度，通通都是臨時工，賺的不只是生活費，還有人與人之間的聯繫。

而暴哥，除了酷愛看電影之外，他也是一個非常喜歡看漫畫的人。

有天晚上十一點半，漫畫店快打烊了，擁有鑰匙的阿拓準備關門回家時，暴哥居然淋著大雨走了進來，說要看最新一期的少年快報。

「幕之內一步跟澤村的決鬥應該揭曉了吧?」暴哥冷酷地拿起少年快報，放下十塊錢，坐在最大的塑膠皮沙發上。

阿拓注意到暴哥剛走進店裡的腳步有點踉蹌，地上也拖著一道血跡。

原來暴哥剛剛跟仇家在外頭砍了一架，雙方各有受傷，但暴哥還來不及去醫院，決定先看完最熱血的漫畫連載再說。

「冰敷一下會比較好。」阿拓拿著剛跑出去便利商店買回來的冰塊包遞給暴哥。

「我是個男人。」暴哥瞪著站在面前的阿拓。

「幕之內一步也是個男人，比你強的男人，但他被島袋揍扁的時候也是冰敷。」阿拓將冰塊包放在暴哥的手裡。

男人跟男人之間的溝通大概不需要言語，靠的可是荷爾蒙，跟漫畫。

後來暴哥出院後又到漫畫店看快報，看到阿拓又在顧店就隨口邀他去家裡看電影，阿拓說好，暴哥自己也嚇了一跳，大概沒碰過完全不怕他的人吧。

之後阿拓常常去看片，暴哥外表冷淡但內心據阿拓說很亢奮，於是給了他備份的鑰匙，還說他隨時可以帶女朋友去他家體驗人生。

「體驗人生?」我失笑，我可不是笨蛋。

「那是暴哥自己的腦袋壞掉，剛剛他亂說話，妳別介意啊。他除了有砍人的壞習慣之外，其實他算是個好人啦!看漫畫的人不會變壞。」阿拓將車子停好，依舊是我家巷口。

昨天晚上，我真連聽了兩個扯上天的故事。

第七章 寂寞的咖啡因

寂寞的我在寂寞的夜，
寂寞地想著寂寞的你，
寂寞的風，
寂寞的雨，
寂寞地數著每顆晨星，
而寂寞的夜，
寂寞地泡在咖啡因裡面。

7.1

「喂，妳的肯亞。」

老闆娘的眼角餘光掃到門口，微笑提醒我。

澤于依舊是一身乾淨的襯衫、休閒褲，還有雙擦得晶亮的棕色皮鞋。

但今天他的身邊多了一位，不，應該說換了一位女伴。

「不會吧？」我心中微微不安，雖然他身邊的女伴可能是普通同學或社團朋友，如果我假裝沒有看見他們手牽手的話。

「看來有人又搶先一步喝了肯亞。」阿不思見縫插針，瞬間戳破我脆弱的心靈。

澤于拿著菜單，在那女生的耳畔輕聲細語，大概是在作簡單的介紹。

那女生邊聽邊點頭還不時發出銀鈴般笑聲，柔亮的烏黑長髮瀑布般垂晃。

「那女生真漂亮，是我喜歡的那一型。」阿不思首先發表評鑑感想。

可惡！連史上最強的拉子阿不思都投她一票。

「思螢，兩杯蘇拉維西，再一份冰淇淋鬆餅。」澤于走到櫃檯，他的微笑乾淨得令人傷感。

「不點肯亞？」我將聲音壓低，保持甜美的笑容。

我喜歡將這件事當作我跟他之間獨特的祕密默契。

澤于吐吐舌頭，拿著櫃檯上的鉛筆在便條紙上快速寫著：

「我的新女友還可以吧？她喜歡蘇拉維西，所以我還是先習慣為妙。」

我看了紙條，拿著澤于轉遞過來的鉛筆，寫上：

「看起來比上次那個乖。P.S.：可以試著做自己啊？」

其實我是希望他們吵個無謂的小架，然後滾雪球變成大架最好。

澤于苦笑，拿筆又寫道：

「喜歡女朋友喜歡的東西，似乎是我戀愛的功課。」

我咬著下唇，寫道：

「那她呢？你準備了什麼習題給她做？」

澤于歪著頭，想了想，鉛筆在便條紙上似乎當機了。

過了幾秒，他寫上：「……」然後又是個經典的苦笑。

我的寶貝，你的戀愛在遇到我這真命天女前，一定都是多災多難的。

等我考上交大，一定去解放你。

我調皮地寫著：

「等一下，我可以去你們旁邊拖拖地、擦擦玻璃嗎？」

澤于在紙上畫了個笑臉。

澤于回到座位前，挑了兩本時裝雜誌。

一本給女友，一本給經常看財經雜誌的自己。

「真是個體貼的人。」我沮喪地說，將便條紙收好。

這些便條紙都是以後我們回憶這段初遇時光的美好素材。

「真是個換女朋友換得超快的人。」阿不思打開咖啡豆罐下了個註解。

「那是因為他條件好啊，當然沒兩天就換新的女朋友。」我替他辯解。

希望澤于保持這個速度，然後趕快將這個漂亮的女友換掉。

「不如我幫妳追走那個女的，這樣肯亞又是單身一隻。」阿不思開玩笑的時候一點表情都沒有，我真希望她當成一回事。

那天晚上，我就唉聲嘆氣地，看著澤于靜靜地陪著新女友看了兩個小時的雜誌。

我也在他們旁邊不停擦玻璃拖地、整理窗簾等，但我什麼都沒聽到。

他們就像一對沉默又優雅的石膏像，無聲地約會，偶而的交頭接耳也是在耳畔進行。

我開始懷念之前那個火爆女孩了。

7.2

之後的幾天，我都在店裡看著澤于跟乖乖女友在店裡約會。

我開始懷疑是否因為店裡雜誌很多，所以他們老是選在這裡喝咖啡。

每天兩個小時，每天兩杯蘇拉維西，每天兩本雜誌。

每天我都經歷喜悅跟沮喪的矛盾情緒。

「阿不思，說真的，要是妳來挑，妳會選我還是那個乖乖女？」我失魂落魄地啃著英文參考書。

「說真的，我是很視覺的動物。」阿不思拿出兩杯蘇拉維西，其中一杯的奶泡上居然用焦糖畫了個心。

「阿不思妳有夠花心。」我皺著眉頭，拿著兩杯咖啡走向澤于倆。

但是到了禮拜五，澤于踩著憂鬱的步伐來到店裡，身邊沒有人。

打開筆記型電腦，插上電源，拿了本天下雜誌。點了杯肯亞。

「今天一個人？」我問，有點好奇，很多期待。

「一個人，所以肯亞。」澤于的眼睛看著身旁，好像乖乖女還在似的。

「女朋友今天有事?」我小心翼翼地試探。

「分手了。」澤于的苦笑一直很有文學家的氣質，充滿了戲謔的形而上。

我的心撞了一下。

「不會吧?是你提的嗎?」我裝訝異。

「嗯，她也沒反對就是。」澤于喝了一口肯亞。

「可以問為什麼嗎?」我舉手，實在是太突兀了。

「暫時不行。」澤于故意裝出心很痛的樣子，然後開始敲他的報告。

我的心情難免有些飛揚，但又為澤于感到莫名其妙、為賦新詞強說愁的藍色情緒。澤于交女友的速度的確快了點，好像他身邊不能沒人陪似的，這樣的人其實很可憐，可能就像阿拓形容暴哥，都是容易寂寞的人。

所以澤于喜歡喝氣味繽紛的肯亞咖啡的原因，是因為每一口、每一道香氣，都像是豐富情感的陪伴。

如果他不是容易寂寞的一匹狼，他一定是渴望百分百愛情的人。

為了要尋找最契合的對象，澤于絕不浪費時間在沒有結果的情感上。

所以一換再換，直到孤帆靠岸的那天。

「妳這樣說也很合理。」老闆娘最近在迷剛彈公仔，那是大鬍子上次推薦給她的。大鬍子連續幾天都有來點老闆娘特調，這真不簡單，尤其是昨天他喝了一杯加了可樂的拿鐵。

「妳的肯亞喜歡看商業雜誌，股票跟投資那幾頁都被他翻爛了。」阿不思自己盛了杯蘋果汁，句句鞭闢入理：「他的思考邏輯說不定就是一套狗屎投資法則，投資錯了就認賠殺出，毫不遲疑，絕不肯被呆帳套牢。」

「阿不思這樣說也是很有道理。」亂點王不知何時出現在櫃檯旁：「他一定是在等一張王牌股票。」他今天亂點了杯「約克夏之紐約風情畫」裝浪漫。

「王牌股票？就是一百分的情人囉？」我決定今天回家後，問老爸老媽如果我是一張股票，會是哪一支？

「股票會跌，股王隨時換人。」阿不思冷笑：「根本沒有真正的股王。」

好吧我投降，我實在不想用投資股票來比喻這件事。

看著坐得遠遠的澤于，他真是個可憐又需要愛的傢伙。

快要打烊的時候，澤于的眉頭像是快要打結一樣深鎖。

他慢慢收拾好背包跟電腦，將沒翻幾頁的雜誌放回櫃了，走到櫃檯跟我說再見。

「希望你很快就可以快樂起來。」我說，遞給他一張畫滿笑臉的紙條。

「謝謝，雖然失戀不能用快樂治療，但我會試試。」他點頭接過紙條。

然後遞給我一張他剛剛在座位上偷偷寫的東西。

「謝謝妳的咖啡。希望終有一天，我能愉快地點上兩杯肯亞。」

我看著他的背影，他揮揮手。

寂寞的城市，寂寞的人。

寂寞地泡在肯亞咖啡因裡。

7.3

星期日很快就到了，為了綠色奇蹟跟我的小命，我跟老闆娘請了半天假。

我跟阿拓約好晚上七點在圓環NET見面，然後他再載我去暴哥家。

「今天不去洗衣店吃晚飯嗎？」我問，真懷念上個禮拜的完美料理。

「不了，暴哥今天不砍人，想自己炒幾個蛋請我們吃。」阿拓似乎很高興我想去洗衣店，於是又說：「下個禮拜我們再去洗衣店吧，金刀嬸他們一定很高興。」

我點點頭，既然暴哥親自炒蛋，那是非吃不可了。

「妳今天看起來好像有心事？」阿拓從後照鏡看到了我的表情。

「嗯。」我承認。

「如果妳臨時有事，綠色奇蹟就下個禮拜再看沒關係。」阿拓騎車的速度放慢。

「不是。我喜歡的一個人他最近一直失戀，替他難過罷了。」我說。

我也不知道自己為什麼會跟阿拓說這些。

「原來如此，等一下我們邊看電影邊吃蛋邊說這些吧，暴哥他是個滿好的談話對象，他也跟我說過，遇到麻煩就找他，他幫我擺平。妳也是暴哥的朋友，他一定會替妳出頭。」阿拓笑道，他剛剛說的東西簡直不倫不類。

什麼麻煩什麼擺平什麼出頭的？根本就是黑道黑話。

到了暴哥家，暴哥早就炒好了蛋等我們。

有炒蛋，炒蛋，炒蛋，還有很多很多的炒蛋。

沒有不是炒蛋的東西。

「我只會炒蛋，別介意。」暴哥的眼神很兇惡，說：「人只要專心做一件事，就能做得很好。道理都是一樣的。」

「我很喜歡吃炒蛋。」我用力地撐開臉上的肌肉，笑道：「只要一天沒有吃炒蛋，我就會覺得怪怪的，不知道哪裡不對勁。」

「我也是。」暴哥坐下，打開投影機。

綠色奇蹟真是部感人肺腑的電影，改編自恐怖小說家史蒂芬．金的故事，敘述一個擁有特異治癒超能力的胖大黑人在死亡監獄裡的遭遇，雖然我們必須合力在影片播放中嗑完三十個炒蛋，我仍感動得哭了。

我哭的時候，抽了幾張面紙，發現暴哥也在哭。

「很讚吧。」暴哥虎目含淚，吃著炒蛋。

「超棒。」我大哭，突然之間暴哥好像不那麼嚇人了。

影片結束，燈亮，炒蛋都吃完了。

「刺激一九九五那部監獄電影也不錯，是我看過的好電影的前十名。」我擦著眼淚，肚子好脹。

「我看了三十一遍。」暴哥冷冷地說，算是同意我說的話。

「暴哥蹲過苦牢所以對監獄片特別有感觸。」阿拓解釋，我可以想像。

「兵當不當是一回事，但一個男人這輩子一定要進一次苦牢，阿拓，你要記住。」暴哥站了起來，指著橫在臉上的刀疤，狠狠地說道。

「我不要。」阿拓直接了當地說。真是不要命了。

「如果不蹲牢，幹個疤也勉勉強強。」暴哥指著臉上的疤，然後又拉起上衣指著身上幾條疤痕，說：「一個男人這輩子一定要有一條好疤，我跟你就是通過這條疤認識的，遲早，你也會有一條屬於自己的疤。」指著腰上的刀痕。

「我不要。」阿拓聳聳肩，根本不在乎。

暴哥只好悻悻然坐下後轉頭問我：「還要不要吃炒蛋?我不爽就吃炒蛋。」

我趕緊說好，暴哥顯然非常不爽阿拓吐槽他，如果多吃幾個炒蛋可以不要見血，那我就吃吧。

「暴哥你別亂她啦，思螢今天心情不好。」阿拓阻止暴哥炒蛋。

「那今天晚上我睡客廳吧。」暴哥從褲子掏出一大串保險套，我快昏了。

這位黑道先生解決別人心情不好的方式真有一套，阿拓居然說他是個很好的談話對象，原來他擺平麻煩的方式都是這般胡來。

「思螢喜歡的人最近好像不大順，所以她心情不好。」阿拓拿著餐碟蓋住礙眼的保險套。

「原來如此，告訴我是誰，我找他講、道、理。」暴哥突然目露凶光。

我趕緊搖頭，然後澄清事情其實沒有那麼嚴重，一切不過是小女生粉紅色的幻想，不需要勞煩整天忙著砍人的暴哥撥冗多砍一人。

「妳的仇家就是我的仇家，有麻煩，找我。」暴哥氣炸了，雖然我根本不知道他在氣什麼。

「不是仇家啦，我喜歡他啊！」我滿臉斜線地解釋。

然後將我喜歡澤于的事鉅細靡遺說了一遍，以免暴哥繼續誤會下去。

阿拓邊聽邊點頭，暴哥則邊聽邊搖頭。

然後暴哥開始開導我，用說故事的方式。

那是一個關於死在他懷中的前前前任女友的故事，大抵上是黑道輓歌兼江湖兒女情長義更長的悲傷史詩。

故事裡有刀，大約七十多把，然後也有槍，估計約二十幾支，飛來飛去的子彈則不計其數，仇家跟疑似仇家的角色大概在三十至四十人之間不等，如果以正義跟邪惡二元論來區分，大概是勢均力敵的局面。

然後男人們開始殺殺殺殺，女人們也跑來跑去助興，偶而替男人挨子彈表示忠心耿耿，偶而拿起手榴彈威脅色瞇瞇的仇家彰顯貞節情懷，偶而下海幫男人還債，刀光血影步步殺機，路長情長兒女情更長，熟稔電影敘事的暴哥將一切說得相當傳神。

「最後我將懷裡男人的皮面具撕下來，才發覺他竟是我的秀貞，天，原來秀貞為了調解我跟她父親王董的過節，竟然捨身取義要我不要報仇，哎，但大錯已鑄成，往事只能追憶。」暴哥靜靜地說，眼淚竟然流下來。

我很想舉手說最後的結局完全是天龍八部簫峰誤殺阿朱的橋段，但我還是忍住了，甚至還乾哭了幾聲表示哀悼。

「所以，那個叫澤于的如果敢在外面撚花惹草，告訴我。」暴哥將淚擦掉，冷冷地說出結論：「我砍死他。」

熱血
魂

「謝謝暴哥，我心情好多了。」我雙手合十，腦子裡亂得一場糊塗。

7.4

阿拓載我離開暴哥那邊的時候，一直跟我道歉。

「對不起，上次我失戀，暴哥他開導我的時候也是這樣，說要幫我砍了阿不思還是掛了彎彎的，坦白說他這麼講義氣讓我心情舒坦不少，但我以為他會因人而異啊，沒想到他還是說一樣的話。」阿拓猛說對不起，看來他是真的很內疚。

「你要賠償我，我精神受創。」我覺得腦袋裡都是刀跟槍，無法回復到澤于的憂鬱背影。損失慘重。

「好啊，這當然沒有問題。」阿拓看了看錶說：「十一點多了，太晚，下次吧。」

「阿拓先生請問你要怎麼補償？」我問。我可是一個星期上七天班，但如果補償方案很棒的話我可以考慮跟老闆娘請假。

「祕密，只要妳有空，隨時打電話給我。」阿拓這一說，我才想起來我根本沒有阿拓的電話號碼。

於是阿拓將機車停在我家巷口，然後用筆在我的手心寫了一串手機號碼。

「今天晚上還是謝謝，因為綠色奇蹟很好看。」我看著手心上的號碼，說：「而且我也比較不那麼怕暴哥了。」

「暴哥本來就不可怕啊。」阿拓說，然後緊緊抓著我的手。那股磅礡的內力再度絞得我花容失色。

「妳不要急，慢慢等，真金不怕火煉，愛情不畏等待。」阿拓真誠地鼓舞我：「妳那麼好，澤于一定會發現妳的。」

阿拓這番懇切的言語，後來深深影響了我。

每當我心灰意冷，每當我想要放棄，我就會想起阿拓話中的魔法。

使我堅定不移，使我堅定不移，使我堅定不移。

澤于一直沒有開心起來，我只敢跟他傳紙條，請他加油。

只有他帶社團學弟們到店裡討論新生盃辯論賽的時候，他才會將繫住眉頭的枷鎖打開，口若懸河地帶新生討論攻防的論點。

那時候的他，又帥，又聰明。

我一直以為辯論賽的題目都是形而上的問題，例如「男人該不該讓女人流淚」、「愛情重要還是麵包重要」、「劈腿是否是人生必經的課題」這類的五四三題目。

我當然錯了，錯得離譜。

光一個交大新生盃辯論賽的複賽題目，就已定到「我國不應採行二分之一退學制」，而決賽題目則是「安樂死不應合法」，這麼嚴肅不苟言笑。

因此，我很喜歡趁客人少的時候，坐在他們的身邊聽討論。

「學弟要記住，打安樂死應不應該合法的策略有多種，如果你們從道德價值層面出發大概分成兩樣，看是要打生命自主權的高價值命題，還是要打人同此心的低價值命題。如果從前者來打，就要注意落入是不是誰都擁有生命自主權？誰可以掌握別人的生命自主權？並且要區分出法官為何可以決定犯人的生命，但醫生卻無權決定病人抑或患者的生命期限？務必要抓緊這個區分，然後……」澤于說得條理分明，我在一旁都忍不住猛點頭。

後來澤于帶的交大土木一年級隊果然贏得冠軍，還到店裡大吃一頓慶祝。

也許從社團的種類可以看出一個人的特質吧？

澤于參加辯論社，不管是參加前就已經很聰明或是參加後才變靈光，總之最後都會是腦袋一流的聰明鬼；而阿拓跟我哥都是直排輪社，我瞧都是笨蛋。

說到這，我也不曉得自己到底為什麼一直想做歸因。

從咖啡、從社團、從任何一個小細節，我總覺得見微知著是很有道理的，可以幫助我在短時間了解一個人。

但阿拓就不一樣了。他覺得看一個人就看一個人，看其他的東西都沒用。

7.5

禮拜六，阿拓到店裡讓我依約請了一杯低咖啡因蘇門答臘。

「請假吧，我要去代朋友家教，帶妳去見識讓妳忘掉所有煩惱的人。」

阿拓指著手錶，一口將我精心煮的咖啡乾掉。

「不會吧？現在？跟你去家教？」我簡直啞口無言。上次我跟阿拓說要他賠償我的精神受傷只是開玩笑的，所以也沒真的打電話給他。

「去吧，店裡有我就夠了。」阿不思冷冷地說。

「謝啦！我們走！」阿拓緊緊握住阿不思的手，阿不思的眉頭揪了起來，顯然被阿拓的內力攻擊了。

於是阿拓就匆匆載著我，往竹東的方向騎去。

沿途阿拓先跟我介紹個家教學生的背景，我聽了嘖嘖稱奇。

他是個重考大學五次的男生，因為太瘦所以不必當兵，也所以乾脆卯起來一年一年考大學，社會組跟自然組都考過，但因為分數太低所以啥鬼都沒上。

「好可憐啊，我懂你的意思了，你要用他勉勵我要好好用功讀書、看到他我就會覺得自己很幸福所以心情就會海闊天空了對不對？」

我在後座大叫，其實你不必這麼麻煩。

「當然不是啊！他只是很容易分心，又不笨。所以多才多藝啊！」

阿拓大叫，過彎加速。

車子停在一間雜貨店的騎樓下。

「阿拓！等一下別跑，陪我下盤棋！」

一個赤裸上身的中年人摳著肚臍，熱情地喊道。

「等我家教完啦！等著被我電！」

阿拓拉著我走進雜貨店，踏踏踏爬上水泥樓梯。

我好像漸漸習慣了這種場面，這，就是阿拓的世界。

「妳好，我叫小才，歡迎妳參觀不可思議的人體奇妙物語。」

一個瘦到幾乎要被醫生空投到麥當勞的男人站起來鄭重地跟我握手。

他就是阿拓的家教學生，補每一科，因為他每一科都很爛。

小才的房間堆滿了不切實際的道具跟玩偶，還有很多木漫畫跟錄影帶，參考書當然不可避免灌了一大櫃，櫃子的中間還塞了一具充氣娃娃。

「你好，請問什麼是人體奇妙物語?」我伸出手，但才與他的手心碰到一下下，小才就誇張地往後一飛！我嚇了一大跳，錯愕地看著躺在地板上的小才重考生。

他居然口吐白沫，手腳還抽搐了兩下。

「不會吧?阿拓?」我趕緊看向阿拓，他卻在哈哈大笑。

小才慢條斯理站了起來，搖搖頭，好像正試圖清醒。

「人體真的很不可思議，我們都是靠微弱的生物電流在神經叢裡傳遞訊息，但妳剛剛從手心發出的生物電流非常驚人，也許連妳本人也不知道?」

小才深呼吸，伸出手，要我再碰他一下。

「不會吧?還有，你剛剛是不是在騙我的?」我看到阿拓已經笑倒在床上，實在是給他很懷疑。

「妳別理阿拓，他剛剛被我點了笑穴。來，再碰我一次，觀察我皮膚的反應。」小才脫掉上衣，露出精瘦的排骨身體。

我忍不住好奇，輕輕將手指放在他的掌心。

小才的手臂皮膚居然一陣雞皮疙瘩，而且還像井然有序的波浪一樣往胸口、肚子、背上跑去，就像起疹子一樣。

「人體真的很奇妙吧？我練了很久才練出來的。」小才深深吸了一口氣，雞皮疙瘩瞬間消失。

我實在被搞糊塗了，他是在玩什麼把戲？

我瞪著阿拓，阿拓只好揉著肚子解釋道：「小才是個努力型的人體表演家，很厲害的！小才號稱擁有一千種奇妙的才藝！包妳大開眼界！」

原來如此，要學會一千種才藝，難怪考不上大學。

「聽阿拓說妳心情不好？讓我幫妳占卜占卜。」小才嘆口氣，語重心長拍拍我的肩膀。然後從我的髮際抽出一張撲克牌，老把戲。

我一看，是張紅心七。

「原來是戀愛方面的問題，簡單，小才叔叔幫妳。」小才閉上眼睛，拍拍臉，不知道在瞎搞什麼。

「啊？你在做什麼？不是要上課嗎？」我覺得小才先生真是荒謬透頂。

「注意看！」阿拓大叫。

突然，小才的鼻孔噴出兩道白色的液體，天！

我嚇得往旁邊一閃，但衣服還是不免沾到一些。

「好髒啊！你幹什麼！」我傻眼。

「牛奶。」小才的語氣平靜中帶點得意。

「小才這一招很神祕哩！他死都不告訴我他怎麼練的！」阿拓興奮到臉都紅了。

我覺得好無聊好無聊。

記得幾年前在張菲主持的歡樂龍虎榜看過一個搞笑藝人表演喝牛奶，然後從鼻子裡流出的戲碼，但他至少還需要喝個牛奶當素材，然而，我的確沒看到小才什麼時候偷喝牛奶了。

那牛奶難道可以事先儲藏在他的鼻腔裡？

無聊，但神祕！

「人體的不可思議不是噴牛奶就可以說得清楚。」小才語重心長，然後深深吸了一口氣。

我很害怕他會朝著我吐奶，於是趕緊往後退兩大步。

阿拓卻趕緊跳下床，從小才的書桌上拿起一個火柴盒，火柴棒一劃。

小才接過燃燒的火柴，眼睛瞇成一條線，嘴裡鼓脹得老大。

糟糕！他要噴火！

我遮起眼睛，考慮要不要來段應景的尖叫。

「呼！」小才用力吹熄火柴。

是的，他只是吹熄了火柴。

但我依然驚魂未定。

「以為我要噴火吧？錯了，如果我要噴火，我一定不靠火柴。」小才充滿志氣的眼神，說：「我要靠自己噴出來！」

「那你剛剛是在做什麼？」我摸著起伏不定的胸口，看看小才，看看已經笑死了的阿拓。

「聲東擊西。」小才得意洋洋地宣佈。

「聲東擊西？」我摸不著頭緒。

小才仰起頭雙手從嘴裡慢慢拉出一條溼溼的領帶，然後打了個結，套上脖子。原來他趁著我剛剛閉上眼睛避火的時候，塞了條領帶到喉嚨裡。

「還滿了不起的喔。」我開始欣賞這個萬年重考生無聊的幽默了。

後來小才還表演了噁心的頭皮屑龍捲風，搞得我跟阿拓一邊大叫一邊躲來躲去，然後又露了一手我看不出破綻的隔空取物，正當我訝異不已時，他又開始表演無聊的一邊倒立一邊刷牙，最後是用屁股踢毽子。

真是很謎樣的一個人，我開始相信他體內可能真堆滿一千個無聊當有趣的把戲。

一個半小時過去了，家教時間也過去，阿拓抱著上半身赤裸的小才感謝他今晚超越魔術師的表演，我也應他的要求彈了他的左乳表示讚賞。

「下次讓妳見識我一分鐘表演二十個人體奧祕的驚人造詣。」小才憂鬱地說：「全世界只有七點五人辦得到，這是宿命。」

然後我不想知道是哪七個半人。

7.6

我跟阿拓走下樓，那個愛摳髒肚臍的中年男子果然擺了盤軍旗等著。

於是阿拓跟我坐著長板凳，開始跟這個名叫勇伯的中年男子對奕。

阿拓一邊下棋一邊跟我介紹小才的傳奇。

勇伯是小才的爸，小才從小體弱多病，所以常常躲在小房間裡看電視跟勇伯租來的日本綜藝節目錄影帶，因此迷上了日本搞怪節目裡各種奇怪的爛把戲，整天在房間裡研究奇怪的道具跟自己的身體，展開了無師自通的揣摩跟研發體術之旅，一心一意要當世界上第一個「奇妙人體師」。

「到底什麼叫奇妙人體師？比魔術師還厲害嗎？」我問，拿著勇伯請客的飲料。

「小才說，人體師所有的把戲都是來自人體，其他只是障眼法。」阿拓砲掉了勇伯的馬，說：「魔術師都是靠手法跟道具。」

「當奇妙人體師可以賺大錢吼？我可素很期待吶！」勇伯的車反抽了阿拓的砲。

小才的奇妙人體師之路還滿坎坷的，所有的同學都把他當作科學怪人，學校老師也把他視為眼中釘或教學上的污點，校長甚至還把他叫到司令台辱罵一番，要他好好振作用功讀書。幸好勇伯跟勇媽還算放給他去，不然小才大概要離家出走、先當個流浪魔術師吧。

而阿拓，那個常常發現怪人怪世界的阿拓，當然把小才當作寶，家教費還學陳水扁自砍一半，因為他通常都花一半的時間教他算題目，然後花一半的時間看表演。

半個小時後，勇伯將了阿拓一軍。

「你還早啦！」勇伯拍拍阿拓的肩膀，嘆口氣：「我可素將命賭在軍棋上的男人，怎麼跟我比？」

真是犬子無虎父。

「怎麼？有沒有比較開心吶！」阿拓載著我回家，他像個小孩子一樣大聲叫道。

「嗯，心情好很多，想到沒被火噴花臉，心情就加了一百分！」我哈哈大笑，很沒矜持地張開雙

手。

「我們一起期待小才可以人體噴火的那天吧！」阿拓大叫。

「哈哈哈哈哈哈哈……」我們不約而同大笑。

車子停在巷口，我下車，再次跟阿拓道謝，讓我見識到未來轟動武林的奇妙人體師。

「明天是禮拜天，那……」阿拓說到一半，卻難得露出欲言又止的表情。

「我知道，金刀嬸明天開爐啊！我整整想念了兩個禮拜！」我笑笑：「你很奇怪喔，居然吞吞吐吐的。」

「不是啦，我是想到每次假日都約妳出來，妳又高三了，讀書很重要……」阿拓的表情有些愧疚，有些高興。

「高三也要吃飯啊，尤其是那麼好吃又便宜的大餐怎麼可以錯過。不過你不要再請我啦，我也有打工啊，我自己付錢。」我拍拍阿拓的肩膀，要他放輕鬆放輕鬆。

「那我明天晚上六點來接妳。晚安。」阿拓高興地戴上安全帽發動車子。

「晚安。」我揮揮手，走進巷子裡。

我慢慢走著，回想瘦骨如柴的小才非常local的搞笑表演，不禁發笑。

7.7

「所以妳跟那個馬子被拉子追走的阿拓，昨天又去吃了洗衣店的大餐？」

小青張大嘴巴，筷子上的滷蛋落在便當上。

「什麼馬子拉子的，阿拓就是阿拓，他是個好人。」我喝著養樂多。

「吃完大餐呢？又去那個黑道大哥家裡看電影？」小青聽得很投入。

「沒啊，去那個鐵頭家裡唱歌，他有個很不錯的家庭KTV喔。」

我笑道：「而且還表演少林寺鐵頭功碎了好幾塊磚頭，我看得都呆了，他還以為我不信，還接著拿好幾塊磚頭砸在自己頭上，我跟阿拓笑都笑死了。」

午餐時間，小青把便當拿到我的桌上，跟我面對面吃飯。

我說過小青跟我都是女校裡很獨立的存在，不過小青還比我先進，她前天交了個男友，對方可是愛逛金石堂的新竹中學籃球隊隊長，這件事已成班上的粉紅大八卦。

「我說，你們每個禮拜都出去，很危險捏，阿拓會不會喜歡上妳？」小青的表情很古怪。

「妳沒看見阿拓每次邀我吃飯啊看電影啊的表情，不然妳就不會想那麼多。」我很自然地反駁，更何況我喜歡的男生是澤于那型，阿拓如果真的出槌喜歡上我，也影響不了我的獵男計畫。

「怎麼說？」小青。

「他根本就不會扭扭捏捏，也不會有那種『好不容易下定決心』的壯士表情啊！」我說。

小青點點頭，說那倒也是。

小青跟我描述她的校隊男朋友還沒追到她前，每次約她都像便秘一年般神色緊張，深怕被拒絕，也深怕小青心底不喜歡他。

然而阿拓在我面前就是一杯裝在玻璃杯裡的白開水，他的喜怒哀樂都藏不住，如果他喜歡上我，我也能提前看出來，提醒他別越界了。

但我想，阿拓跟我真的只是很好的、雖然才剛起步的朋友，因為昨天在鐵頭家裡，他還跟我討論了澤于的事。

「我覺得妳應該找時間約澤于出去走一走，聊一聊，這樣才可以讓他多認識妳，也可以讓妳多了解他啊。」阿拓建議。一旁的鐵頭正在唱周杰倫的〈可愛女人〉。

「女生約男生？好丟臉！」我嚴辭拒絕，萬一我真的主動約澤于，以後回憶起來真是要有多尷尬就有多尷尬。

「幹嘛丟臉？妳只要拿出那次在咖啡店裡罵我同學的一半勇氣就可以啦！」阿拓嘻嘻笑道：「而且澤于會感激妳的，幫他省了很多紙條。」

阿拓就是笨。

許多愛情小說開宗明義就說了，戀愛最甜美的部分就是曖昧，那種狀況不明、彼此猜測的過程，往往讓人臉紅心跳，往往教人連作夢都無法忘記每次說話時的緊張。

對我來說什麼是曖昧？跟澤于不停傳紙條聊天打氣就是最好的曖昧。

比較起來，大剌剌開誠布公有什麼意思呢？

澤于有張紙條上寫著：

「謝謝妳，讓我每次來這裡喝咖啡都充滿朝氣離開。」

光一句話就讓我發呆了快半小時，阿不思要用叉子戳我我才醒過來。

還有一張也是經典。

「謝謝妳，妳的笑容比肯亞還香。我會加油的。」

你說，收到這樣的紙條會不會樂歪？我可是傻了一整個晚上。

放學時，小青的男友在校門口等她，完全無視教官的質疑眼光。

真是勇敢的情侶檔。

「祝妳今天幸運囉。」小青壓著男友的頭向我點頭，揮揮手。

「嗯嗯，掰掰。」我朝氣十足揮手。

我騎到地下道時，才發覺我好像不知道小青男友的名字。

小青有提過嗎？好像叫阿哲？阿蔗？阿瑟？

當我想著這無聊問題時，我已經來到等一個人咖啡店。

推開門，然後整個人當機。

澤于來了。

但他沒坐在孤獨的角落陪伴他孤獨的筆記型電腦。而是柔軟的雙人沙發。

然後肯亞不再是肯亞，而是兩杯巧克力脆片聖代。

「你不喜歡太甜，何必呢？」我呆呆看著澤于身旁的女生。

「回神。」阿不思拎著我走到櫃檯。

「我好想哭。」我看著澤于的背影，還有他旁邊高眺的女孩。

是澤于新的女友嗎？

依舊烏黑的長髮，但這次的女孩不若上次文靜典雅，而是侃侃而談。

不只是侃侃而談，她簡直就是肢體語言的行家，舉手、挽髮、敲桌、擊掌，看得澤于心花怒放的。

或許她也是辯論社的？要不就是手語社的？

「卡通小丸子的姐姐常說，人生就是不斷的在後悔。」老闆娘替我倒了杯熱牛奶，淡淡地註解。

「說不定花心的人喜歡喝肯亞。抄在筆記本上吧。」阿不思摸摸我的頭，落井下石。我好想哭。

於是我拿著一根拖把前進。在他們倆的大沙發旁繞來繞去偷聽他們說話。

「對方辯友，你的說法我不能苟同，高科技產業接受政府的優惠措施不具社會公義的原因根本不是高科技產業不具獨特性，而是在產業利益本身沒有回饋給社會，這完全是單向的利益供輸，也是變相的政策買票……」那女生說得頭頭是道，但語氣卻伶俐中帶著幾分撒嬌。

「不不不，對方辯友妳的論點已經完全偏掉了，甚至偏向了我方，我在這裡鄭重質疑對方辯友是否接受了我方的賄賂，特別是愛情的賄賂？」澤于呵著那女孩癢，女孩忍不住跟澤于打鬧了起來。

又聽了他們的談話一陣，我確定這女生是辯論社的大四學姐。

澤于這次打的是高射砲。

正當我快要昏倒在地板上時，我發覺我的背被澤于碰了一下。

我躡手躡腳回到櫃檯轉頭一看，果然是一張紅色紙條貼在我的背上。

「寫什麼？」阿不思走來，手裡還抽壓著奶泡。

「我的新女友幾分？」我唸著紙條上的字句，有些恍神。

「九十分，是我喜歡的那一型。」阿不思再度落井下石。

「妳幫我追走她，我請妳喝一百杯咖啡。」我靈魂出竅。

「我不喝咖啡。」阿不思說。

7.8

後來整個高三上學期，澤于都定下來跟那辯論社的學姐出雙入對。

那學姐叫什麼我始終沒有聽見，只知道澤于都叫她對方辯友或是法官大人的，我聽得心煩意亂，但自始至終澤于的對方辯友都不曉得我跟澤于不僅認識還會偷偷傳紙條，這個小祕密可是曖昧的美好默契。

歷經了三次模擬考跟三次月考，還有跟小青晚上留在學校念書的二〇〇〇、二〇〇一讀秒跨年，日曆總算撕到了寒假。

「你們要玩咖啡店嗎？我可以把鑰匙留給你們開Party喔！」老闆娘晃著鑰匙。阿不思打了個疲憊的哈欠。

老闆娘發了年終獎金後就回彰化老家過年，咖啡店自然暫時停業。

不去打工，跟澤于沒有相遇的條件，我整天魂不守舍，悵然若失自己為什麼沒有他的電話號碼，要在馬路上萍水相逢，我又自認沒有言情小說女主角那麼幸運。

不過，我還有阿拓的解悶專線電話。

於是寒假的三個週日，我們都到洗衣店樓上享用金刀嬸的夢幻過年大餐。

「這道菜可了不起了，叫西子捧心之沉魚落雁！」

鐵頭拍拍堅硬無比的腦袋，看著桌上的魚跟燕餃被蓮心圍拱著。

也去看了五次電影。

「妳知道刀子刺進人肉裡的感覺嗎？其實要看刺到的是哪團內臟而定。」

暴哥慢條斯理地解說，布幔上放映的是安迪賈西亞主演的《角頭情聖》。

但小才還是沒有練出人體噴火絕技。

「妳能想像人類可以大出這麼長的糞便嗎？我忍了很久才練出來的。」

小才得意洋洋展示一條長達八十多公分的瘦長大便，那是他用意志力壓制肛門擴約肌的結晶。

念書當然也是生活的重點。

寒假裡阿拓除了教小才功課，也會指點我數學。

阿拓的數學本來就不賴，教起來尤其好，總用最簡單的方式告訴我解題的竅門。

他在知道我的第一志願兼唯一志願是交大管理科學後，也提早加強了我機率、線性代數跟排列組合的項目，他說反正這些都是管科必修的數學科目，不如趁現在打好基礎，好像我一定會考上似的。

「不要想那麼多，好好念書，幾個月之後妳就是交大的新鮮人了。」阿拓監督著我跟小才算數學，自己則捧了本密密麻麻的原文書趴在小才床上劃線。

高三下學期。

為了專心衝刺課業，小青辭去了金石堂的工作，我也改成禮拜二、禮拜四到咖啡店打工，其餘的時間都拿來啃書，這段期間我在洗衣店跟鐵頭聊天時，意外發現他是歷史地理的自修狂，不管是什麼問題都難不倒他。

鐵頭這種人當然很得意啦，於是每個禮拜天都在洗衣店擔任我免費的史地小老師，吃飽飯就在客廳地上鋪開地圖，用說故事跟邏輯推演的方式，告訴我二次世界大戰各國的軍事政治是怎麼運作的、幾個參戰國與名將是怎麼在歐洲大陸鏖戰，我聽得一愣一愣，然後驚覺歷史原來是要跟地理一起讀的。

「你怎麼會懂這麼多？」我訝異於鐵頭的淵博知識，還以為以前他只是個鐵頭功迷。

「如果妳有注意到卡拉ＯＫ牆壁上滿櫃子的書，啊哈！妳就不會這麼驚訝了。」鐵頭很踐地笑著。

最後兩個月，正當我為了英文跟國文一直無法更上層樓的時候，阿拓更找來了直排輪社的強大奧援。

「想當初我聯考時，英文可是九十二的超高分哩！」社長阿爆笑嘻嘻地拿出厚厚的參考書跟考卷。

「我號稱國文絕地大師，願原力與妳同在。」大界王拍肚子抖動眉毛。

在這兩個從天而降的救星的特訓下，我連在夢裡點個大亨堡都會唸英文，跟小青問個話都用文言文。

就在聯考結果發佈的那一天，阿拓帶我去市區的網咖。

我在電腦前緊張地鍵入名字跟身分證號碼。

幾秒後，在二〇〇一年的夏天。

「恭喜妳，交大管科新鮮人！」阿拓大吼大叫跳到網咖椅子上舉起雙手。

「好開心啊！好開心啊！」我大叫大哭，讓阿拓緊緊握住我的手，用奔騰不已的內力慶賀。

第八章 交大新鮮人

他是一杯清澈的白開水，
也將所有人看成透明，
他的世界很簡單，
也所以很有趣。
或者說，能夠被阿拓當成白開水的人，
個個都朝氣十足、別具特色，
在阿拓的形容裡，
他們都是好人、都被祝福。

8.1

考上大學的暑假對我來說有三個意義。

一，哥教會了我騎摩托車，而且是他那台需要打檔的野狼。

「騎野狼的女生真她媽的拉風帥氣，怎麼樣？哥這台便宜賣妳！」哥拍拍他的野狼，推薦我「幫他」

買下它。

後來我真的買下哥的野狼，還騎著它考過駕照，在監理所路考時果然吸引所有男生的讚嘆聲。而哥哥就拿著他先前存下的打工錢，再加上賣野狼的兩萬五，買下了他生平第一台小汽車。

二，阿拓教我學會了蛙式，還讓我慢慢能游上一千公尺。

「既然妳會了，那我們來比賽吧，我讓妳五百公尺，看誰先游到一千？」阿拓戴上蛙鏡，看著剛剛換氣失敗、吃了一大口水的我。

說來很神奇，我跟阿拓在游泳池一起認識了經常溺水嚇壞救生員的阿珠，阿珠她有浮桶的身材卻沒浮桶的好本領，常常在水深一點六公尺的池子裡把自己嗆昏，阿拓跟我各救了她五次，救到都熟了。

第三個意義，就是別離。

「以後妳就留守新竹，記得常寫信跟我報告妳跟那杯肯亞的進度囉！」

小青真是成熟懂事，道別的時候一點都不會傷感。

小青沒有念台大，因為她的阿娜達籃球隊長考上了遠在台南的成大電機，而她也填中了成大外文。

命運就是這般好好玩，妳想往北飄它卻要妳往南渡，而且渡得心甘情願。

「我會的，記得回新竹的時候一定要找我，我請妳喝咖啡。」

我嘟著嘴，眼眶都紅了，看著她身邊負責扛行李的男友，又說道：「你不准欺負小青，要不然我認識一個叫暴哥的黑道大哥，準打爆你的頭！」

小青男友，那個叫阿神的大男孩只會傻傻笑著，一點都不像考上成大電機的聰明鬼。他們倆拿著笨重的行李走上火車，我趕緊將眼中積聚的淚水擦掉。

看著他們的背影，覺得自己真是遜掉了。

阿神已經託認識的學長在台南找好了租屋，兩個小情侶將展開同居生活，一下子，就把我拋得老遠，望塵莫及。

車門關上。

小青沒有回頭，阿神陽光燦爛地向我招手。我心底很希望，或許小青只是不想讓我看見她的眼淚。

火車離去，我留著。

留在風城，留在等一個人。

8.2

對我來說，交大不是一個陌生的學校。

交大座落在我熟悉的新竹，我也曾用它全國最華麗的浩然圖書館念書。

那陣子不管經過多少次宏偉新蓋好的女二舍時，總會驚豔交大的女生不只在比例上屬稀有動物，連居住的地方都是寶貝再三的稀有動物保護區，且幾乎不必抽籤，房間多的是。可惜大一新生都是住在老舊的竹軒，還得熬上一年才能搬進五星級宿舍。

現在我已將行李放在腳邊鋪好床，在衣架上吊幾件可愛迷死人的衣服，在書櫃放幾本讓我聞起來有學問的村上春樹。總算脫離跟哥共用房間、折損少女氣質的慘狀。

「哇，我們寢室人都到齊了，就缺一台電腦。」

新室友思婷是花蓮人，花蓮女中畢業，她說她有一半原住民血統，皮膚略微黝黑，眼睛大大很靈活，說話很有精神。

思婷的頭腦很棒，念的是聯考門檻最高的電子工程系。

她的名字跟我一樣都有個思，所以我對她的第一印象很好。

「還缺一個全身鏡？」

說話的是百佳，台北人，北一女中畢業，從她滿桌子昂貴的保養品可以知道她家滿有錢，人也出落得很漂亮，高高的，好像有一百七。

百佳身上總是香香的，但她沒噴香水，我們問她，她都說大概是熊寶貝衣物柔軟精吧？我卻說她天生麗質。

百佳是我的同系同學，學號只差了一號。

「全身鏡個屁。」

罵粗話的是將頭髮剃成刺蝟的念成，念成她是我生平認識的第二個拉子，她將「我是拉子」四個字貼在她的書桌上一次出櫃個夠，免得我們一個個問她讓她很煩。

念成不戴胸罩，總是性感的激突，T-shirt配上破爛牛仔褲、加上動不動就幹粗話，都是她的標記。

念成是甄試進外文系的高材生，但我很少聽她說英文，就連罵粗口也是非常本土有勁。

「電腦就交給我了，我這幾天會約懂電腦的朋友跟我去挑。大家就先用我的吧！」我說，我打工一年存下來的錢可以讓我買哥的野狼、學費一學期，當然還得要有一台交報告寫程式用的電腦。

跟我約好的當然是阿拓。

那天晚上阿拓並沒有帶我去光復路上一長排的電腦用品店挑零件組電腦，而是直接了當收了我五千塊，然後載了一台電腦給我。

「很簡單啊，大家都有不要的舊零件，我一間寢室一間寢室去要，機殼、螢幕、硬碟、記憶體，加上用妳五千塊買的新CPU就湊了個大概，很夠用了。如果妳覺得機殼要新的，那我們就再去挑囉？」阿拓說，他真替我省了不少錢，於是我很高興地請他吃了頓清大夜市的肥仔龍鐵板燒。

我將電腦搬回女二舍時，室友們都圍過來看我上網，那也是阿拓在網咖教我的。

8.3

剛開學就是一連串的迎新活動，有系上、有社團的，也有傳說中家族的。

家族制，是許多大學共有的美好傳統，不外乎學姐帶學弟、學長照顧學妹，一個完整的家族至少有八人，但只有在女生眾多的管科與外文才有從大一到大四都是男女各對的情況。而負責照顧我的大二直屬學長，是一個總是穿拖鞋跟汗衫、頭髮自然捲得一場糊塗的柯宇恆。

「想參加什麼社團啊學妹？喏，雞排跟珍奶，掰掰。」柯學長總是隨便跟我哈啦兩句、拿給我宵夜就想走人。

我一打聽之後才知他是個怪人，以前也參加過辯論社跟AIESEC等一大堆看起來很聰明很有前途的社團，但因他迷上舉辦很沒前途的格鬥活動而作罷。

坦白說柯學長不是一個很懂得好好照顧學妹的那種交大傳統色胚學長，跟我講話常常心不在焉，要不就是胡亂勉勵我要好好讀書孝順父母把握青春好時光等，他對我做過最禮貌的事，就是邀請我去看他在管理一館地下室偷偷舉辦的新生盃自由格鬥賽，有一團鼻血噴到圍觀的我的臉上時，他大聲喝斥朋友拿衛生紙幫我擦擦。

百佳就幸福多了，漂亮的她不只有來自系上學長的一大堆邀約，還有別系所學長的奶茶跟雞排，慈悲胃口又小的她總是將堆積如山的雞排跟奶茶送給我們吃，有時我們嗑不完還得勞煩其他寢室的學姊學妹行行好，或是拿去八舍外面給搖著尾巴的狗狗吃，養得牠們看到雞排就怕。

8.4

社團，那當然是辯論社莫屬囉，誰叫澤于喜歡動不動就說對方辯友對方辯友的，多半喜歡伶牙俐齒的女生；也因為澤于有戀長髮癖，所以我開始在一年前已將頭髮留長，開學一個禮拜還去弄了離子燙。

澤于對我考上交大倒沒很驚訝，他說，他早說過我是個敏銳的女孩，敏銳的人尤其聰明，加上一點努力，做什麼事都會成功。

對於我加入辯論社，澤于也是一副早就料到的神機妙算樣，絲毫不驚訝。

他志願擔任管科隊的新生盃指導，而同寢的百佳除了忙戲劇社的校長盃比賽，當然也被我拉進辯論隊裡並肩作戰。

「迷死那些男生讓他們分心的部分就交給我了，其他的，比賽真正的部分，嗯嗯，思螢、巔峰，你們可別偷懶。」百佳說得輕鬆自在。

說實話她可是各個社團競相邀約的紅牌，又要參加戲劇社的比賽，還要參加山服的迎新露營，真沒什麼時間討論論點，要不是看在我的面子跟澤于很帥的份上，百佳完全不考慮嘗試辯論賽。

新生盃初賽的題目是「我國應廢除農業保護政策」，我們打反方主張維持現狀。漂亮的百佳擔任迷惑敵方的反一，有小聰明的男生楊巔峰擔任反二跟結辯，算是主將，我則擔綱反三；在澤于的英明指導下，我們一路擊敗應數跟外文，順利進入最後四強複賽，題目換成「我國應明文禁止政治置入性廣告」。

複賽題目很神祕，光是要讓我跟巔峰了解它到底在說些什麼，澤于就花了三天，但擔任誘敵先鋒的百佳實在太混，導致正式上場跟弱隊應化比賽時只能用語無倫次來形容百佳的慘狀，我真後悔沒擬個講稿給她去背。

所以我們輸了，只能跟意外敗給控工的歷史強隊土木爭奪季軍。

我當然不怪百佳，她本來就是熱情贊助的救火員，但我還真的擬了一份演講稿跟答辯方針給她，讓她在季軍戰中好整以暇地唸完。

不過土木系有個建中辯論社的前社長坐鎮，我可沒敢指望會打敗對方，我只是想讓百佳好好把論點說完別讓後面的人花時間盡收爛攤子。

但我們居然贏了，得到了季軍跟六百塊獎金。

「嘻嘻，因為我答應跟那個土木的主將去看電影啊，他當然不好意思贏我們囉！」百佳事後在寢室笑嘻嘻地說。

原來百佳一直對複賽第一輪的失敗很內疚，於是打聽對方主將的寢室電話，不惜使出美人計誘拐對方輸誠。

難怪我一直覺得土木那位辯論經驗豐富的主將怎麼吞吞吐吐個沒完，連論點都講不清楚，一度還懷疑建中辯論社的水準。後來百佳約會回來還告訴我，第一強隊土木隊之所以輸給控工隊，也是因為那位土木主將先生。他前晚在社團中心玩梭哈輸給控工的主將五百塊，只好用戰敗來還。

「那個土木主將聽起來很有自己的風格啊，是個有趣的傢伙呢。」阿拓聽完後哈哈大笑，跟我猜想的反應一樣。

「所以百佳後來還跟他看了第二次電影、第三次跟第四次，果然勝負不能看一時，世事難料喔。」我也笑了，遞給阿拓一杯愛爾蘭咖啡。

忘了說，我還是在等一個人咖啡店裡打工。

然而料想不到的是，看似海闊天空的大學生活比起壓力重重的高三，課餘可利用來打工的時間反而縮水許多，我不僅要參加社團、各式各樣的聯誼，還要適應一大疊原文書的課業，所以我只在週

一、週三、週五到咖啡店。為了紓解阿不思的工作量，我跟一直在找家教機會的念成提議先去咖啡店打工吧。

「咖啡店個屁？時薪比起家教實在太低了。」念成爽快的拒絕，拿起飛鏢擲向吊在木板門上的輪盤。

「妳認識拉子傳奇阿不思嗎？」我試探性地問。

第二天念成就到店裡打工了。

8.5

管科的女生很多，是交大所有系中女生數量排行第二，只輸給外文。

許多汗臭味濃厚的科系都喜歡找管科的女生當學伴，聯絡的勁比起班上的男生還要勤，送的雞排也比較大塊，奶茶如果沒排到湯記的還真不敢送上門，連相貌平凡的我也收到了兩個跨系學伴的邀約，一個想帶我到竹東方向的寶山水庫吊橋看星星耍浪漫，一個則想帶我去看電影。

「我應該去嗎？我喜歡的可是澤于，對其他人我都沒感覺說。」我在寢室裡故作憂鬱狀。

不過說真的，有人邀約我還是喜事一件，如果哥在旁邊就可把他比下去。

「欲擒故縱，百試百靈。」百佳用我的電腦打B丟水球經驗老道地笑笑。

也對，經濟課本裡說，股票要有人買有人賣才有價錢，才有攀高或殺低的空間。

於是我高興地出門，但兩次都敗興而歸。很簡單，因為我騎野狼。

一個不需要男生載、坐騎屌過男生的女生，好像不容易受歡迎。

可偏偏我剛學會騎摩托車，興致高的不得了，情願一個人吹冷風也不願假裝弱女子讓人載。

「這是當然的啊，如果我老婆跟我說她會見鬼的鐵砂掌，靠，我還能不跟她離婚？女子無才便是德，有志難伸大丈夫！」鐵頭夾起一塊沾著蜂蜜的火腿肉給我。

今天是星期天，金刀嬸照例開爐。

金刀嬸在高雄廚藝學校實習的大兒子撥空回家同學會，順手跟他媽共同整治了一桌好菜，其中一道「胡鹽亂魚之雞同鴨講」深得我心。

「這樣說也不對，我媽廚藝世界第一有誰比得上？我爸只有更疼她！」

金刀長子不能苟同。

「女人本來就該下廚房的嘛，廚藝再怎麼好也是應該的啊，只要跟男人會的東西不衝突，馬的就天下太平！」鐵頭說到激動處，用拳頭狠狠敲了自己腦袋一下。

我委屈地夾著菜，用力扒飯。

上次去暴哥家看阿甘正傳時說給暴哥聽，暴哥也是冷冷地說：「如果我女人敢把刺青弄得比我多，沒第二句話，大家只有見血。」

每個男人都是一個樣。

「還好啦，我也不會騎打檔車啊，如果思螢妳有空，不妨教教我啊？」阿拓不在乎地說，嘴邊都是一顆顆飯粒。

阿拓就是不在乎男子氣概，難怪女友會被很有氣概的阿不思擄走。

但我還是很開心地教阿拓騎野狼，因為我可以想見阿拓跟他朋友描述我的神情與肢體動作：「走，帶你去看我認識的一個女生，她騎的可是野狼！」我終於也成為阿拓收藏的怪朋友之一。

阿拓他沒十分鐘就學會了，半個小時以後就騎得跟我一樣順手，之後的日子裡我們常常交換摩托車騎，或者有時我載他、有時他載我，有幾次，我們還比賽誰先騎到南寮放沖天炮的老地方，目前是四比二我小輸。

8.6

然後將鏡頭切回到澤于。

澤于原本開的是他爸換掉的二手房車，後來小跑車標緻206剛剛風行時，澤于在對方辯友的大力鼓吹下賣掉股票買了一台，車子常常停在十舍對面，十分拉風。

令人高興的是，澤于換車後不久，也換了個女朋友。

「學長，太令人錯愕了吧？車換了，連學姐也甩了，真是一箭雙鵰。」楊巔峰在社團教室裡翻法條，沒大沒小地亂用成語。

澤于沒有生氣，只是露出久違的苦笑，笑笑說學弟你不懂的，愛情路上坎坎坷坷，就如股票市場裡波濤起伏，沒有長紅的漲停板。

這番話我依稀聽阿不思提過，她真是料事如神。

也因此我變得很喜歡去活動中心裡的社團教室晃，不管是拿原文課本去那查字典也好，或無聊跟社團學長姊下跳棋也罷，我越常待在那裡就越有機會邂逅澤于，好彌補我不在咖啡店錯失遇見澤于的機會。

更何況，我們還保有傳紙條的習慣，即使是在只有兩人的小小社團教室裡，我們各做各的事，已大四的他準備研究所甄試，新鮮人的我念書、畫海報，表面上空氣經常是靜默的，但我們倆五顏六色的小紙條還是貼滿了彼此的筆記簿。

小紙條上雖大都是無關痛癢的對話，但依照言情小說訂下的規則，越沒有心機越不知所云的談話，越是堆積情感的深秋落葉，猛一回神已將彼此掩埋。

「學長，當初你怎麼會加入辯論社的啊？」紙條我。黃色。

「我大一的女友打新生盃時邀我入隊，就這麼進來。」紙條他。紅色。

「是喔，那麼好商量>_<」紙條我。綠色。

「是啊，一見鍾情的魔力讓我在辯論社打滾四年:~」紙條他。粉紅色。

「後來呢？她是哪位學姐？淑芬？巧凌？好奇莫怪:P」紙條我。粉紅色。

「沒啊都不是，跟我分手後就漸漸沒來社團了（逃）」紙條他。藍色。

「梅蓁學姐跟你交往了一年，好像是目前最久的喔？」紙條我。黃色。

「不啊，我國中時可是暗戀了班導師三年喔（正經）。」紙條他。粉紅色。

「……」紙條我。白色。

「是真的。」紙條他。白色，啪一聲貼在我的額頭上。

8.7

我提過曖昧是戀愛中最美的那部分，暴哥也表示同意，他說曖昧之於戀愛，就好比刀子在內臟裡亂攪的前十秒之於砍人。

但我必須承認我等的有點急了，不像老闆娘那般的好耐性，她至今還天天搞那杯老闆娘特調等有緣人。我很想讓這次的機會輪到自己，是時候談生平第一次也是最後一次戀愛了。尤其，我發覺我收集到的紙條已經多達三千多張，如果裹足不前，萬一真的跟澤于成為好友的話就得不償失。

關於這點，我請教寢室裡每一個人。

「在我們部落裡，如果女生喜歡一個男生，就該在那男生到自己面前歌唱時害羞地插一朵花在他頭上表達愛意，兩個人如果情投意合，三天後就可以結婚了。」思婷閃耀著黑白分明的大眼睛，為我上了堂風土民俗課。

但澤于不會像歌舞片裡的主角一樣突然暴走唱歌，所以我也沒什麼機會插一朵花在他頭上。

「當然繼續欲擒故縱啊，我介紹幾個雞排送得很大的學伴給妳，妳假裝不經意傳紙條讓澤于知道妳都忙著約會，刺探刺探他的反應，他如果喜歡妳就知道該怎麼做囉？如果他不喜歡妳，妳也沒有損失，因為那些學伴送的雞排真的是很Q，人也應該不錯，挑一個囉！」戀愛專家百佳這麼說。

雖然我懷疑會用雞排看人的百佳只能稱上被愛專家或雞排專家，而不能稱為戀愛專家，但我以前喜歡用咖啡品人，所以也不能多說什麼。

「叫妳那頭暴哥啊？我不信暴哥拿刀子抵著他的脖子，他還會拒絕妳。」念成很冷淡。只喜歡女人的她願意給點意見我就很感動了，其他我都當日常生活的娛樂。

後來我採納了百佳的意見。

因我等不及澤于突然扯開喉嚨唱山歌，也不想利用暴哥跟他的西瓜刀。

過了兩天，我在社團一個人煮湯圓當晚餐一邊算線性代數課本上的習題。

我提過阿拓為我的線性代數跟機率都打下很好的基礎，對於許多章節我都駕輕就熟，甚至還覺得大學的題目比起高中的參考書要簡單許多。

而澤于，大約在晚上十點時抱著幾本補習班發的講義進來，向我微笑點頭後，就靠著裝滿獎盃的鐵櫃讀書。我盛了一碗湯圓給他。

「昨天我來，怎麼沒看見妳？」紙條他。藍色。

「喔，百佳跟資工學伴約好了，但她臨時有事。」紙條我。綠色。

「@@!! 聽沒有……啊！妳代替百佳去？」紙條他。深藍色。

「學長真是個敏銳的人:)」紙條我。黃色。

「是喔，那前天呢？也沒看見妳耶 @@~」紙條他。深藍色。

「前天百佳跟應數學伴約去十八尖山，但她也沒空啊 :P」紙條我。白色。

「喔。」紙條他。黑色，配上立可白字。

我偷偷看了澤于的表情一眼。他嘟著嘴，故意裝可憐。

濃濃醋意的紙條，讓我心情愉快了兩天，連走路都像鞋子長了翅膀。

但到了第三天，我在等一個人咖啡店打工時，我再度傻眼。

澤于的對面又坐了個長髮美女，一個臉蛋只有巴掌大的九頭身美女。

桌上擺了兩杯柳橙汁，兩本HERE美食雜誌。真可悲。

「他就是澤于？」

阿拓坐在櫃檯前面，喝著我請的薄荷拿鐵，手指偷偷指著後面。

他晚點要跟我去看小才，聽說他養了一隻會吃檳榔的鸚鵡。

我點點頭。

澤于遠遠對著我一笑，我趕緊擠出笑容。

「我可以去認識他嗎？」阿拓問。他很認真，也沒惡意，我知道。

「我不想。尤其在這種時候。」我撕下一張便條紙，原子筆在上面寫了個「95」。

「喔。妳在寫什麼？」阿拓問，看著我的粉紅色紙條。

「那杯肯亞新女朋友的分數。」阿不思雞婆替我回答。

「怎麼知道那女生就是澤于的新女朋友？」阿拓問阿不思。

他們倆過去一年雖然沒有交集，但之間已沒有了尷尬，除了阿拓的前女友兼阿不思的現任女友外，兩人什麼都談。

「這很平常。」老闆娘也雞婆透頂。

「節哀。」阿不思拍拍我的肩膀，老闆娘塞了塊餅乾在我的嘴裡。

後來我照例假裝拖地，趁著掀開桌底清理時，貼了那張便條紙在澤于的小腿上。

澤于快速看了紙條後，對我報以「妳真識貨」的笑容。

沒聽見我心碎的聲音。

後來澤于跟九頭身長髮美女待到店打烊了才走，我跟阿拓偷偷跟在後頭，遠遠看著澤于打開206小跑車的門，紳士地邀美女上車。

「如果可以坐在澤于身旁，我不介意不騎拉風的野狼。」我說，都是有氣無力的鼻音。

阿拓沒有回話，只是陪我踢著地上的飲料罐。

我踢過去，他踢過來。

「阿拓，我是不是很阿呆？還是長得真的很不起眼？」

我踢著罐子，看著澤于的車子駛離。

「不會啊，不要這樣想。」

阿拓將罐子踢高，用膝蓋巧妙地頂著，平衡。

「阿拓，你覺得我會不會就是澤于的那一個人呢？」

我問，想起了老闆娘。

據阿不思說，今天一個失魂落魄的中年男子走進店點了一杯老闆娘特調。

於是老闆娘調了一杯超級畸形的小麥草藍山咖啡，還附贈草莓蛋糕。

但神奇的是，那中年男子喝了一口後，竟哭了起來，然後就陷入一言不發、長達兩個小時的沉默，但確定不是抗議舌尖上的古怪氣味，因為他最終還是將咖啡給喝完。老闆娘也尊重他不想聊天，於是靜靜坐在他對面翻了兩個小時的雜誌。

「那一個人？未來的女朋友嗎？」阿拓將罐子踢起，用另一個膝蓋接住，平衡。小才教的。

「喔，我忘了你沒聽過。」我看著阿拓膝蓋上的罐子。

「聽過什麼？」阿拓將罐子踢給我，我趕緊用膝蓋接住。

「老闆娘等一個人的故事。」我說，身子一個不穩膝蓋上的罐子跌下。

我跟阿拓走上光復路上的天橋，看著底下川流不息的車燈光影，我緩緩說了一遍那美麗的咖啡店傳說，阿拓聽得一愣一愣。

然而阿拓畢竟是男生，不像我聽到流眼淚，他只是不停地點頭。

「老闆娘一定會等到那一個人，就像金刀嬸終會遇到金刀桑一樣。」阿拓深深吸了一口氣。

「那麼，我會是澤于一直在等的那一個人嗎？」我問，看著阿拓。

阿拓老實說他不知道，但他說了將近一百句話鼓勵我。

「我運氣很差，這輩子只談過一次戀愛，說真的我只一知半解，但我想談戀愛就跟做任何事一樣都需要努力，但我們不是努力想向任何人證明什麼，努力就是努力，努力就不會有遺憾。思螢，加油。」阿拓拍拍我的肩膀，他的內力拍得我咳嗽起來。

後來下天橋，我騎著野狼載阿拓去竹東小才家，看他辛苦訓練的搭檔鸚鵡表演喝醉酒吃檳榔時，我都還在想阿拓這一番話。

我的戀愛，或者說我那段還沒開始的戀愛，是不是想試著證明什麼？證明努力之後一定會開花結果？我最後會跟澤于在一起？

我想向澤于證明我才是他的真命天女？

證明放在戀愛裡面，不正是最重要的事嗎？

我心不在焉，直到鸚鵡將檳榔汁吐在我的腳邊我才尖叫醒來。

後來在回交大的路上，換阿拓載我。

夜深了，引擎聲音在大風中顯得格外孤單，一樣的車速感覺卻更快。

坐在後座的我，終於開口問阿拓他久違了的心痛事。

「阿拓，如果證明不重要，怎麼讓對方知道自己才是跟他最速配的人呢？」我問：「如果對方不相信兩人是天生一對，怎麼相守在一起？」

「在一起比較簡單，考試比較難，考試有分數，但在一起是不知道分數的啊。」阿拓的聲音在風中鼓盪：「既然沒有分數，也就不需要證明啦。」

「歪理。」我發覺阿拓不是頭腦簡單，就是很愛玩文字遊戲。

阿拓沒有回答，默認自己是歪理大王。

「阿拓，你應該是努力型的對不對？如果努力就是戀愛的一切，為什麼你會輸給阿不思？我看阿不思不是個努力的人，她很懶的。」我問。

阿拓沒有說話。但我知道他只是在想，而不是擺酷晃過問題不答。

於是我靜靜等待車速緩下來的時候。

「我想，阿不思也很努力，只是努力的時候我們都看不到吧。彎彎是個很聰明的女生，誰比較努力她一定看得出來。就像妳老闆娘說的故事裡、那個鍥而不捨的青梅竹馬，他雖然沮喪說過，戀愛能不能成功其實在一開始就已經註定好了，但他最後還不是努力讓他們倆在一起？如果不努力，老闆娘早就嫁給別人了，如果老闆娘嫁給了別人，就不會有店讓妳去打工，我也不會有機會遇到仗義執言的妳，所以說努力還是最重要的，對自己對別人都好。」阿拓越說越偏說了一大堆，車速開始變慢，好讓我聽得清楚。

「你這樣說，真是把阿不思捧上天了。」我嘆氣，實在沒法聯想阿不思努力取悅一個人的樣子。

「嘻嘻。」阿拓笑笑。

「對了，後來你都沒有繼續追問彎彎過得怎樣，為什麼？」我問，阿拓第一次在店裡撞見阿不思的情景彷彿歷歷在目。

「那還用說，阿不思是個好人，所以彎彎當然過得很好啊。」阿拓說，說得很理所當然。

阿拓的眼睛跟所有人都不一樣。

他是一杯清澈的白開水，也將所有人看成透明，他的世界很簡單，所以也很有趣。或者說，能夠被阿拓當成白開水的人個個都朝氣十足、別具特色，在阿拓的形容裡，他們都是好人、都被祝福。

「阿拓！」我大叫。

「啊？肚子餓了嗎？要吃來來豆漿？」阿拓回過頭。

「不是啦我又不是豬！我想問你都怎麼跟其他人形容我？」我滿緊張。

「我都說，我認識一個很有正義感，很有勇氣的女生，她叫做思螢，思念的思，螢火蟲的螢，她不但救了我，還教我騎野狼，還常常請我喝咖啡、跟我看電影、還猜對了金刀嬸的菜名，今年夏天剛學會游泳就救了溺水的阿珠好幾次……」阿拓搖頭晃腦唸著。

一句一句，都晃進了我的腦袋裡，盤根錯節，緊緊抓住。
眼淚在大風中迅速被吹乾，笑容卻隨著淚痕刻在我心裡。

8.8

我再度落選的消息三個室友很快就知道了。
念成表示男人當然不可信賴，罵了幾句粗話後說要介紹幾個比男人更男人的女人給我試試；思婷則說在他們貴部落裡女生失戀視同家族醜聞，生氣的兄長可以選擇殺了女生遮醜或殺了對方洩恨，我說我哥沒這個狗膽宰了對方，我也不想被我哥殺掉；還是擔任管科一年級公關的百佳最實在，她說那個土木主將也是公關，兩人約好要辦聯誼去崎頂玩水，我放下那台野狼乖乖讓男生載，說不準能挑到個好對象。
「另外，妳要多打扮，真幸運妳遇到了我。」百佳眼睛閃閃發亮。
百佳要我坐在她身邊，開始展開化妝品教學，品牌、基本彩妝、獨家小祕方、卸妝、補妝、一般保養等等，甚至包括拋媚眼跟具誘惑力的坐姿，教到後來，連思婷都忍不住坐過來一起學，拿起眼影筆畫眼影。
小青以前曾說過，一個女人這輩子總會有兩個貴人，一個死對頭。
一個貴人教妳化妝、教妳約會的技巧，另一個貴人跟妳一起罵該死的情人、討論離婚跟分手，毋庸置疑，百佳是第一個貴人。至於那個死對頭，就是搶走妳情人的那位惡婦。

期中考後，我們跟土木系去崎頂聯誼，浩浩蕩蕩的三十台機車，其中沒有一台野狼。最亮眼的百佳坐在那位土木主將的後座，載我的男生也是兩個月前參加新生盃辯論賽的其中一位，當時他是跟我交叉質詢的對方辯友叫吳漢中。

漢中有點胖胖的但講話很風趣，尤其我意外發現我們有個共同話題。

「妳認識我學長？柯宇恆？那個辦打架比賽的柯宇恆？」漢中大笑，他以前跟柯宇恆念同一個高中。

「他是我直屬學長啊，總是一副沒睡醒的樣子的那位。」我笑笑，說我也有去看他老人家辦的格鬥賽，雖然他沒贏。

漢中一路都說著我學長在高中時期的種種趣事，還說他有一半因素是為了要參加無差別格鬥賽才來念交大的，對於錯過之前那場比賽他一點也不遺憾，因為他說我學長皮很癢，以後機會多的是。

崎頂沙灘旁是一長排供烤肉的石架。

我想生火，但幾個同組的男生堅持這種事交給他們就行了，於是他們便開始將自己搞得灰頭土臉，但火孱弱得不得了，我嘆了一口氣，真想捲起袖子示範我每年中秋節烤肉累積下的經驗，但百佳瞪了我一眼，我立即想起百佳的至理名言「男生是一種喜歡逞強的動物，阻止他們逞強的唯一辦法，就是讓他們逞強到死」，於是乾脆作壁上觀。過了很久，別組的男生拿了一瓶剛剛從附近雜貨店買來的酒精膏澆上我們的木炭，一點火才真正成功，大家七手八腳將肉片跟玉米堆上架。

生火花了好一番工夫，但填飽肚子彷彿只是瞬間的事。

「要不要去沙灘走走？」漢中問，摸摸剛剛吃飽的肚子。

「是啊，去沙灘走走。」百佳說，她跟好色的土木主將先生站了起來。

我點點頭，四個人脫下鞋子、捲起褲管，踏著輕輕撲上沙灘的海浪漫步，即使是下午了，陽光仍很嬌豔，腳踝被暖暖的海水按摩得很舒服。

漢中不笨，或者說，可以在辯論賽場上將我質詢得背脊發冷的人絕對聰明，所以漢中看出我其實對他沒有意思，但他還是樂於跟我談談上大學後的宿舍生活，也對我口中剽悍的念成室友很有興趣。

我跟漢中聊著聊著，突然間，我看到一個熟悉的人影。

「怎麼了？看到認識的人嗎？」漢中順著我的眼神看著沙灘另一端。

一男一女背對著我們，走在沙灘上有說有笑。

「是啊好像，不，根本就是我哥。」我訝異，尤其哥還牽那女生的手。

上大學住宿舍後，我兩個禮拜才回家一次，沒想到只會看漫畫跟溜冰的哥居然交了個女朋友？而且居然長得很可愛，是阿不思那色鬼會給高分的那種。

我跟漢中偷偷躲在後面觀察一陣，哥跟那女生合吃一只冰淇淋，看來感情不錯，而那女生一直都在笑，哥似乎背熟了不少笑話。

「李豐名！大笨蛋！」我衝到哥的後面大叫！

哥猛一回頭，看到我時整個人都跳了起來。

「交了女朋友也不會跟我通報一聲！而且還是這麼可愛的女朋友！該當何罪！」我用力踹向哥，他躲開，身邊的女生則不知所措呆笑。

哥被抓包，只好向我介紹他上個月剛剛交往的女朋友。

文羚，清大化工系大二，哥半年前在網路上認識的，更精確來說，哥是她的讀者。當時網路小說之風剛剛盛起不久，文羚也是其中一個創作者，她寫的小品故事相當受歡迎，哥也是她的迷，兩人是在三個月前文羚的新書發表會上認識，她覺得哥白痴到了可愛的地步，於是就這樣這樣，然後就那樣那樣。

「妳呢？來聯誼啊？真不愧是發春的維士比。」哥擠眉弄眼要我快離去。

聽到維士比三個字我當然嚇死了，趕緊拉著漢中逃離現場。

我邊跑邊想，哥真是時來運轉，買了台中古車還把到了可愛的網路作家。

而我還在原地踏步。

□

回到竹軒，我將哥交了女友這件事email給小青報告，寫著寫著，我突發奇想在網路搜尋文羚以Pipedog為名發表的小說，一查，原來文羚不只出了一本書，她可是網路小說出版的常客，作品大都是以愛情短篇跟生活小品為主，我找出她最近兩個月來寫的、一篇叫「在屋頂上凝視月亮的貓」的故事，泡了杯咖啡坐在電腦前慢慢品嚐。

文羚這篇近似童話的故事裡，有許多搞笑的動物角色，其中一隻叫銀色餅乾的貓，牠喜歡看漫畫、喜歡躺在屋頂上發呆、喜歡偷偷裝鬼嚇自己的妹妹金色餅乾，我越看越像哥。而一隻叫月光的孔雀，我猜多半是文羚自己的化身。

讀了一個小時，咖啡喝完，故事也結束，銀色餅乾與月光乘著荷葉做的小舟順水而下，踏上尋找傳說中巧克力堆積如山的夢之城的旅程。

「真可愛的故事。」我自言自語。

我想，文羚應該很喜歡哥吧，要不然不會將哥寫成主角。她也真是個細心體貼的女孩，才能在短短的相處裡觀察出哥的個性與習癖，將哥寫得靈活無比，還贏得好幾隻小母貓的歡心。

或許，我也來寫個故事？寫個關於老闆娘的故事，寫個阿不思的故事，寫個阿拓的故事，然後，偷偷將自己跟澤于放進這些故事裡。

如果現實中我不能與澤于在一起，至少能在真假的故事裡一圓自己的夢。

我沿著竹湖繞了一圈讓頭腦清醒，一邊思考我該寫些什麼？真實與虛構之間應如何平衡？誰當主角配角？小說的名字呢？

趁著期中考剛剛結束時間比較多，也趁著一股破竹之氣，我一回到寢室沖了杯清茶後，便開始敲下我生平第一次文字創作。

「這個故事，就叫做等一個人咖啡吧。」我打開Word新檔案。

想了想，就從極為有戲劇效果的阿不思開始寫起吧。

第九章 每個人的心底

澤于就像耀眼奪目的鑽石，
看起來是每個人追求的夢想，
然而這樣的鑽石之所以璀璨，
可都是多位鑑賞者目光雕琢而成。
阿拓雖然質樸無華，
但非沉在河底等待發掘的玉石，
而是參天巨木，
低頭尋找寶物的一輩子也看不見他，
除非好好將頭抬起來。

9.1

故事，寫得很流水帳，就如同你們所見，我不願也不懂如何刪減每一個有趣的人物。我每天寫一千個字，三個禮拜後，劇情走到我請阿拓第一杯摩卡咖啡，我想應該是發表在網路上的時候了。

「應該註冊什麼帳號呢？還是沿用以前的舊帳號？」我思忖，看著浮刻在鍵盤上的英文字母。

過了五分鐘，我慢慢鍵入「Sunday」，在我心中這可是幸福的洗衣店開爐的日子，不幸已經有人註冊，我只好改成「Sundate」，表示每週日都有個美好的約定，而暱稱取名叫「螢光果凍魚」，裡面有個我喜歡的螢字，也有透明、靈活的意思。

我就這麼三天貼一回，在連線小說板裡開始做夢。

而後每天在咖啡店裡打工時，我都會在櫃檯擺上一本筆記簿，隨時記下浮光掠影的靈感，在社團念書時也會將筆記簿擺在旁邊，紀錄下過去一年來的心路歷程，如果澤于也來社團準備研究所考試，我就將筆記簿收起來。我可不是像白痴言情小說的主角，專門寫日記給喜歡的人看。

回到寢室大多已經十一、二點，我才在清茶的陪伴下一字字鍵入小說，很多大學新鮮人都在聊天室或互擲水球間令打字功力大增，我則是靠回憶。

我在網路發表小說這件事只讓三個室友知道，而平常就喜歡看小說的百佳自然成了我第一個讀者，我也經驗到生平第一次催稿，心中不禁有些雀躍。

「這故事很有趣耶，我可以偷看妳還沒發表的存貨麼？」

百佳哀求看著我，我反而不好意思起來，當然立刻打從此百佳擁有隨時看到小說最新進度的福利，只要她願意。

漸漸的，除了百佳，我也開始擁有其他的讀者。網路上有幾個高中女生也寫信給我，幫我打氣，明明就是陌生人，但總叫我感動。

神奇的是，哥的女友文羚也寫信給我，她小心翼翼問：「請問妳是不是李豐名的妹妹？我覺得故事裡主角的哥哥跟我男友好像:P」讓我大笑了三分鐘。

很幸運的，除了跟我聊哥的笨蛋八卦外，文羚也提供我許多寫作上的寶貴意見，她說故事不要放入太多真實世界的片段，以免讓自己太沉重，寫到最後反而會遷就於現實。如果想做夢就應該忘情做個夠，別去理會不必要的包袱。

9.2

不知不覺，上大學後第一個聖誕節就要到了，「下禮拜聖誕夜大家要不要來個寢聚呢?我可以烤個很有風味的蛋糕喔。」思婷爽朗地邀約，想露一手她在糕點社學到的手藝。

「好啊，我可以去店裡借簡單的工具，在寢室裡做各種咖啡給大家喝。」我贊成寢聚，也提議乾脆煮個火鍋圍爐。

「我沒差，聚就聚吧。」念成舉著啞鈴，她女友一直希望她的手粗壯些。

「好棒!那我去推掉跟臭男生的約會吧，我們來個溫馨的寢聚!」百佳拍拍手，有個可憐的男生即將被放鴿子了。

過了五分鐘，百佳坐在我的位子上看小說時，突然開口:「對了思螢，邀妳那個叫阿拓的怪朋友來寢聚如何?超好奇他的!」

我躺在床上看經濟學，搔搔頭說女二舍男生根本就進不來，還是算了吧，而且他跟大家也不熟，這樣實在很怪很尷尬。

而思婷問百佳，我們在談論的阿拓是什麼人，百佳便開始強烈推薦我的小說，並大概說了阿拓帶我去洗衣店跟暴哥家的事，笑得思婷花枝亂顫，而不苟言笑的念成也忍不住噗嗤出來。

「好啊，我也想認識那個怪人阿拓。」思婷想了想，說：「阿拓他住清大宿舍嗎？男生宿舍的門禁應該比較寬鬆吧，我們可以去那邊煮火鍋啊。」

「阿拓從大三開始就住外面，不過我沒去過，只知道在哪裡。」我說，不知道阿拓那裡夠不夠擠五個人。

「我沒差，去就去吧。」念成一臉竊笑，顯然只是想看看女朋友曾被拉子橫刀奪愛的怨男。

「就這麼決定，去阿拓家煮火鍋！」百佳做結論，拍拍手。

我將我們的決議告訴阿拓，阿拓說當然沒問題，語氣還有些高興，只是他三個月前收養了一條狗，怕我們不喜歡狗味罷了。

「養了條狗？怎麼沒跟我提過啊？」我問，問完後我才想起這段時間我都忙著寫小說，沒怎麼跟阿拓相處。

「就那個溺水的阿珠啊，她說她家的狗生了，看我忠厚老實，決定賞我一隻。」阿拓難得苦笑，顯然那條小狗對他的生活造成不小的困擾。

「是什麼狗啊？以後會變得很大隻嗎？」我替他煩惱。

「應該不至於，我比較擔心反而是半年後我畢業了，牠該怎麼辦？」阿拓想了想，說：「我問暴哥好了，說不定他正好缺條狗，拜託他養兩年剛剛好。」

我一點都不覺得暴哥是那種正好缺一條狗養的人。

二〇〇一年十二月二十四日，晚上六點。

我載百佳、念成載思婷，四個人已經來到水源街的阿拓住處樓下，阿拓興致勃勃地站在樓下等我們，手裡提著剛從便利商店買來的火鍋料跟湯底，簡單的相互自我介紹後，我們走上阿拓位在五樓的小套房。

阿拓七坪大的房間乍看下有點亂，但其實只是東西多，跟一般男生喜歡擺放的東西沒有太大差別，鐵金剛玩偶、棒球、積木、工具箱、鞋盒、塞了半滿的洗衣桶，當然還有念到大學四年級累積下的一大櫃子書，最乾淨的地方莫過於阿拓刻意整理出來的榻榻米坐處。

「好可愛的狗！叫什麼名字？」

百佳蹲下，摸摸地板上一隻正咬著胡蘿蔔的小狗。

那小狗將胡蘿蔔咬的破破爛爛的，地上都是蘿蔔屑跟口水。

我也蹲下來看，小狗年紀雖小但身子骨卻頗壯，精神旺盛，眉宇之間居然還有點像阿拓，我笑了出來，於是又看了阿拓一眼，他點點頭，大概知道我在想什麼。

「還不知道，阿珠要我叫他小珠珠，但他是個男的啊，這樣叫他他會生氣的。」阿拓將鍋子拿出，放在電磁爐上。

「好好玩，我可以幫這個小男生取名嗎？」百佳用手指刺著小狗的肚子，樂得哈哈大笑。

「這個啊……其實我本打算讓思螢取名的說，因為她也認識那個阿珠。」阿拓幫思婷、念成將大罐飲料拿出袋子，當然還有一個蛋糕。

「思螢，把名字讓我取好不好，我好想叫他胡蘿蔔！」百佳跟我撒嬌。

我當然笑著點頭：「就叫他胡蘿蔔吧！」

我坐在阿拓的床上，看著床頭擺著幾本相簿跟畢業紀念冊，我打開床頭燈隨手拿了本相簿翻翻，而他們四人則開始倒水煮湯，百佳跟阿拓說我正在寫網路小說，把他寫成一個相當有特色的配角，阿拓笑得不知所措。

我拿著相簿，裡頭的照片有些已經泛黃，但阿拓將它們保存得很好。他小時候就長得一臉的耿直，就是一副謝晉元團長要他死守四行倉庫他就照辦的那種臉。

阿拓的童年似乎過得相當多采多姿，光是生日切蛋糕的照片就有好幾張，每張蛋糕上蠟燭的數目都不一樣，表示阿拓每年的生日都不寂寞。

我注意到這些慶生照片裡的背景都不大一樣，阿拓身邊的臉孔也換來換去，或許是他親戚相當多吧，大家都搶著幫人緣好的阿拓過生日。

「阿拓，哪個是你爸哪個是你媽啊？」我將相簿遞給百佳。

「喔，這一本都沒有，左邊最舊那一本裡面倒有幾張，不過也不多。」阿拓瞥了一眼百佳手中的相本。

「你那麼多親戚每年都幫你過生日啊？真幸福。」百佳說，思婷則接力開始說他們部落過生日的種種恐怖習俗。

阿拓搖搖頭，說照片裡那些人都不是親戚，而是他小時候認識的好心叔叔伯伯們，至於他的爸爸跟媽媽在他很小的時候就離婚了，但他爸常常在外經商應酬不在家，所以阿拓經常得拿著幾十塊到街上張羅自己的午晚餐，他國小一年級到三年級的家庭聯絡簿都是巷口賣麥芽糖餅的阿婆幫他簽的。

「就是這張照片裡的阿婆，她人很好，還會幫我過生日，煮豬腳麵線給我吃，可惜前年九二一地震過世了。」阿拓嘆氣，說他以前有時候還會去南投看阿婆。

「那四年級的聯絡簿呢？誰簽的？為什麼阿婆不幫你簽了？」念成看著阿拓掛在牆上的美女月曆。

「喏，就是這個叼著菸拉著我的手切蛋糕的阿伯，自從我四年級搬家到台中後，就是這個賣豬肉的阿伯幫我簽聯絡簿的，他人很好，他兒子跟我四年級同班，他除了幫他兒子送便當，還會順便幫我包一份，不然我早餓死了。」阿拓將燕餃丟進鍋子裡，笑笑看著大家：「他兒子後來念大學還跟我同班，很有緣分呢。」

「該不會你五年級又搬家了吧？照片裡的人又換了一遍。」思婷指著照片裡，幾個嘻嘻哈哈的大男生。

「是啊，我五年級跟六年級搬到台北，那幾個大男生都是台大的學生，那時我都在公館的彈子房跟他們混，所以當然是他們輪流幫我簽名，還讓我見識很多不一樣的有趣人生。說起來妳們絕對不信，我現在的普物老師就是他們其中之一呢！」阿拓顯得很開心，我卻聽了心疼。

阿拓一邊煮火鍋，一邊繼續用照片說著他以前的生活。

他爸爸幾乎都不在家，兩人唯一的溝通方式只有放在餐桌上的幾張鈔票，年紀小小的阿拓於是成天都在外面亂晃，也因為他心胸開闊、酷愛跟人攀談，他跟街頭巷尾都建立起相當特殊的人際關係。

年紀小小的他看見巷口賣麥芽糖的阿婆一直在咳嗽，他可以拿吃晚餐的三十塊去西藥房買兩罐感冒糖漿給她喝，還陪她聊在金門當兵的兒子。

年紀長些，他在學校認識中午便當總是裝得滿滿的阿德，阿拓也夠膽將買肉粽的午餐錢拿給他，說要買下他一半的便當，兩人從此變成好友，也認識了豬肉伯。

上了國中，阿拓家搬到新竹。

他可以跟全校所有的流氓學生當好朋友，因為他偷偷打開訓導處的鐵櫃，燒掉了他們被記過的單子，也因此學會了耍蝴蝶刀的十八種方法。

「原來你國中是頭小流氓。」念成隨口說。

「也不算，我國中三年沒被記過也沒打架，只是覺得那些愛耍狠的朋友很好玩、不會整天補習死讀書，所以愛跟他們混在一塊。高中又搬回台北後，我偶而還會回到以前的國中走走，看看以前跟我混一掛的幾個學弟過得怎樣，不過說來好笑，以前我沒打過架，回去倒是打了一次。」阿拓很高興地說：「其中一個最大尾的學弟還在牢裡遇過暴哥，也算有緣吧。」

「你以前在新竹的時候是讀哪間國中啊？我念的是光復。」我說。

「我也是，原來妳早當了我學妹，哈。」阿拓笑笑，繼續往下說故事。

高中阿拓總算有始有終將一個學校念完，沒有跟父親到高雄。

高中三年，阿拓的午餐常常是學校福利社簡單的肉粽，不過他的熱情也沒閒著，他教福利社不識字的歐巴桑唸英文，從此有吃不完的麵包跟喝不完的汽水，營養均衡了不少。當他從師大附中畢業時，那位歐巴桑已經擁有國中畢業生的英文程度，高興地認了阿拓當乾兒子。

從以前到現在，阿拓的腳步一直都比任何人要勤勞。

「好可憐喔，那你跟你爸還有聯絡嗎？」百佳的手放在火鍋上面取暖。

「我爸啊，後來他經商失敗，聽說現在人在大陸。」阿拓也不介懷地說：「我總覺得我們還會再見面，希望他能自己照顧自己，日子輕鬆自在就行，人生嘛。」將塑膠碗遞給每個人。

「胡蘿蔔！吃肉了！」我盛了一小碗肉片，放在地上。

胡蘿蔔走了過來，嗅嗅，大啃了起來，一下子就清潔溜溜。

我想跟牠玩，但牠卻很有個性甩頭就走，跳上床趴著。

「你養胡蘿蔔多久了啊？牠會什麼特技嗎？來，坐下！」思婷夾著一塊小香腸，招呼著胡蘿蔔。胡蘿蔔跳下床，閃電叼走思婷筷子上的小香腸，立刻又跳回床上，在枕頭上享用那香腸，弄得枕頭髒兮兮的。

「養了一段時間囉，不過我沒費心去要求牠什麼，我又不是牠主人，牠自己覺得過得好就行啦。」阿拓回答得很自然：「住在一起本來就要彼此忍耐。」

胡蘿蔔跳下床，舉起後腳，在地板上尿尿。

阿拓嘆了口氣，抽起幾張衛生紙放著，胡蘿蔔猶豫了一下，便叼起衛生紙鋪在牠剛剛尿尿的地方上。

我們都笑了，很少人養狗卻真把狗當朋友而不是寵物，大都只是嘴巴說說而已。

我們圍著火鍋，一邊吃一邊東聊西扯，大概是受到阿拓剛剛的成長故事影響，氣氛使然，一向酷呆的念成也難得說了她過去出櫃的痛苦經驗，思婷也說了她家土地被商人以低價騙走的童年搬家回憶，說到後來竟哭了起來，百佳跟我連忙安慰，阿拓也趕緊舉了小才的奇妙人體師奮鬥旅程勉勵思婷。

八點半，大家的肚子都飽了。

「等一下要做什麼？去哪續攤？」念成靠著椅背，用公筷無聊攪著湯鍋。

「去唱歌？」百佳看著我。

「去清大後山放煙火吧。」我提議，看著阿拓。好久沒放煙火了。

「也不賴。」念成第一時間附和，思婷沒有意見，百佳只好點點頭。

「好啊，收拾一下就走！」阿拓站了起來，胡蘿蔔也精神奕奕吠了兩聲。

清大離阿拓住的地方不過三分鐘不到的路程，我們在雜貨店買了一堆煙火後就興沖沖地來到清大後山，而清大學生會每年都會舉辦耶誕舞會，有些社團也搞了不少活動，信望愛社更出動大批福音部隊繞著學校唱歌，到處都是人。

我們在比較沒人的梅園附近放煙火，我當然露了一手雙手放沖天炮的絕技，惹得好勝的念成也有樣學樣起來，思婷跟百佳只敢點燃地上放好的鑽石炮，或乾脆坐下來看我們玩，阿拓則興高采烈用嘴巴放沖天炮，弄得所有人替他捏一把冷汗。

「試試看，很好玩的。」阿拓塞了兩根沖天炮到思婷與百佳的掌心，拿著線香作勢要點。

「不要！我會怕！」百佳嚇得將沖天炮摔在地上，思婷也尖叫起來。

但是阿拓比手劃腳了半天，加上我跟念成在旁一搭一唱，兩個女生終於也鼓起勇氣，在我們的指揮下用手放出生平第一柱沖天火焰，成功後，兩人又哭又笑，簡直是樂壞了。我們一直玩到校警過來吹哨子驅逐，才學忍者丟下五顆煙幕彈，趁著嗆鼻的硫磺味跟白色煙霧逃竄下山。

我們在清大夜市裡的來來豆漿店一起吃宵夜後，才跟阿拓道別。

9.3

回交大的途中，依舊是我載著百佳、念成載思婷，就在快要進入環校道路時，我看見澤于正好牽著他的新女友從校門走出來，多半是剛參加完學聯會主辦的交大舞會吧，於是我停下車跟澤于打個招呼，也簡單介紹了我的室友們。

那是澤于第一次看見我騎野狼，以前他只知道我買了哥的機車。他的表情看起來很驚訝，感覺像是我變了個大魔術討他開心似的，於是他笑了，還說我總是讓他充滿新鮮感。

新鮮感？我想這多半是好的評語吧，於是我開開心心地揮別，打算下次再告訴他我會像男生一樣用手放沖天炮。

回到竹軒，念成跟思婷先去洗澡，百佳似乎還意猶未盡，邀我一起繞系館旁的竹湖走走，說想邊散步邊打聽我的小說結局。頭一回有讀者邀請作者我當然義不容辭。

「妳有聽過帆船社社長的鬼故事嗎？跟竹湖有關的。」百佳陰惻惻地說。

接著她說起從直屬學長那裡聽來、但每個學校都有的鬼故事。

一個帆船社社長深夜乘船落水不幸溺死，但沒有人發覺，只奇怪他為何沒有回房間也沒去上課，接下來的幾夜，同寢的室友卻經常見到他的床上有一個人形的凹陷，一摸之下溼答答的，這才聯想到這位同學可能已經溺斃，於是校方抽乾竹湖，發現他的浮腫屍首卡在湖底的排水孔，校方為了避免類似事件再度發生，於是廢除了帆船社。故事結束。

「晚上講這個會不會讓妳毛骨悚然？」百佳吹了一口氣，水氣化成了白色的霧。

「雖然我很確定這個故事是唬出來的，而且交大也沒有過帆船社，但這麼晚在這麼冷的地方聽，還是有些毛毛的。」我承認，身子象徵性哆嗦了一下。

我們坐在系館一樓下的傍湖石椅上休息，附近還有一對情侶依偎著說說笑笑。旁邊有台投飲機，百佳跟我都要了罐熱綠茶。

「今天晚上，謝謝妳將取名的權利讓給了我。」百佳跟我擊罐道謝。

「不會啦，胡蘿蔔這名字很可愛啊。」我笑笑，說胡蘿蔔如果聽得懂，牠也應該很高興才對。

「思螢，妳覺得阿拓這個人怎麼樣？」百佳問，雙手捧著綠茶吹氣。

「他有點阿呆，不過就是人很好，是個沒話說的好朋友。」我說。不知怎地，聖誕夜天氣格外的冷。

「還有呢？」百佳看著我。似笑非笑間，我感覺到她的精神有點緊繃。

「認識很多有趣的朋友，所以他也一定是個有趣的人。」我學著古龍先生一貫的照樣造句。

百佳有一分鐘沒有開口說話，只是專心喝著手中的熱茶，專心到我聽得見每一口的節奏跟啜飲聲。

我有種難以言喻的直覺，突然不想待在這裡，應該要回竹軒了。

但就在我想提議散步回去的時候，百佳先開口了。

「我很喜歡妳寫的故事，真的。」百佳看著手中的熱茶。

「謝謝，妳可是我第一個讀者，意義重大。」我看著橘黃路燈映在竹湖上的陣陣漣漪。

「在看妳的小說的時候，我一直把自己投射在主角，也就是妳的身上。」百佳說：「然後，就在我讀到阿拓帶妳去洗衣店吃晚飯時，就覺得這個人真是蠢到了一個呆，卻又呆得好可愛。」

我不知道百佳接下來要說什麼，只好靜靜等她說完。

「後來，又讀到了阿拓帶妳去黑道大哥家裡看電影，真的是超詭異。」百佳邊說邊笑了起來：「妳寫得很生動，那個黑道大哥好像變成很搞笑的角色，記得那天我還夢到我坐在黑道旁邊大氣都不敢喘一口，肚子卻早笑疼了。」

我笑笑，知道她還沒說完。

「後來，妳寫到了小才，寫到了準備聯考，寫到了阿珠，我彷彿跟著妳過了一整年，跟著妳看見了身邊的許多人跟事，也跟著妳一起成長。」百佳看著我，橘色的路燈將她的秀麗五官烘托得更為雅緻。

百佳深深吸了一口氣，就像我需要氧氣與勇氣的時候那樣。

但我卻發現我也正深深的鼓起胸膛，將冰冷的空氣吸入肺裡。

「當然我也跟著妳一起，遇見阿拓。」百佳沒有一絲膽怯眼睛熠熠發亮。

「嗯。」我隨口附和。

「他也許只是妳生命中一個重要的配角，也許妳只是、也只能看見一個澤于，但是，我在妳的故事裡，喜歡上了妳眼中溫和樸實的阿拓。」百佳的眼神很篤定，不移不動。

「阿拓？不會吧？」我雖然有預感百佳會這麼說，但我還是只能做出這麼簡單的反應。

「如果這故事繼續寫下去，妳也一定會漸漸發現阿拓的好，故事的結局，一定是妳跟阿拓在一起。」百佳幽幽地說：「因為阿拓，早就發現了妳的好。」

我有些震驚，卻居然也有些難堪。

但這種負面的情緒從何而起我也說不上，也不願去發掘。

「不過，既然故事還沒進行到那個部分，我想提早問妳一個問題。」百佳看著我，眼中充滿異樣的神采。

我看著她，不必猜也知道百佳心裡的問號。

因為她的心思沒有保留地寫在她的眉宇間。

「我跟阿拓只是朋友，以前是，現在是，以後也一直都會是，所以妳想要做什麼都不需要經過我的同意。」我的語氣開始認真，也開始嚴肅起來：「但是妳跟阿拓才認識一個晚上，妳難道不覺得妳的問題來得太早？」

「我怕問得太晚，妳的答案我會等不到。」

百佳裝出笑臉：「我想多認識阿拓，我想跟阿拓在一起，我想跟阿拓在一起時，不會破壞妳跟我之間、妳跟阿拓之間的友誼。」

我爽快地點點頭，說她想太多了。

我本想開口問百佳，集無數寵愛在一身的她到底看上了阿拓哪一點，尤其是活在我故事裡的阿拓。但我立刻打消了這樣的念頭。

阿拓本來就是個好人，他的好我當然比誰都明白，只是我不願讓那份好跨越那條友誼的界線。除此之外，我當然希望他能找到很棒的對象，因為他是我生命中重要的朋友。

而百佳，雖然我們才認識三個多月，但我卻看見了未來大學四年裡，我們會是最要好最交心的朋友。她會提出想跟阿拓在一起的禮貌詢問，也絕不是驕傲。她的確有想要跟誰在一起就能願望成真的條件。與我不同。

我們一起走回竹軒的途中，百佳恢復她一貫的輕鬆語調聊起阿拓與澤于。

百佳說，澤于就像耀眼奪目的鑽石，看起來是每個人追求的夢想，然而這樣的鑽石之所以璀璨，可都是多位鑑賞者目光雕琢而成。

她也說，阿拓雖然質樸無華，但並非沉在河底等待發掘的玉石，而是參天巨木，低頭尋找寶物的一輩子也看不見他，除非好好將頭抬起來。

鑽石需要琢磨才能生輝，但阿拓可是自個兒就可以很偉大，這樣的男生她是第一次遇見。

我聽不大懂百佳的比喻，或許是我從未當過寶石和巨木的關係吧。

但有一件事不需要比喻我也懂得。

「百佳，雖然妳很篤定，我也相信妳的眼光，不過我希望妳能多跟阿拓接觸再做決定，因為阿拓上次失戀的經驗很痛苦。」我笑笑：「人家說爬得越高摔得越痛，妳那麼漂亮跟聰明，阿拓跟妳在一起就像一口氣攻頂聖母峰，摔下來豈不粉身碎骨。」

「妳放心吧，我已在妳的故事裡認識了一百次的他。」

百佳的腳步很輕盈，蹦蹦跳跳，好像已經跟阿拓在一起似的。

我卻感覺到自己的腳步有些沉重。

直到那晚爬上床閉上眼睛，我才約略分曉自己抗拒的情緒所為何來。

阿拓跟我相識一年半，這段期間阿拓喪氣失戀，我則幽幽單戀，兩個人在愛情一欄都登記零分。

也因為如此，阿拓與我之間的相處才能如此自然，不須罣礙對方的男女朋友，不必避嫌，也省下多餘的報備。

但如果百佳跟阿拓在一起了，我跟阿拓之間恐怕就會有一段必須保持的距離。可我又不能阻止阿拓的好緣分，也沒有權利質疑百佳的選擇。

就順其自然吧。

聖誕節後，百佳跟我要了阿拓的電話，興致沖沖地約阿拓去哪裡走走，一下子說剛好買了兩張電影票，朋友臨時爽約要阿拓陪她去看，一下子說買了三千片的大塊拼圖結果不知從何著手，請阿拓來跟她一起完成。

當然阿拓都說好，只要他沒有在打工都馬很OK。

最後阿拓房間的地板上，擺了一大張長期工程中的大拼圖。

百佳笑著跟我說，她其實不是那麼積極主動的人，她只是把那些男生當初追求她的把戲拿出來複習一遍而已。

而我的生活跟以前一樣，打工、去社團、寫小說，單純而忙碌。

據澤于說台大資工所的試程是最早的，就在一月中旬，也因此澤于越來越少去咖啡店，待在社團準備研究所考試的時間越來越多。

有時還見他拿著睡袋跟咖啡壺到社團熬夜，顯然是放手一搏的最後階段，即使旁邊有人在討論辯論社寒訓計畫的準備事宜，也不見他分神多說一句話。

也因為他全神貫注準備考試，我雖然跟他只有一隻手的距離，但傳遞紙條的次數少了很多，有時候我看見他將咖啡壺喝光，我也會自動幫他去長廊盡頭倒熱水，簡單地再幫他做杯咖啡。

至少在小小的社團五坪空間裡，澤于的身邊沒有另一個人存在，獨享他的專注與沉靜也讓我感到淡淡的幸福。

9.4

二〇〇一到二〇〇二的最後一天是禮拜一。

我一直在想，澤于那天還會不會到社團念書，如果是，我們就可以一起讀秒跨年，如果不是，上大學後第一次跨年好歹也要有個計畫。

而阿拓的邀約電話在禮拜天晚上打來，那時我剛剛從家裡回到宿舍，手裡還拿著媽媽從娘家拿來的太陽餅，將安全帽跟圍巾放在桌上。

寢室的電話響起，百佳接了，遞給了我。

「我剛剛回寢室，呼，要不要吃太陽餅？幫你留兩個我媽從台中拿上來的正貨？」我問，蹲下來脫鞋，注意到百佳正偷偷瞧著我。

「好啊，我超喜歡吃。對了，我是要問妳明天晚上有沒有空，一起讀秒？」阿拓問得直接了當。

「我……我還不知道耶，澤于不曉得會不會待在社團念書，而且……」我看著百佳，她正裝作專心上網，但她的密碼連續輸入三次都錯了。

「那妳要不要問澤于看看，如果他不會去社團的話，妳就來我跟暴哥這裡囉？暴哥說跨年看災難片最貼切了，還有啊，暴哥的新女人也會一起來，要不要認識認識嫂子？聽說嫂子很賢慧跟暴哥一點都不搭，我想應該滿好玩的，看完電影我們還可以去找鐵頭，鐵頭最近都很晚睡……」阿拓說個沒完，說得我心癢難搔好想就這麼答應。

但我看見百佳咬著下唇的模樣，實在有些不忍心。

「不了，我想碰碰運氣，而且我們最近有計概的C語言上機考，我又都不會，如果正好碰到澤于待在社團的話我還可以請教他。」我說，希望阿拓別再引誘我了，因為我實在想看看暴哥的女人。

「C語言啊？應該滿簡單的，不介意的話我可以教妳啊。」阿拓說，我彷彿可以看見他正在搔頭的樣子。

「我想給澤于教。」我說得斬釘截鐵。

「這樣啊，好吧，我問暴哥他下次帶女人回家是什麼時候，到時再約妳囉。」阿拓笑笑，毫不介懷的語氣。

「那掰掰囉，我要去洗澡了，太陽餅會記得留給你幾個，如果貪吃的念成沒偷偷嗑光的話。」我也笑笑，我倒是遺憾錯過了應該很好玩的跨年活動。

「掰掰，來，跟思螢姐姐說再見？」阿拓不知所云，然後我聽見了一聲活力十足的吠叫。原來是胡蘿蔔。

我掛上電話，裝作一切都很平常，拿起臉盆洗澡去。

洗完澡，百佳剛剛掛上電話，向我比了個勝利手勢，笑得很燦爛。

「謝謝妳剛剛推掉了阿拓的約，我就知道妳最善良了！」百佳樂得像個小孩子，又說：「我打電話給阿拓約讀秒，他答應了，妳覺得到哪裡去讀秒比較好？阿拓會比較喜歡？」

我擦著溼淋淋的頭髮說我不知道，心中卻犯疑為何阿拓不說要帶百佳去暴哥家？

「妳覺得深夜去寶山吊橋讀秒浪不浪漫？會不會加分？」百佳問，語氣很開心。

「不如直接去賓館開房間吧。」念成躺在上鋪說道。百佳白了她一眼。

「在我們的部落，跨年可是要跟山中惡靈決一死戰的關鍵時刻，男人要全副武裝，女人則準備在網中施咒禁錮被捕獲的惡鬼……」思婷說個不停，也許她的名字正是要提醒她要想想什麼時候該停一停。

「思螢妳說呢？妳比較了解阿拓。」百佳來回踱步，咬著手指頭。

我拿著吹風機烘著頭髮，髮梢已超過了我的肩膀。

「反正阿拓一定會想好計畫，妳不必擔心囉。」我笑笑，不知道該不該說阿拓原本的想法，但暴哥對百佳不熟，未必會想跟百佳一同跨年。

「如果真的沒計畫啊，嘻，那就在他房間繼續拼拼圖也不錯，反正還要拼好久好久，還可以一邊玩胡蘿蔔的肚子。」百佳自言自語。

「百佳，妳真的喜歡阿拓？這禮拜你們好像常常有約。」思婷忍不住問。

「嗯，我很喜歡啊，幸好思螢好姐妹讓給了我。」百佳蹦蹦跳跳，在我的臉頰上輕輕一吻。

「拜託……」我苦笑，心裡祈禱明天晚上別一個人守在社團教室。

9.5

二〇〇一年最後一個夜晚，十點，我在咖啡店收拾最後一只湯盤。

店裡只剩下四個人，我，阿不思，老闆娘，還有我曾經提過、一言不發將小麥草藍山咖啡喝完的古怪中年男子。

阿不思將咖啡豆罐裝好封口，我擦著桌子，兩人都看著老闆娘與失魂落魄的中年男子，他們坐在櫃檯前面的小圓桌旁，都沉默得厲害。

男子已經連續幾個禮拜都來店裡，點同一杯飲料：「老闆娘特調」。

如果我沒記錯，他上次喝到的是人參薑汁咖啡，上上次喝到的是鳳梨冰滴，而今晚他則品嚐了武林獨步的湯圓咖啡。

但他好樣的，雖然他總是一臉屎樣，但絕對是杯杯見底，一言不發。

我說過老闆娘很尊重客人，客人不說話，老闆娘也由他，自個兒玩起塔羅牌算命跟剛剛迷上的米離。也因此，兩人相坐無言了許多日子，有時他們坐到了打烊還僵著，老闆娘用眼神示意我跟阿不思先走，她等他坐夠了再鎖門。

「他們該不會坐到跨年吧？」我用唇語詢問阿不思。

「誰知道他們在搞什麼，說不定早已看對眼了。」阿不思倒沒心思跟我用唇語，直接了當就說出來。

後來我們果然先走，留下比賽誰先說話誰就輸掉的主客兩人繼續在奮戰。

「等一下去哪跨年？跟阿拓吧？」阿不思將門帶上時拋下一句。

「沒啊，我要等澤于看看，他今天沒來店裡，說不定早就在社團教室用功了。」我問：「妳呢？要跟彎彎去蕾絲邊吧參加跨年派對嗎？」

「嗯。」阿不思點了一根菸，酷酷地走了。

□

還在學校的大家都已經集中在浩然圖書館前的廣場參加跨年晚會，即將來到二〇〇二年的社團活動中心理所當然很冷清，只有樓下獨自練習的小喇叭聲陪著我。

真是好的不靈壞的靈。

電磁爐上的水滾了，我倒進冷凍湯圓，闔上無聊的經濟學課本，打開收音機聽廣播無聊的讀秒倒數，越發覺得自己可憐，尤其窗外爆出一陣「新年快樂」的瘋狂慶賀聲。眾人歡天喜地時的孤獨，最是寂寞。

「新年快樂，李思螢。」我舉起熱開水，看著窗戶玻璃上反射的自己。

到了深夜一點，我收拾東西走出社團教室，搓著冷冰冰的手去搭電梯。

「不曉得阿拓跟百佳現在在做什麼？在拼拼圖嗎？還是去暴哥那？」

我看著手機上一大堆新年快樂的簡訊，當然也包括百佳的。

手機裡的簡訊十個中有八個內容重複的轉載，好像沒一心一意獨特對待。

阿拓卻沒捎來信息，想必正忙著。

電梯門打開，一樓到了。

我才剛剛步出活動中心，眼睛都亮了。

澤于揹著睡袋，將停在環校道路旁的車子門關上。

「嗨，學妹。」澤于看見我站在活動中心門口，向我揮揮手。

「學長新年快樂。」我揮揮手，心裡開心極了。

「對喔，我差點忘了，新年快樂！」澤于走向我，表情略微失望：「不過，妳要走了？」

「嗯，一個人在上面好無聊。」我承認，我的腦筋動得不夠快，沒即時想出去又往返的好理由。

「想睡了嗎？」澤于問，走向大門旁的電梯，按下。

我搖搖頭。這倒是真的，就算回到宿舍第一件事也是寫小說。

「這樣的話，可以陪我說說話嗎？」澤于苦笑，電梯門打開。

我張大眼睛，想從他的苦笑中看出裡面含藏的意義。

他很疲倦，有些黑眼圈，眼中也有些紅血絲。

看來有一層厚厚的心事堆疊在他的疲倦背後。

「拜託囉，別讓我新的一年第一個願望就落空了。」澤于走進電梯。

我當然又回到了辯論社社窩。

雖然遲了一個多小時，但對愛情來說，永遠一點都不嫌晚。

澤于去長廊盡頭沖泡麵問我餓不餓，我遲疑了一下不知道要不要把我吃了湯圓的事情說出來，但他誤以為是少女的矜持，於是提出我意想不到的邀請。

「我記得櫃子裡還有筷子，我們一起吃一碗吧，反正我也不是說很餓。」澤于將阿Q桶麵放在和式桌上，露出好好吃的表情。

我心裡傻了一下，但雙手卻毫不考慮打開櫃子拿出一雙免洗筷坐下。

「怎麼沒有跟女朋友跨年？要可憐兮兮到社窩裡嗑泡麵。」我問，雙手捧著熱熱的泡麵桶子取暖。

「分手了，所以嗑泡麵慶祝一下。」澤于苦哈哈地說。

我心裡再度傻了一下，但外表不動聲色，只是看著他。

「妳好像已經習慣我一直換女朋友了？可是我自己卻從來沒習慣過。」

澤于自嘲，將泡麵蓋打開，熱氣將他的眼鏡鏡片霧花了。

「我沒習慣過啊，只是替你覺得習慣罷了。這次還是不想說分手的理由嗎？」我吐吐舌頭。

「妳想聽嗎？失戀的男人可是囉哩囉唆得不得了，跟老媽子一樣。我之所以連續換了兩次宿舍，就是因為連續遇到失戀的室友，煩都煩死了。」澤于將眼鏡摘下，夾起麵。

「說吧，不過我要收費，我小時候的志向可是心理輔導師。」我笑笑，騙人的。

「吃啊，如果不嫌棄的話，我用半碗泡麵抵心理諮商的費用怎樣？」澤于將麵桶遞過來，在那一瞬間我們的距離突然變得很近。

澤于說，他在感情上一直有很嚴重的不安全感。

這令我很意外，這麼帥又有車開，還隨時搭配金城武的笑容，這樣的男孩應該將不安全感留給身邊的女孩，而不是自己。

他說，他明白自己看起來是很nice的人，所以更想表現出自己的好，因為他聽過太多金玉其外敗絮其中的質疑。這令家庭環境良好的他一直耿耿於懷。

小學的時候，他邀請同班同學到家裡作客，結果第二天「楊澤于家裡很有錢」這句話就取代了他的個性跟成績，變成他唯一的註冊商標，大家禮遇他，他就越覺得不自在，想跟大家打成一片的欲望變成他成長過程的最大目的。

澤于希望周遭的人喜歡他，真心真意地喜歡跟他在一起，這樣的希冀放在男女交往上演變成一種嚴格的自我要求：「討人喜歡」。

澤于每跟一個女孩在一起，都希望能在最短的時間內讓對方認同自己、不被討厭，於是不敢在對方面前表露自己真正的喜好。

比如逛街，如果對方一步都沒踏進過書店，他便不會提起「要不要一塊進去挑本書看」這樣的要求，但如果對方曾在皮包店駐足許久，下次他便會直接牽著對方進最好的皮包店繞繞。

又比如喝咖啡，澤于都點雙份對方喜歡的種類，只有在一個人的時候才能夠很自然表現自己，來上一杯香味繽紛的肯亞。

「如果不喜歡這樣的自己，改掉這種習慣不就好了嗎？」

「我自己也知這很不正常，但我想無可救藥的意思就是根治不了吧。」

這樣的他愛得很辛苦，儘管每次戀情的一開始都讓他雀躍不已。

愛上對方喜歡的事物並不是件容易的事，但他總能夠以最寬容的心去接受，但將自己偽裝久了，會越不敢表露原來的自己，因為對方已經深深愛上另一個偽裝過的他。

跟他在一起最久的梅蓁學姐，兩人都擁有相同的喜好：「辯論賽」，於是澤于曾將她當作生命歷程中不可多得的伴侶，但梅蓁整天將「對方辯友」掛在嘴巴上，澤于也聽到煩了，他發覺儘管雙方有共同的喜好，但喜好進入生命的深淺仍決定了在一起的感覺，會不會膩，能不能持久。

每次交往到了澤于不能忍受自己偽裝的極限時，他就會提出分手，分得讓對方錯愕不已，有一次還被甩了兩個巴掌。

「那這次呢？我記得她是個肢體語言很豐富的女孩子，能言善道的。」我不只記得，還每個禮拜至少見她一次。

「嗯，她是世新口語傳播系的，也在一些劇團參加表演，為了她我還去看劇團演出，還演一棵佈景樹。」澤于的筷子跟我的筷子在泡麵桶裡輕輕觸碰。

「那為何會分手？因為你不喜歡演樹？其實你喜歡演石頭？」我笑道。

我們都笑了起來，最後的一口麵，他還讓給了我。

二〇〇二年的初晨，很高興我選擇了待在社窩，而寂寞並沒有選擇了我。

沒有人陪我跨年倒數，但心上人跟我共享了同一碗熱騰騰的麵。

還有他藏在心底的戀愛祕密。

第十章　人生的脖子很長

後來，
阿拓到了遙遠的非洲甘比亞後，
偶而我還是會想起那晚的驚心動魄。
當時的劍拔弩張、
肅殺威嚇我已不復記憶。
但我的眼睛，
始終無法從扳開阿拓顫抖手掌那瞬間，挪開。

10.1

「起床了！起床了！啦啦啦—新年第一天怎麼可以賴床！」百佳雀躍的聲音在寢室裡飛舞著，從下鋪拍著我上鋪的床板。

我往下探頭看，揉揉睡眼惺忪的眼睛。

「思螢，其他兩個人跑到哪裡去啦？一大早有哪裡好去？」百佳摔在我的椅子上，笑得花枝亂顫。

「她們昨天晚上都沒有回來哩，念成八成醉倒在T-Bar，思婷我就不知道啦。」我打了個呵欠，看看錶，現在才早上八點半。

「那妳呢？昨天有沒有幸運等到那顆寶貝的鑽石？」百佳笑嘻嘻。

我笑而不語，算是默認了。

「哇，真是新年好兆頭喔！」百佳拍拍手，笑著：「我昨天晚上也很幸運，猜猜我為何天亮才回來？」

「那還用得著猜？當然是跟阿拓拼圖拼到天亮，然後吃完早餐再回來啊。」我又打了個哈欠。

「妳……妳怎麼知道我們拼圖拼到天亮？阿拓剛剛打電話給妳嗎？」百佳驚訝得合不攏嘴。

「線索一，像妳這樣天生麗質的大美女怎麼會有黑眼圈？事出必有因。線索二，阿拓這個老實頭怎麼可能讓妳在他房間睡覺，就算妳願意他也辦不到，為了避免尷尬他當然卯起來拼圖拼到天亮。」我拍拍臉頰考慮繼續睡到中午。

「還是妳了解阿拓。」百佳幽幽地說，將我的電腦打開：「妳還是在故事裡多加一點阿拓的戲分，好讓我能趕上妳對阿拓的了解。」

「快睡吧，妳需要一個一百分的美容覺。」我笑笑，倒在床上。

昨夜在社窩待到四點多才回來，差一點就跟澤于在社窩裡過夜了。

畢竟睡袋只有一個，難道要抱在一起。或許我該買一個睡袋？

「妳知道嗎？」百佳躺在床上，我們腳丫子對著腳丫子。

「知道什麼？」我ㄎㄎㄎㄎ地笑了起來：「後悔沒買五千片的拼圖嗎？該不會你們已經把三千片拼

圖都解決了吧？」

「才不是。」百佳翻了個身。

「說啊，不然我要睡著了。」我說，抱著趴趴熊抱枕。

「阿拓整個晚上都在提妳。」百佳嘆了口氣。我的胸口輕輕震了一下。

「因為我是他的恩人兼最好的朋友啊，別想太多了。」我安撫百佳。

如果換作是我，心裡也不會好受。

「我就是羨慕這一點。」百佳搖晃著腳丫子。

「嗯？」我不解。

「從國一開始就有很多人追我，班上的男生都把我當小公主，國三的學長甚至輾轉丟了好幾封情書過來，含蓄一點的說要認識我，挑明一點的就說想跟我交往。」百佳說。

「我卻羨慕這一點。」我嘆口氣。

「後來高中念女校，北一女，本來以為這種情況應該要停止了，但我搭公車的時候都有高中生跟大學生從後座遞上電話號碼，或偷偷塞進我的書包裡，有的更不知道從哪裡知道我的手機號碼，留言說想多認識我一點，真搞不懂他們男生到底在想什麼，我看起來很缺朋友需要他們來幫忙嗎？更別提進了大學後發生的一切，妳都看到了。」百佳的語氣卻沒有一點開心，完全沒有炫耀的意味。

我沒有接話。

因為我是個聽故事的好手。

百佳說，每個接近她的男生，或多或少都有些愛慕之意，這雖然不是什麼壞事，但都不是單純的友誼，更別提那些主動遞上情書或提出邀約的男孩子。

日子久了，百佳身邊的好朋友都是女性，跟男孩子之間的相處則是不斷的約會、約會、跟約會。

我說這樣也沒什麼不好，百佳同意，但她自從看了我寫的小說中關於阿拓的一切後，她開始羨慕男女之間也能夠像朋友之間單純的、沒有壓力的相處。

相約看電影就是看電影，不必扭扭捏捏、想太多。

看電影就是因電影好看，不必牽強附會地說：「看什麼電影並不重要，重要的是跟妳一起看的人，還有當時的感覺」，再加上曖昧不明的嘆息。

看電影時一起吃一桶爆米花，只是因為一個人嗑一桶嗑不完，沒有別的意義。友誼沒有界限，如果有，也是自個兒劃的線。

這一個禮拜的實際相處，除了確定百佳對阿拓的喜歡更確定了另一件事。

阿拓根本不會因為百佳漂亮而動心，他謹守朋友之道，盡朋友之誼，百佳根本不需要煩心「選擇」、「這個人好不好」、「這個人適不適合」等問題，只要專注與這個人共同去做一件事，諸如拼圖、聊天，就行了。

「從友誼發芽昇華成的愛情，才有最堅實的土壤。」

百佳為自己的愛情下了註解後，就睡著了。

我則細細咀嚼這句話。

10.2

一月中後就是一連串的研究所考試，時間也靠近學期末，許多人跟事都開始忙碌起來。

澤于幾乎不到咖啡店裡，他把所有的精神都放在研究所考試的勝負上，不是在圖書館地下室的二十四小時K書室念書，就是在社窩熬夜唸補習班講義，我差不多每天晚上都會找點事去社窩晃晃，或是待在那裡陪他到深夜。

而阿拓跟我相處的時間如預期少了許多，但除了跨年別具意義、不能總是循例完全放棄許多跟阿拓經歷好玩事情的機會。

我每個禮拜天還是會與阿拓去洗衣店吃頓便宜又豐盛的晚餐，跟鐵頭以及幾個饕客級街坊抬槓；小說寫得沒勁時，也會打電話約阿拓去暴哥家看場電影，甚至還在百佳的允許下幫他們拼過兩次圖。雖然我去阿拓住處時發覺胡蘿蔔跟百佳很親暱時，心中竟小小吃醋了一下。

這段期間還有個小小插曲，就是思婷交了男朋友，而且還是個印尼僑生，台灣原住民文化跟印尼風土民情的差異與協調變成我們寢室聽不完的趣談。

跨年那晚思婷沒有回到寢室，就是因為思婷參加的山服社一行人興沖沖騎機車跑去大山背看螢火蟲，雖然時令不對當然什麼蟲也看不到，但據說思婷在山裡看見紅衣小女鬼，也算不虛此行。

而百佳，則陷入困惑。

「思螢，妳覺得阿拓都沒帶我去洗衣店吃飯，也沒帶我去黑社會老大家裡看電影，也不帶我去看重考生表演魔術是為什麼？」百佳來到咖啡店趴在櫃檯上。

「也許不是阿拓不帶妳去，而是還沒帶妳去吧？」我遞給百佳一杯愛爾蘭咖啡。

「那他什麼時候會帶我去？雖然跟他在一起不會無聊，但妳有去我沒去，他真的是很偏心。」百佳嘟著嘴，那可愛的模樣勾引死阿不思了。

「多半是因為妳那三千片拼圖太壯觀，沒拼完前他是不敢約妳做別的事！」我笑笑，這也不無可能。

「也是。」百佳喝了一口咖啡，露出讚不絕口的表情。

「要我幫妳問他？還是提醒他嗎？」我問。

「千萬不要。」百佳搖搖頭，她喜歡自然而然，這才是她一直嚮往的。

鏡頭切到等一個人咖啡店。

百佳吃著小餅乾偷偷指著她身後的小圓桌，用眼神詢問我是怎麼一回事。

小圓桌，老闆娘跟嗜苦成痴的失意中年男子看著對方各自發呆，兩人的中間擺了一個刨空的柚子，柚子裡載沉載浮的據說是一種叫咖啡的飲料，狀況詭異不明。

這失意中年男子已經百折不撓地坐在小圓桌旁的椅子上個把月了，天天來，天天點老闆娘特調，卻沒有要泡老闆娘的意思，因為他惜字如金，好像專程來受苦。

「一個月多了，他要不就是味覺痲痹，要不就是打算參加日本電視冠軍的自虐狂，來這裡進行最後的試煉，不管哪一個總之都不正常。」我篤定地說。

「妳覺得那個表情帶賽的男人會不會就是老闆娘的真命天子？」百佳可是我的忠實讀者。

「孽緣。」阿不思從我身後走過，冷冷拋下一句。

「阿不思！來個熱炒三鮮醉咖啡！」亂點王熱呼呼地在位子上喊著。

「也是孽緣。」我笑著。

10.3

第五十回了，算了算，這些日子以來我累積的回憶已經九萬多字。

但很遺憾，我的愛情尚未開始。

如果說一切都還在沉澱，我只能等待，就跟阿拓說過的一樣。

但有些事情，跑得比我想像的還要快，還要奇怪。

「白痴。」暴哥摟著大嫂，對著螢幕裡不斷奔跑的湯姆漢克咒罵。

「阿甘本來就是白痴啊？」我沒好氣地回話。阿拓早在一旁睡著了。

「我是說妳白痴。」暴哥瞪了我一眼。

「我？」我瞪回去，我這一年多可不是白混的。

「阿拓不錯，怎不跟他逗陣？你們很配！我幫你們主持公道！」暴哥說，大嫂捏了他一下：「人家的事你管這麼多？」

「就是說。」我搖搖頭，真是有理講不清。

「阿拓快當兵了喔？怎不學別人考研究所？現在大學生都在街上擠死人啦！」金刀桑叉起一塊肥肉摔到阿拓的盤子裡。

「不用考啦，早點當兵出來賺錢好啊！早賺早娶某！」鐵頭嫂也贊成。

「阿拓沒考預官，說要去服外交役到非洲國家種田，你說他奇怪不奇怪？」我攤開雙手，表示拿他沒辦法。

「男孩子出去看世界好啊！去非洲種種田也是男人的浪漫呀！」鐵頭拍拍自己的頭，少林武功也是他的浪漫。他可是認真跟著市面上泛黃滯銷的武功祕笈奮發苦學的那種笨蛋。

「沒啦，覺得可以免費去國外住兩年，機會難得。而且是非洲！」阿拓用力扒飯，又夾了一塊豬腳。

「是啊是啊，機票貴嘛——」我覺得滿好笑。

「不過這樣的話，我們要好久才能再見面了啊？非得搞頓離別大餐不可！」金刀嬸在一道菜上點上火，一時青光大作，真不愧是今晚最奇怪的好菜「火雲邪神之東坡鬥蜈蚣」。

「又不是不回來！倒是你們千萬不可以搬家，免得我回來找不到東西吃，嘻嘻。」阿拓嘻嘻笑，筷子一秒都沒歇過。

「對了阿拓，你怎麼都不幫思螢夾塊肉？你看她瘦巴巴，不多吃一點怎麼有辦法等你兩年？快點用老娘的雪山可樂豬賄賂賄賂人家的嘴！」金刀嬸大剌剌地說。

「嘻嘻，要等阿拓的人才不是我啦。」我只好出賣百佳。

「妳放心，阿拓如敢不要妳我就用鐵頭功撞死他！」鐵頭義氣萬千地說。

我差點沒一巴掌印在他的光腦袋上。

「我一直覺得很奇怪，這麼久了，你們怎麼沒有在一起呢？」小才從胳肢窩裡抓出一隻倉鼠，交在我的手掌裡。

「怎麼你們大家都這麼說？」我摸著小倉鼠，根本沒看清赤裸裸的小才是怎麼把牠變出來的。阿拓正在樓下跟勇伯玩象棋。

「因為本來就是這樣。不信？隨便彈我的排骨看看。」小才挺起胸膛，要我伸手彈他瘦巴巴的肋骨。

我隨意彈著，小才嘴巴閉上，但居然有一串清脆的鋼琴鍵聲。

「腹語？你自己學會了腹語？」我又驚又喜，雖然搞不懂我跟阿拓應不應該在一起怎麼會跟彈小才的排骨有關係。

「是啊，我明年要參加在美國洛杉磯舉辦的世界盃怪人怪事表演大賽，如果贏了大獎，我就是全世界最怪的人了。」小才得意洋洋地說。

10.4

以上這些都不算什麼，因為他們都是阿拓的好朋友。

咖啡店裡的夥伴才真正教我吃驚。

「小妹，那個阿拓怎麼樣？最近好像常看到他跟妳室友來店裡。」老闆娘在打烊前隨口問我，幫我裝好賣剩的小蛋糕，她知道我今天要回家，正好拿給永不減肥的爸吃。

「什麼怎麼樣？難道老闆娘也想問我怎麼沒跟阿拓在一起？」我苦笑，跟澤于認識久了的耳濡目染。

「我只是以為，一年半前妳不只救了一隻喪家之犬，還順手胡了張好牌。」老闆娘笑笑，她最近迷上了麻將。

「沒這麼複雜，我跟阿拓之間純粹是好朋友，教我用手放沖天炮的那種哥兒們。」我提起袋子，走到門口揮手。

「要是我年輕十歲，我可會跟妳爭阿拓喔。」老闆娘揮揮手將店門關上。

上大學後第一個期末考跟高三接連不斷的模擬考比起來，雖然挑戰性很低，但別有一番莫名的壓力，也經歷了生平第一次交報告拿分數的不確定感。

寢室裡四個人除了老神在在的念成外，都忙著考試跟交報告，以及社團的期末發表，過年前思婷參加的山服要去北埔紮營一個禮拜，我參加的辯論社跟清大的思言社聯合寒訓，念成則想跟女友去韓國度假，在咖啡店打工的錢正好存了不少旅費。

至於百佳，則在期末考最後一天牽了阿拓的手。

「我們一起繞青草湖時，阿拓跟我說起他要去當兵的事，想到他要去國外兩年，我一時感傷情不自禁就牽了他。他的手很大很粗，還會緊張的顫抖。」百佳看著自己的手發怔，說：「可惜我們只剩下半年相處。」

我看著她，落寞大過於牽手的喜悅。

她好不容易真心喜歡上的男生，卻即將與她隔了好幾片海洋。

愛情充滿考驗，可惜大多數人都愛浸浴愛河，卻都認為考驗多餘且殘忍。

「多希望阿拓在走之前能許我一個承諾。我很樂意擁抱等待的寂寞。」

百佳看著我電腦裡，阿拓初次帶我去看小才表演的那段故事。

她已看過數十次，仍不嫌膩。

期末考再怎麼不討人喜歡，也有結束的一天。

參加完辯論社為期三天的寒訓後，我暫時搬回家裡過寒假，再度跟哥擠一間房間。百佳也收拾簡單的行李回到節奏快速的台北，臨走前還念念不忘那塊拼到一半的大拼圖，以及阿拓的手溫。思婷在社團野營後開開心心回到久違的花蓮，還帶了她沒有要回印尼的僑生男友一起回鄉過年，想必又會發生許多新鮮事。念成則暫別咖啡店的工作跟女友飛去正在下雪的韓國，臨走前還跟我借了一萬塊以備不時之需。

而澤于，台大放榜只上了備取，於是搬了一箱泡麵到社窩櫃子裡。

寒假，每天早上我要不跟阿拓、阿珠在清大泳池晨泳，要不就是帶胡蘿蔔在交大裡跑環校道路健身；下午如果老闆娘沒有偷懶關門，就跟阿不思到咖啡店工作；晚一點，則到花市旁的體育場看阿拓跟直排輪社的社員們打曲棍球，或是去社窩看小說陪澤于念書。

幸運的是，這段期間澤于並沒有時間交新女朋友，而我也越來越習慣，跟澤于一人一半泡麵這件事。

待在家裡，發覺自己的東西大多堆在寢室，房間裡都是哥的東西，我有種過客的奇異感覺。也因為第一次搬到外面住，跟家人相處的時間銳減不少，大家之間的容忍反而增加了許多，任何事情似乎都可以以此類推。

唯一難過的是，小青上了大學、跟阿神同居後，跟我之間的電話跟信件是越來越少，這次寒假她也是匆匆回來過個年，大年初四就又回到成大參加營隊，我開始不習慣她的獨立，總認為自己應該享有些友誼上不一樣的特權，卻又難以啟齒。

或許友誼同樣需要考驗，只有親情才是根深蒂固。

10.5

阿拓從來沒有跟我提過他喜不喜歡百佳，我也沒問。

因為我從來沒有懷疑過百佳的吸引力。

更何況插手別人的愛情一向是最笨的舉動，因為愛情打一開始就有答案。

但阿拓顯然對我的袖手旁觀開始不解。

「百佳那天牽了我的手。」阿拓浮在水面上，阿珠在一旁閉氣練打水。

「我知道，她跟我說過，還眉飛色舞的。」我笑笑，靠在池畔喘口氣。

「妳說百佳會不會喜歡我？」阿拓抓住阿珠的兩條肥腿幫她校正姿勢。

「不會吧？你是真不知道還是在裝傻？」我拍了他的腦袋一下。

「那天晚上很冷，我們又沒戴手套，說不定是她一時手冷？」阿拓認真的表情。

難怪百佳說阿拓的手在顫抖，原來不是緊張，而是天冷。

「一個女孩子就算被凍死，也不會輕易把手交給男生牽的好不好？笨蛋。」我又拍了他的腦袋一下。

「喔。」阿拓搔搔頭。

「喔？」我歪著頭。

「所以百佳喜歡我？」阿拓一臉認真。

「感覺像抽獎抽中BMW吧？」我笑道，拍拍他的肩膀表示慶賀。

「抽中了也沒用，我又不會開車，改天再叫暴哥教我好了。」阿拓認真地回答。

「你真的是個笨蛋。」我戴上泳鏡，潛入水道。

寒假的最後一天晚上，阿拓跟我拿鑰匙打開暴哥家，挑了片「教父」。

「今天老闆娘跟那個古怪的中年男子終於開始聊天了。」我說，將碟片擺進影碟機裡。

「喔？都聊些什麼？」阿拓將剛買的滷味打開。

「什麼都聊啊，我跟阿不思都在旁邊偷聽，原來那個男人是個音樂家，他的未婚妻車禍死了讓他深受打擊，所以靈魂常常出竅，做什麼事都馬心不在焉，日子過得一場糊塗行屍走肉，樣子比一開始認識的你還要糟一百倍。直到有一天不小心晃進了我們店，又不小心喝下難喝得要死的老闆娘特調，這才把他給苦醒。」我說，夾了塊我最愛的百頁豆腐。

「喔，所以那個男人為了清醒一點，所以每天都去你們店裡？」阿拓笑了出來。

「是啊，他說一天二十四小時只有在我們店裡時是清醒的，所以就常常來，颳風來下雨來，任何事都阻擋不了他虐待自己的舌頭。」我們大笑起來。

「好好玩，說不定這真的是命中註定耶，失去最愛的兩個人藉著一杯又一杯難喝的東西相識相戀，你們這間店的名字說不定過一陣子就要換掉。」阿拓高興地說。

「希望如此囉。」我說。

教父這部片子號稱經典，也許就是因為太經典了不適合我這種小人物看，所以我嘴裡含著沒吃完的豆干就昏沉沉睡著了，直到我的枕頭僵硬地抽動了一下，我才顢頇地睜開眼睛。

原來我睡倒在阿拓的肚子上，而阿拓剛剛打了個噴嚏。

「對不起。」我掙扎著要起來。

「沒……沒關係，我正好肚子冷。」阿拓搔搔頭。

我點點頭，繼續趴著。

但我既然知道自己是躺在阿拓的肚子上，反而就睡不著了。

睡不著，但阿拓的肚子還滿舒服的，我就再接再厲地試著睡看看。

而阿拓以為我還在昏睡，一動也不敢動，連呼吸都是小心翼翼的，連電影的聲音都關到很小。我不禁有些感動。

百佳如果跟阿拓這樣的好人在一起了，一定會很幸福。

突然，電話響了。

「要幫暴哥接嗎？」我問，在阿拓肚子上打了個哈欠。

「妳沒睡著？」阿拓嚇了一跳。

「睡了又醒，睡不著啦——」我伸了個懶腰。

「不曉得要不要接電話，我來這裡從沒聽過電話響。」阿拓遲疑不決。

「說不定是很重要的事？反正接個電話暴哥也不會怪你吧。」我說，阿拓點頭稱是，拿起話筒。

「喂？這裡是暴哥家。」阿拓對著話筒說。

「阿拓！你手機關了就知道你在我那裡！幹他媽的快閃！」暴哥的聲音近乎咆哮，連我也聽到了。

「快閃？」阿拓感覺到不大對勁。

「有仇家不知哪來我家的地址，你快點閃人！」暴哥的聲音又急又怒。

「不會吧？」我跳了起來，跑到門邊打開一條縫。

幾個惡漢拿著長條報紙捆成的鐵棒跟刀子在巷子裡大步走著。

鐵棒刻意刮著窄小的牆壁，發出懾人的鏗鏗金屬聲，暴風雨的前奏。

「來不及了，阿拓我們快打電話報警！」我說，將門上鎖又上鎖。

「走不掉了，你快幫我們報警，他們已經在樓下，思螢也在這裡！」阿拓就要掛上電話，神色有些慌亂。

「馬的，我沙發底下有一把刀，你先看著辦！我等一下就帶人趕過去！」暴哥掛上電話，門就被猛力撞了一下。

阿拓一邊從沙發底下摸出一把西瓜刀，一邊緊張地叫我趕快躲在暴哥房間的床底下裡，我說要躲一起躲，害怕得都要哭了。

阿拓卻只是瞪著我，低聲要我快點離開客廳。我從沒看過他那麼兇。

「幹！給恁爸出來！」

「操恁娘，鎖門甘有效？幹！」

伴隨著幾聲咒罵，門又被重重踹了一下。

鉤住門板的鎖鏈居然要斷了。

「暴哥不在裡面！」阿拓乾脆大叫。

我趕緊溜進臥房躲在床底下，暗暗發誓以後一定不要再來了。

「講三小話，無底咧照常砍死恁！」一大漢口氣兇惡一腳將大門踹開。

我趴在床底下直打哆嗦。想拿起手機報警卻又發現手機忘在客廳裡。

「幹恁娘咧，丟哩一個？暴仔係藏咧哪裡！」粗魯又不滿的聲音。

「拿著刀仔想咩做啥小？幹！」輕蔑的聲音。

「暴哥不在，留下話，我會跟他說。」阿拓的聲音很冷靜。

「去找！尬伊揪出來！櫃子裡、眠床底！通通攏嘜放過！」桌子被踢倒的聲音。

聽到床底下三個字，我幾乎無法呼吸，手腳冰冷。

臥房的門被推開，我看見兩雙髒布鞋在眼前踩來踩去，然後是櫃子打開的聲音。

我幾乎要哭了。

「全部都給我住手！就跟你們說暴哥不在這裡！」阿拓突然大吼。

然後是一陣巨大的撞擊聲。

「幹！眠床腳有人！」一個平頭男探下頭發現了我，他兩隻眼睛凸得像金魚眼，伸手就要撈我出去。

「不准動她！滾出去！」阿拓衝進房間，將平頭男踢倒，一點都不猶豫。

「幹恁娘！一定係暴仔的查某！」那平頭男大叫，一棍子打在床上砰的一聲，我摀住耳朵大叫。

「出來！尬恁爸出來！」帶頭的仇家惡漢用力踹門，我嚇到甚至沒辦法哭出來。

也許，今天就要死在這裡？

「別出來！」阿拓大吼拿著暴哥的開山刀虛劈一下，整個人擋在床前。

四個人將阿拓圍住，掂量著他。

「她是我朋友，跟暴哥一點關係也沒有，而且警察馬上就來了，還不快走！」阿拓的雙腳一點都沒有在發抖，真不曉得他在想什麼。

眼前可不是電影，也不是漫畫或小說，會死人的。

「幹，恁一個人拿著刀子要嚇驚誰？蛤？要嚇驚誰！」帶頭惡漢一腳猛踹床腳，我尖叫了一聲。

「我先說了，如果你們找不到人硬要搗亂，我被砍死前也會拖你下水！」阿拓說得斬釘截鐵：「你最好第一刀就把我的頭掀了，不然信不信我先在你身上釘兩刀。」

四周突然靜了下來，只有從客廳傳來的、電影機關槍掃射的爆響。

因為連我都聽出阿拓的聲音裡沒有一絲恫嚇，他是認真的。

「暴哥帶了人正趕過來，要嘛閃人我替你傳話，要嘛你立刻就砍死我。」阿拓說得血脈賁張：「有辦法你就去堵暴哥落單，不然如果暴哥回來後看見我被掛了，依他的性格，你們一個個都別想有全屍。」

我彷彿看見帶頭的惡漢正瞪著阿拓。

「插小伊咧講，撲吼伊係！」平頭男的腳前進了一步。

「丟，撲吼伊係！伊青菜講恁爸加莫哩信！」另一個人也前進了一步。

阿拓沒有再多說什麼，我只聽到他粗重的呼吸聲。

我的心臟就要停了。

「尬恁爸留下一隻手做紀念，恁爸丟先放過恁。」帶頭惡漢冷冷地說。

「行，你想清楚就好，暴哥會連本帶利多砍幾隻手賠給我，最後還是我賺。」阿拓居然不落下風：「左邊右邊？」

「阿拓不要！千萬不要！」我大叫，突然之間我感到很憤怒，憤怒到忘了害怕。

於是我爬出床，生氣得頭都快炸掉。

「為什麼流氓可以這樣欺負人？難道當了流氓就可以沒有人性嗎？明明就沒關係的人你們也欺負！看不出來我們只是借地方看電影嗎！動不動就叫人把手砍掉！」我越說越氣，寧願挨幾刀也不願阿拓自己把手砍下來。

空氣僵硬如鐵，阿拓一手用力牽著我，他那磅基的內力再度排山倒海而來，給了我無比的勇氣，讓我忘記害怕。

「有種，兩個都很有種。」帶頭惡漢突然笑了起來：「暴哥說得沒錯。」

阿拓的手突然鬆了，我也愣住。

愣住的原因不是帶頭惡漢突然改口說國語，而是他說的暴仔變成暴哥。

「不好意思，算算時間，暴哥就快來啦。」平頭男嘻嘻笑著，剛剛的面目猙獰不知跑哪裡去。

「剛剛……剛剛全都是唬爛的？」阿拓錯愕不已，但手中的刀子還是戒慎恐懼地拿著。

「當然啦，全部都是演給你們看的，暴哥說你是條漢子，一定會保護你朋友，這樣就大功告成啦！暴哥果然沒看錯人！」另一個滿臉橫肉的男人哈哈大笑，將刀子棍子都丟到床上。

看著這四個凶神惡煞彌勒佛般笑成一團，我全都明白了。

原來暴哥安排這一場流氓尋釁的戲，就是想讓阿拓一展男人氣魄，好讓我感受到阿拓對我的關心備至、即使自斷一手也要保護我的決心。然後我就會投入阿拓的懷抱，從此王子公主手牽手快樂在一起。

而暴哥之所以要自行把戲揭破，無非只有一個幼稚的理由：他以後還想在這裡看見我們，不想我們從此害怕不來。

我看著阿拓那副呆樣，不必細想也知道他事先完全不知情。

但他手中的刀子還是沒有放下，依舊緊緊握著。

我知道阿拓現在的心情還停留在方才的異常緊繃，還沒平復過來，因為我的手很痛很痛，骨頭都快被扯碎了。

「沒事了，阿拓，沒事了。」我拉拉他的手。

突然看見他的眼睛裡泛著一點淚光。

樓梯蹬蹬作響，暴哥出現在門口。

平常不苟言笑的他臉上掛著難得的惡作劇微笑，慢慢走了過來，剛剛四個兇狠大漢兩兩成行，笑容可掬地迎接他們的大哥大。

阿拓緊握的手突然鬆脫。

下一秒，就看見阿拓一個箭步，將拳頭用力砸在暴哥的臉上。

「大哥！」四個作戲的惡漢驚叫，卻不敢插手。

暴哥再怎麼硬漢，阿拓這青天霹靂的一拳仍差點將他打趴，一手及時扶著牆壁才沒有倒下。

我尷尬地看著阿拓，憤怒、害怕、不諒解，全都寫在他的臉上，還有剛剛那記野獸般的拳頭裡。

暴哥流著鼻血站直了身子。他注意到阿拓緊握刀子的右手臂上青筋盤繞。

「對不起。」暴哥冷冷地說，摸摸差點歪掉的鼻子。

四個手下知趣地魚貫走出東西被踢得亂七八糟的房間，下樓。

阿拓看著我，我搖搖手說沒關係，我知道暴哥只是好意，沒事沒事。

「真的不要緊啦，而且還有點好玩。」我笑著安撫阿拓，阿拓這才吐出長長的一口氣。

後來我們坐在沙發上，暴哥跟我費了九牛二虎之力，十幾分鐘後才將阿拓的手指扳開，將刀子取下。可見阿拓面對事件時的冷靜跟他的身體反應完全悖離，他已做好殺人的準備。

我竟有種內疚的感覺。

那晚阿拓跟暴哥兩人都一言不發，整場戲的最重要觀眾，我，一會兒忙著從冰箱拿出冰塊幫暴哥冷敷鼻子，一會兒搓揉阿拓幾乎要抽筋的右手掌，還要負責說幾個網路笑話緩和緩和僵住的氣氛。好不容易螢幕裡沉悶冗長的教父演完，我跟阿拓才騎著野狼離去。

後來阿拓到了遙遠的非洲甘比亞後，偶而我還是會想起那晚的驚心動魄。當時的劍拔弩張、肅殺威嚇我已不復記憶。但我的眼睛，始終無法從扳開阿拓顫抖手掌那瞬間，挪開。

10.6

阿拓跟暴哥畢竟都不是小氣巴拉的人，開學後一個禮拜，阿拓說暴哥買了幾片很熱鬧又爆笑的印度歌舞劇，於是我們又提了一袋雞腿去光顧。

在五光十色、誇張到讓人覺得噁心的片子外，暴哥除了在鼻子上貼了塊金絲膏，沒有多說什麼，一貫內斂的冷酷，彷彿一切都沒發生過。

我倒是寫了張卡片慰問他的鼻子，順便感謝他的好意。我心領了。

開學後，原本應當萬事發軔的時節，事事卻是出奇的塵埃落定。

澤于考完了清大、交大、成大、中央的資工研究所後，他一下子輕鬆起來，因為如果考不上以上的學校，他決定聽從他父親的建議，先當兵後再出國唸碩士，或許一舉拿到博士學位再回來，也算塞翁失馬。

總之對他來說，地獄般的考試已經結束，只等勝負分曉。

於是他又重出現在咖啡店裡，與我在一杯又一杯的肯亞、一張又一張的紙條中繼續默契。

「謝謝妳在社窩裡陪我對抗窮極無聊的研所考試，也謝謝妳顧慮到我會變胖，義無反顧地幫我吃掉無數半碗泡麵。」然後畫了一個晴天娃娃當做結尾。

這張紙條變成我的書籤，讓我每天笑得跟上面的晴天娃娃同樣燦爛。

令我最高興的，莫過於澤于沒有再交新的女朋友。

或許只是暫時的終場休息了，或許是討好別人討好得倦了，或許只是還沒等到他將籌碼再次堆上的那個人。無論如何，這都是好事。

百佳說過，友誼才是愛情最堅實的土壤，雖然我對澤于可以說是夢幻般的一見鍾情，但，如果百佳說得對，我也不介意從澤于的好朋友當起。

跟大多數交大的準阿兵哥一樣，澤于開始在環校道路慢跑鍛鍊體力，有時在一大早，有時在晚上十點。常常，我也會佯裝恰好慢跑路過、同他跑得大汗淋漓，然後一起到校門口的早餐店吃東西。

「如果你每一間研究所都考上了，你會選擇到哪間學校念啊？」我啃著燒餅。燒餅蘸豆漿是人間十大美食之一。

「哪有這麼好的事，怎麼可能每間都考上？」澤于吃著蛋餅，笑笑。

「所以說『如果』啊。」我當然期待他會繼續念交大。

「交大吧，然後是清大。老師差不多都認識，找指導教授也比較容易，如果去別的學校選錯老師跟研究題目，大概得過著比狗還不如的研究生生活吧。」他搖搖頭。

賓果。

「嗯，習慣的地方比較適合念書，不必費心熟悉新的東西。」我微笑。

「雖然這樣說也沒錯，不過妳以前就住在新竹，現在也是在新竹念書，會不會有些遺憾？我以前聯考的分數也可以念台大，不過是因為我家就在台大隔壁，所以我填到這裡來。」澤于吃著蛋餅的時候，不喜歡蘸醬。

「不管怎樣，現在已經不遺憾了。」我笑嘻嘻。

「喔？」澤于好奇。

我沒有說話，只是低頭啃著被熱豆漿浸溼的燒餅。

能夠這樣跟你一起慢跑、一起吃早餐，待在新竹又怎麼會有遺憾？

「對了，網路什麼時候放榜？」我問。

「清大最先放榜，就在這禮拜五。然後是交大，禮拜一。」澤于夾著蛋餅的筷子象徵性顫抖了兩下。

「我會守在電腦前面，用力替學長祈禱的。」我笑笑。

「如果上榜了，一定請妳吃飯。一定。」澤于拿起筷子對空拜了一下。

「那是一定要的，每次吃完早餐就看見你去7-11拎半打仙草蜜拜土地公，但土地公可沒陪你念書，我有，所以我要吃大餐。」我賊兮兮地說。

提到這個，準備考交大研究所的行家都知道，想要在本校金榜題名，努力啃書還在其次，但交大校門口對面的土地公廟可不能不去參拜一下。

本校土地公酷愛喝仙草蜜，還得要泰山的不可，所以土地公廟後的7-11的飲料櫃裡永遠都準備好幾排的泰山仙草蜜，廟裡供桌上的賄賂也堆得像小山。

而澤于，這位常看財經管理、政治評論雜誌的有為知識青年，為了一舉掄元不只考前天天拜考後也是天天孝敬，讓泰山食品公司跟土地公都賺了個飽。

「居然吃起土地公的醋，這下可不是吃大餐就能解決了。」澤于莞爾。

「總之，希望土地公真被你賄賂成功了先！」我哈哈大笑。

禮拜五一大早我全身沐浴、唸了心經十次後，打開電腦連上清大研教組網頁，在清大資工所錄取名單裡找到楊澤于三個字，可惜依舊是備取。

「備取二十一，應該滿有希望的？」我心中惴惴，又開了一個視窗，連上台大網頁。我將清大榜單比對台大資工所的錄取名單發現十五個名字重複了。

「如果他們都別耍花樣、乖乖去念台大的話，那澤于就算備取六囉？」我喃喃自語，說：「又如果有其他七個人將會考上交大、也真的會去念交大的話，那澤于就是錄取囉？」

雖然我一意孤行要這麼想，但我可以想見澤于忐忑不安的心情，因為我禮拜五晚上並沒有在咖啡店看見孤獨的肯亞。

於是，不用考研究所的阿拓在我快下班時來找我，我倒請了他一杯肯亞。

「這就是澤于最喜歡喝的咖啡？嗯，好喝。」阿拓暴殄天物地一飲而盡，比出大拇指。

「希望禮拜一交大放榜時能看見他的名字。」我幽幽嘆了口氣，看著小圓桌旁，嗜苦的中年男子跟老闆娘正有說有笑的。

「還有成大跟中央啊。」阿拓拍拍我的肩膀，咧開嘴笑。

「那都離我太遠了。」我搖搖頭，走過眼前的阿不思也跟著搖搖頭。

「那也是。」阿拓搔搔頭。

然後是十分鐘的靜默，我清理塞風（虹吸壺），他發呆。

「我問過人，其實清大備取二十一很有希望備上的。」阿拓突然說。

「謝謝。」我點頭，我也上網問過研究生。

「所以應該好好慶祝一下。」阿拓笑說，一貫沒頭沒腦的怪邏輯。

「哪有這樣的！」我敲了他的笨腦一下，不過還是笑了。

「我最近迷上投籃機。妳知道嗎？就是一分鐘投進五十分以上就可以再玩一次的那種，實在是非常好玩。」阿拓開始興奮，我也詭異地跟著興奮起來。

「我以前跟小青在百貨公司玩過，可是很遜，所以想點別的東西慶祝吧？」我說，心想這還不到可以慶祝的時候吧，阿拓有點被小才傳染了。

「練到不遜就好玩啦！我一開始也是遜到很想撞牆，不過倉仔他家正好有一台，所以我花了兩晚就變得很恐怖喔！單場有90分的紀錄！」阿拓笑得眼睛都看不見。

「倉仔？又是新朋友啊？他家怎麼會正好有一台投籃機？」我看看時鐘，應該要下班了。

「帶妳去認識一下嚕！超級厲害的！」阿拓興奮的紅了臉。

十分鐘後，我騎著剽悍的野狼，載著阿拓衝向新的友誼冒險。

10.7

你知道的，阿拓就像一塊大磁鐵。這次他吸到的怪咖，是一個叫倉仔的夾娃娃機達人。

前幾天阿拓跑去竹北家樂福買東西時，看見一個矮子叼著菸，站在一樓室外的投籃機前，在短短一分鐘內丟進兩百五十分，他嚇傻了。

正常人只會投以「你真厲害」的注目禮，大方一點的也不過是將「你很厲害」喊出來。但阿拓這方面是脫軌的行家。

「遇到投籃機怪物我當然要逮住機會問他啊！我又不是笨蛋，當然想知道怎麼樣才可以投那麼多分！所以就走過去直接用問的，還拜託他教我一下。下地下道！」阿拓在我耳後說他跟倉仔相遇過程，我簡直快笑死了。

「然後呢？你問他，難道接下來他就教你啊？」我笑道。

「不然呢？他最後看我笨，乾脆帶我回他家練個夠，省得多花冤枉錢。出地下道右轉！那間鐵皮屋就是！」阿拓大聲說。

倉仔家是間鐵皮違建，就在竹北金寶戲院前巷子裡。

我將野狼停在鐵皮屋前，看見兩台壞掉的大型遊戲機台擺在外面路燈下。

「倉仔從小就是個大型電玩迷，以前花了很多錢在遊藝場晃，不過後來學乖了也賺了點錢，所以乾脆把一些故障報廢的機台買回來，修一修，就自己在家裡玩。」阿拓說，跟著我走進木門半掩的屋子裡。

鐵皮屋裡的擺設跟一般住家沒有兩樣，兩個塑膠紅燈立在神壇桌上、髒髒的黑色沙發、擺在電視上的咬錢蟾蜍，但神壇後面的布簾一掀開，就看見一台破破的投籃機，以及一台夾娃娃機。

而倉仔看起來大概三十多歲，赤著身子露出層層肥油，滿頭亂髮。

他叼了根菸，坐在投籃機旁的遊戲機台前打格鬥電動，轉頭看我們、點頭示意。

「勇猛拳擊，現在幾乎都看不到了喔。倉仔玩到就連腳趾也可以打出彗星拳！」阿拓向我介紹倉仔搖桿下的電玩名稱。

「嗯。」我應道，向倉仔笑笑。

「女朋友？不抽菸吧。」倉仔將菸撵息，指了指靠牆的自動販賣機，說：「自己按，免錢的別客氣。」

我看著自動販賣機，原來倉仔扛了台報廢的自動販賣機回來，照例修一修、改一改機板，然後當作電冰箱跟櫥櫃使用。看來真是個有趣的人。

透明玻璃後有好幾種飲料、還有各式各樣的小餅乾，只是擺的次序很亂，如果喜歡吃的食物放在比較後面，就不幸無法一次按到。

「她是我朋友啦，叫李思螢，思念的思，螢火蟲的螢，來玩投籃機啦！」阿拓拍拍販賣機的按鈕，掉下一罐百事跟一罐雪碧。

「投籃機沒什麼訣竅，玩久了自然就很厲害，自己來？夾娃娃機也可以自己來，不過夾到不能帶走就是了，哈哈。」倉仔瞇著眼怪笑，嘴裡照樣刁了那根被撵息、歪掉的香菸。

「那謝謝囉。」我也不跟他客氣，走到投籃機前按下開始。

閘門打開，幾個籃球滾下，我興沖沖地開始丟，但我雙手丟擲的弧度不是太高就是太低，還有球直接撞上透明塑膠板往身旁的阿拓砸下，一分鐘過後，我只得了可恥的二十一分。

我生自己的氣，於是又玩了一次，這次反因為手瘦而退步到十六分。

「妳慢慢玩，沒人趕妳嚕。我要練夾娃娃。」阿拓幫我將雪碧打開，逕自走到夾娃娃機前抓住搖桿。

「不，我先看你玩。」我接過飲料，好奇地看阿拓表演。

倉仔的夾娃娃機裡有許多大小不一的玩偶，還有保險套、糖果盒、手錶等任何可能出現在夾娃娃機裡的東西，應有盡有。

阿拓說，起先倉仔都去「十元的店」或是雜貨店買這些東西玩來練習，後來練到出神入化後，就去外面夾比較像樣的東西回來擺。

「先從最簡單的布娃娃開始吧？這個好像比較簡單？」我指了一個顏色亂配的紅色小叮噹。

但阿拓的手很笨，不只沒擒到顏色亂搞的小叮噹，連續試了十幾次還夾不到任何東西，我接手試了幾次，最厲害的一次是碰巧勾到了手錶的鏈子將它吊在半空，但最後還是被它晃了下來，功虧一簣。

「繼續看你們夾我今天晚上會做惡夢，讓開，讓你們看看什麼叫夾娃娃機教父。」倉仔揉著肥肚子，一臉「還是得要我出馬才行」的無奈表情。

「教父，我要那個長頸鹿。」我指著一隻脖子縫線歪掉露出棉花的長頸鹿玩偶。

「簡單。」倉仔打了個哈欠，搖桿跟肚子上的肥肉同時啪啪啪啪飛馳。

哈欠打完，長頸鹿已經掉進洞裡。

「好厲害！有什麼技巧嗎？」我眼睛都亮了。

「技巧？夾娃娃機是很靠天分的，再來是命運。」倉仔瞇起眼睛，捏著肚子上不可思議的肥肉說：「一個人這輩子第一次夾到的東西，會決定他的人生。妳的人生，就跟這隻長頸鹿一樣，脖子都很長。」

我張大嘴巴，這個人簡直是胡說八道界的教父。

「什麼叫人生的脖子很長？」我納悶。

「一個人要花多少時間才能明白他人生的意義？不要急，小姑娘。」倉仔看著阿拓，說：「需不需要保險套？叔叔夾給你。」

「免了。一想到我的人生是一個保險套，我的頭就開始痛了。」阿拓搖搖頭，裝出頭痛的樣子。

「有道理，小姑娘，跟著他會有前途喔。」倉仔看著我，若有所思地將脖子蹦出一大團棉花的長頸鹿交給我。

「不是說要放回去嗎？」我呆呆地看著被謀殺的長頸鹿。

「妳的人生可以破例讓妳帶回去。」倉仔說，一副替我擔心的樣子。

「哼，那是你夾的！我的人生要自己夾！」我用屁股將倉仔擠開，將長頸鹿丟進活動玻璃罩裡，重

新啟動搖桿。

雖然我不相信倉仔說的話，不過我還是瞄準裡面看起來最貴的東西——剛剛我差點得手的腕錶；我的人生就是一個手錶，至少可以解釋成我是守時的人。

但鐵爪還在半空中猶疑不定時，我打了一個噴嚏，不小心按下按鈕。鐵爪落下，義無反顧地抓起剛剛被我丟回去的長頸鹿，且一擊得手。

你問我有什麼反應？

我第一時間看到鬼般尖叫起來！

「人生啊。」倉仔拍拍我的肩膀：「不管怎樣都要試著接受它。」

「至少不是那隻襪子。」阿拓安慰我，指著裡面一隻不管配什麼鞋子都不搭的綠色襪子。

後來阿拓試了一個小時，終於搖搖晃晃夾起了他的人生。

就是那雙綠色的襪子，果然人不能太鐵齒。

「原來是雙襪子。」

阿拓陷入沉思，卻沒有沮喪到痛毆夾娃娃機。

在那一個小時中，我卯起來練投籃，雖然手痠得要死，但四十六分讓我得意洋洋，差一點就可以跨越「免費再玩一次」的門檻，我也逐漸掌握了進籃的那個高拋弧度。

「要不要玩勇猛拳擊？人稱勇猛拳擊之神的我，可以教妳彗星拳的手指連擊奧義。搭搭搭，搭搭搭，對方剛剛爬起來就再鉤出去，包他一點反擊能力都沒有。」倉仔自己配音，右手中指、食指、大拇指聚成一個錐狀，在桌子上快速綿密地敲擊著。我知道那是使密技精準施展的技巧。

「下次吧，不過我很好奇哩，你為什麼會買這些機台回家改啊？連冰箱都不買，索性用販賣機代替？」我問，被阿拓傳染的關係，我在跟怪人相處上變得很輕鬆自然。

「好玩啊，而且省錢又有品味，又不用跟人擠。」倉仔哼哼怪笑。

後來我才知道倉仔是個自修電子學的怪才，以前還因為幫壞蛋擅改提款機的電路板被關了幾年，前年才出獄。

「不過還是很怪。」我說，玩著手上慘死的長頸鹿。

「還可以泡妞。」倉仔雙手捏著肚子上的肥肉，神祕地說：「如果我在女人面前投籃得了兩百五十分，她還不乖乖跟我回家？如果我不停在女人面前夾起一隻又一隻的娃娃，她怎麼能不對我投懷送抱？如果她古早以前正好喜歡打勇猛拳擊，跟我回家後居然發現我家有一台機子，她怎麼說服自己不嫁給我，哈哈，哈哈。」

「怎麼可能你投兩百五十分她就跟你回家？」我好想笑，這胖子真是把這個世界想簡單了。

「有道理，那我就投三百分。」倉仔的鼻子噴氣，笑道：「那樣還不手到擒來？」

我嘆了一口氣，就是那時正好看見阿拓將那雙綠襪子夾了起來。

「你呢？你第一次夾到的東西是什麼？」我問，很想知道他這種奇怪的想法是所為何來。

「巧克力，金莎的。」倉仔的眉毛抖動，神采飛揚。

真是太適合他了。

第十一章 九十九，仙草蜜

澤于在等一個他不需要在其面前偽裝的女孩。

百佳在等一個她不需要負擔選擇壓力的男孩。

阿拓在等一個懂得欣賞他純真本質的好女孩。

而現在，

我已經走到這場愛情排列組合的尾聲。

11.1

回到宿舍，我將那隻長頸鹿放在枕邊，因為它越看越可憐，我也將棉花塞好、然後跟思婷借了針線將它的脖子縫妥貼，看起來果然好多了。

畢竟是我的人生啊，可不能太難看。

躺在床上，我滿腦子都是投籃的畫面，兩隻手雖然痠麻，但如果投籃機就在床底下，我一定會爬起來再丟它一回。

完全都忘記了澤于能不能備上清大的嚴肅問題，就算偶而一抹憂鬱在腦中一閃而過，脫手而出的籃球也將它迅速擊落。

「好好喔，我也想認識那叫倉仔的怪叔叔。」百佳嘆了一口氣關上燈。

我想她一定很後悔當初買的拼圖是繁複的三千片，而不是一千片。

要不，說不定阿拓早就帶她東奔西跑了。

第二天醒來，我的手幾乎都不能動，肌肉僵硬到我快哭了出來。手報廢了，我只好苦苦哀求原本打算睡一整天的念成代我去上班。

「靠，看在我還欠妳一萬塊的份上，好吧。」念成遊魂似換上衣服，含著牙刷就出門了。

整個週六我都在冰敷我的雙手，然後慢吞吞地窩在電腦前寫小說、回讀者信件。

而百佳一起床就打電話給阿拓，說她想看電影，我猜想她心中一定很想去傳說的暴哥家見識一下。

但阿拓不知道是裝死還是笨到一個呆，他說中興百貨的電影院現在正放的《魔戒首部曲》他期待了很久，於是百佳嘟著嘴，雖難過但還可以接受地出門約會。

到了晚上百佳回來，一掃出門時的陰霾還帶了湯記奶茶給我跟思婷。

「怎麼神采飛揚的？難道今天又有新進度？」

我笑著。

「嘻嘻。」百佳旋轉跳舞，差點沒有撒花瓣。

「牽手一票。」思婷舉手。

「嘻嘻。」百佳繼續旋轉，頭都不會暈的樣子。

「接吻一票。」我舉手。

「嘻嘻。啊，好痛！」百佳的額頭撞到床腳，終於停了下來。

「到底發生什麼事？難道妳已經不是處女了嗎？在我們部落，沒結婚就發生關係可是不得了的大事，女方的哥哥可以……」思婷語出驚人，我在一旁笑得人仰馬翻。

「等等！我還是！小甜甜布蘭妮也是！」百佳心急，趕緊摀住思婷的嘴，不想聽到是不是處女跟部落仇殺之間的關係。

「那是怎樣？快說，我可要將一切都寫在小說裡。」我露出期待的眼神。

百佳清了清喉嚨，拿起桌上的吹風機當作麥克風，鄭重宣佈。

「阿拓要申請外交役，也有把握可以順利過關，但阿拓在台灣唯一的家就是他現在租的地方，所以囉他出國前會把所有的東西寄放在他認識的怪朋友那邊，等他回國時再拿回來。但一去兩年的漫長時間裡，有個最重要的東西……」百佳右手拿著吹風機，左手放在胸口，語氣溫柔。

「三千片的拼圖？」思婷插話。百佳搖搖頭，看著我。

「當然是胡蘿蔔。」我只好說，百分之百是這個答案。

「賓果！阿拓要把胡蘿蔔寄放在我這裡！耶耶耶！他一定開始喜歡我了！」百佳樂壞了，高興地跳來跳去。

我剛剛雖然猜到了，但很奇怪，我發覺我的臉有點僵。

「怎麼了？難道思螢妳要跟我搶胡蘿蔔！哇～～我一定搶不贏妳～～」百佳發現我的表情怪怪的，

於是開始裝哭。

「吼，誰要跟妳搶胡蘿蔔！」我假裝摔倒，想用力擠一個笑臉出來，但好像有些難度。雖然胡蘿蔔的確跟常去阿拓家的百佳比較親暱，但好歹我也跟胡蘿蔔慢跑了一個寒假，阿拓沒先問我就將重要的胡蘿蔔寄託給百佳，我的心裡有些失落，甚至有些難過，真想踢他幾下。

「思螢一定是想到宿舍不能養狗養貓。」思婷舉手。真是救了我一命。

「嗯，如果妳真的要養胡蘿蔔就要搬出去住，這樣我怎麼捨得，妳可是我大學最好的朋友，也是一個好室友。要不，就只好偷偷養著，被舍監發現以後再說吧。」我說，這些也都是真的。

貓還好處理，叫聲小、愛乾淨，隔壁寢室就偷養了一隻波斯貓。

但狗就很難對付了，特別是胡蘿蔔這樣我行我素不受管教的傢伙。

「喔喔喔，我早就想好解決方案囉！而且還是最幸福的解決方案喔！」百佳輕舞飛揚，她燦爛的笑容足以迷死每一個一到一百歲的男人。

「該不會真的要搬出去吧？拜託不要，我可以接受偷養一條狗。」思婷認真地說。我看著百佳輕盈的舞步，心中猛然一震。

「妳要住進阿拓家！」我叫了出來。

「賓果賓果！思螢妳真是太了解我了！」百佳抱住我大笑。

原來阿拓出國服役後，百佳打算租下阿拓現在的住處，然後在那裡養胡蘿蔔，而女二舍的住宿費很便宜，於是百佳也決定繼續跟我們一起住，就這麼玉兔雙窟。

對百佳來說，能住在真命天子的家裡、與真命天子的狗朋友一起等待他回國，當然是再幸福不過的決定。

但我居然高興不起來。我心知肚明，我在吃我好朋友的醋。

「別難過，我還是會常住在這裡啊─不然誰要借我報告看，嘻嘻。」百佳摟著我，捏著我的臉又說：「澤于一定會正取交大的，明天我陪妳齋戒沐浴，然後唸經看榜單，怎麼樣夠義氣吧？他正取了妳就比我更開心囉！」

我點點頭，捏著百佳的臉。

心中暗自愧疚，我怎麼會吃這麼貼心朋友的醋。

11.2

禮拜天我還真的跟百佳吃了一天素，安安分分待在寢室，沒有跟阿拓去洗衣店大快朵頤，寫了半天的小說，看了半天的日劇VCD。

到了晚上，我跟百佳吃過飯沿著竹湖散步時，百佳提議不如再去買泰山仙草蜜拜土地公，我想想也是，最後時刻萬萬不能留下任何遺憾，這點孝敬可不能偏廢。

於是我們走出校門，到土地公廟後的7-11買半打泰山仙草蜜。

當我們走到廟裡打算擲筊問卜時，竟看到阿拓正在磚爐前燒金紙，而胡蘿蔔則蹲在他腳邊沉思身為一條狗的人生哲理。

「怎麼會跑來拜拜？你又不用考試。」百佳很開心這次的巧遇，蹲下來拍拍胡蘿蔔的腦袋。我也感到糊塗，但很自然接過部分金紙幫忙對折。

「小才說念力也是人體很奇妙的一部分，幾億人集中念力時甚至可以把快撞上地球的隕石及時彈出軌道，還說金字塔其實就是古埃及人的念力的發射台，建來跟外星人對話用的……」阿拓越說越遠，手裡折金紙的速度倒沒停下。

「說重點。」我快昏倒，將折好的金紙抛入爐裡。

「澤于不是明天一早放榜嗎？我想除了妳們跟他自己，如果再加上我的念力，上榜的機率一定更大吧？所以我就來拜拜啦，順便帶胡蘿蔔出來晃晃，牠反正有空。」阿拓說，將金紙全丟進爐裡。

熊熊火光映在阿拓的臉上，黑白分明的細眼永遠都是那麼誠懇溫暖。

「謝謝你。」我心懷感激。

「真是個好人吧。」百佳趕緊站了起來，拍拍我們倆。

我走到快被仙草蜜壓垮的供桌，好不容易才找到一個小空處疊上我們剛剛買的半打仙草蜜，但一罐刺眼的湯記奶茶吸引了我跟百佳的注意。

「什麼人會笨到用奶茶來拜？」百佳笑道，卻看見我指著阿拓。

線索一，我摸摸這奶茶，還很冰，供奉的人並未走遠。

線索二，阿拓是個脫軌的社會常識笨蛋。

「被妳猜到，真是什麼都瞞不了妳。」阿拓見我指著他，便笑嘻嘻地說：「我只是想說，要是我是土地公，這些年喝仙草蜜一定喝壞肚子，要不也膩死了，換換口味比較討喜。最重要的是，湯記的珍奶很好喝啊，也算是清交的精神象徵啦。」

「這樣說好像也有道理，虧你想得到。」百佳點頭稱是。

我很識相的在土地公廟前與他們揮別，說我想一個人默唸心經走回女二舍不想被打擾，而百佳理所當然跟阿拓繼續多聊了好一會兒，最後還去他那邊拼了兩個多小時的拼圖才回來。

隔天一早，我跟百佳在寢室裡的雙姝尖叫聲叫醒了其他兩人。

「一大早在靠么個屁啦，現在才六點！」念成抱著枕頭毫不留情大罵。

思婷則迅速坐了起來，以為是地震。

「正取二十二！正取二十二！」我跟百佳擁抱在一起。

那杯湯記奶茶果然是壓死駱駝的最後一根稻草！

「留在新竹了！真是太棒太棒了！」百佳甚至比我還開心，舉臂狂呼。

我趕緊傳簡訊給澤于，他也立刻回訊。

是一個:)，還有奇怪的一行字。「打開門。」

我感到狐疑，不過還是打開寢室門，赫然發覺一罐泰山仙草蜜擺在門口。

彎腰撿起仙草蜜，上面貼了粉紅色的紙條，寫著「謝謝妳」三個字。

我既驚訝又感動，分不清楚是哪種情緒大過哪一種。

然後手機響了。

「接到我的禮物了吧？」澤于的聲音恢復到一貫的自信。

「嗯，你是怎麼進到竹軒的？」我的聲音很雀躍，百佳偎在一旁偷聽。

「怎麼可能進去，還不是託我直屬學妹幫的忙。」澤于的笑聲有很精神。

「這麼快?我剛傳簡訊過去你的仙草蜜就飛來了?」我感到不可思議。

「其實昨天深夜四點就先在我們資工系門口偷偷放榜了，哈哈，所以我特地吵醒正在睡覺的學妹，拜託她到竹軒樓下拿仙草蜜跟紙條放在妳門口囉，還因此欠她一頓飯哩!所以妳的大餐只好變成她替妳吃了!」澤于春風得意。

「真是太感動了!」我亂嚷著，百佳也嚷著。

後來我的確沒吃到澤于慶祝交大研究所掄元的大餐，但我無願無悔。

因為連續三個月，我的寢室門口每天都會擺上一罐仙草蜜跟一張紙條;其中我最喜歡的一張紙條上寫著「**我感激妳更甚於土地公，所以請妳忍耐點**」。

也許你會覺得這句話一點都不浪漫，但我可是將這張紙條護貝做成書籤。

而我每天，都會安安靜靜、喝上一罐分不清裡面裝的是友情、還是摻了一點點愛情的仙草蜜。

11.3

「老闆娘呢?」

今天我進店裡兩小時都不見一向慵懶的老闆娘，只有肥胖過重的蘇門答臘睡在小圓桌上，恬不知恥露出毛茸茸的肚子。我終於忍不住開口問。

「她去看培信的復出小提琴個人演奏會。」阿不思翻著海賊王漫畫。

「培信?那是誰啊?」我又問。

「就那個老是裝潦倒搞落魄的男金光黨啊。」亂點王氣憤地說。

他今天點了很正經的漂浮冰咖啡，可見他有多生氣。

「老闆娘怎麼會跟他出去？」我錯愕。

怎麼我一個週末沒來，就好像錯過很多事似的。

「念成回去沒跟妳說嗎？」阿不思笑笑。

「沒啊。」我歪著頭，念成這傢伙。

「因為培信點了第一百杯老闆娘特調。」阿不思幫我調了杯綜合咖啡，遞給我。

「一百杯了嗎？」我驚訝得合不攏嘴。

「我們似乎見證了一個奇蹟。」阿不思很難得說出這麼文謅謅的話。

的確是很美的奇蹟。

之後老闆娘常常不在店裡，有時出去看培信的演奏會，有時去培信家裡看他練鋼琴，他寫曲，她填詞，原本生命無從交集的兩人共同經歷一百杯苦澀酸辣的咖啡後，居然產生奇妙的情感，而且進展神速。

澤于說，培信一定早就動了心，他將那一百杯老闆娘惡作劇特調當成了銅人陣、木人巷，一路闖關到最後。

阿拓說，該不會兩個人已經在冥冥中被月老繫住紅線了吧？要不，這件事怎麼看都很不可思議。

哥說，妳在開玩笑吧？

不管誰說的對，那一百杯苦澀的咖啡給了我一些啟示。

尤其當我看見手中第九十九罐仙草蜜的時候，我的心中很明白自己期待著什麼。

在這九十九罐仙草蜜的日子裡，澤于領著辯論社到高雄中山大學參加一年一度的租稅盃辯論賽，如果一切順利就將是三天兩夜的行程，若是前兩戰都敗北，第二天就得打道回府。

我是一年級的，也不強，所以只要拿著錄音機在底下做紀錄、抄論點就行了，晚上再跟幾個同年級的社員製作隔天要應戰的新海報，要不就是開始在旅館亂敲門突擊、跟其他學校的辯論社員打起胡天胡地的枕頭戰。

而前社長澤于儘管已經是大四的老油條，但嘴巴癢又好勝，於是摩拳擦掌下場打了最後的八強複賽，跟最關鍵的冠亞軍賽。

第三天下午，爭冠賽的題目是「我國不應採行老人年金福利政策」。

擔任反方是傳統第一強隊中興法商，他們派出最佳陣容，清一色都是大四老將。

而我們則由大三的草頭學長擔任正一，儘管才大一但狡猾無比的楊巔峰擔任正二，而澤于擔任最關鍵的正三。

在前所未見的激烈舌戰攻防中，草頭學長穩紮穩打務求無失；楊巔峰雖伶牙俐嘴，但對方主將也不遑多讓，正當質詢未果時楊巔峰居然笑嘻嘻走上前跟對方咬耳朵，對方聽了臉色大變，此後就一直結結巴巴不知所云；澤于一貫的風度翩翩，筆挺黑色西裝下舉手投足都吸引住兩個女生評審的矚目，尤其幽默的答辯更是令人拍案叫絕。

「對方辯友，您口口聲聲否認老人年金的急迫性、必須性，及最重要的社會公平性，請問您難道不會變老嗎？請問您這麼有把握年輕的時候存下的養老金不會因物價膨脹而急速貶值縮水？請問您是否站在設身處地的角度去思考本問題？」中興法商的大將動之以情，拋出最後一個問題。

澤于只是聳聳肩，露出無可奈何的表情。

「很抱歉對方辯友，我不一定會變老。我可能明天就死了。」澤于無懈可擊的笑容：「理性的社會中要兼顧公平正義，就必須讓每一個人自己面對風險、並擔起應該的責任，試問，如果今天允許老人年金的存在是由全民共同分擔支付，那麼不幸無法變老、英年早逝的我，是否可以要求全民共同負擔我的養家費、子女教育費呢？」

鈴聲第三響，比賽分秒不差結束，全場大笑、連評審也拍起手來。

我在底下高舉起今天放在床頭的仙草蜜，遠遠地向鞠躬的澤于慶賀。

分數揭曉，壓倒性的四比一。

我們贏得了十年來首見的租稅盃冠軍，澤于抱回了他嚮往已久的第二座全國最佳辯士，我則贏得了國軍英雄館盃的跨校枕頭戰最佳新人獎。

比賽結束後，西子灣的夕陽下，烤肉架上香噴噴的肉沒人理會，辯論社的大家全赤著腳在沙灘上跑來跑去，將冠軍獎盃你丟給我我丟給他玩起橄欖球。

「學弟，你在場上到底跟中興那個辯友說什麼悄悄話啊？怎麼他聽了氣勢一下子就垮了？」澤于好奇地問。

「學長，我老大的名字不管誰聽了都會嚇到尿褲子。」楊巔峰神祕地笑笑，怎麼也不肯多透露一點。

夜裡回到飯店，玩興未減的楊巔峰還到雜貨店買來一個天燈和毛筆墨水，我們興高采烈地在白燈紙上寫下今後的願望後，看著它在下榻的國軍英雄館前冉冉升空。

還記得澤于寫下「願交大辯論社舌海滔滔，學校評鑑蒸蒸日上」的官樣文章，我則寫下「希望喝仙草蜜不會肥」，然後看著澤于吐吐舌頭。

隨著自強號列車從高雄駛回新竹，不知不覺天氣越來越熱，鳳凰花的果實逐漸飽滿。我的頭髮也長到了腰，發表在網上的小說也接近我想像的尾聲。

而我的投籃機分數，居然已經突破七十五，上看八十。

澤于畢業那天，我捧著一束香水百合站在澤于的一干漂亮學妹中，笑笑地看著他戴上畢業方帽，英氣煥發。

浩然圖書館前的草坪上，站在帥氣的澤于身旁的畢業同學、師長換了一批又一批，閃光燈一直沒有休息過，等他家人驕傲地站在一旁與他合照時，澤于高興地舉起手中的鮮花，要我將相機交給社團學弟站在他身邊。

「我們家澤于的女朋友嗎?叫什麼名字啊?」楊媽媽熱情地拉著我。

「我……我……」一時之間我介紹自己也不是，不介紹也不禮貌尷尬笑著。

「她叫思螢，是我的社團小學妹也是我最好的朋友，妳兒子考上研究所還得靠她幫了不少忙咧！」澤于開懷大笑將兩張最佳辯士的獎狀分一張給我拿。

鳳凰花瓣輕落，相機短暫的喀嚓一瞬。

我的笑容卻停在臉上一整天。

11.4

澤于畢業，只不過在交大換了個研究生的頭銜，宿舍搬到研究生宿舍，其餘的一切都沒有改變。除了一直都沒有交新女友這一點例外。很重要的例外。

於是暑假變得很迷人。

我有預感，這個世界就要偷偷起化學變化了。

「怎麼都沒看見你交新女朋友？還在忙找教授？」我摸著過胖的蘇門答臘肚子上的肥肉，站在櫃檯後。

「教授前幾天就找好了，還答應讓我做喜歡的題目。」澤于笑著：「至於女友嘛，我想等等看吧，說不定有個正好很喜歡肯亞的女孩也在等我出現？」

「世界這麼大，一定有的。」我點點頭，裝作鼓勵他。

我差點就脫口而出我愛死肯亞了。驚險萬分。

「所以，今天還是一杯肯亞，再來點小餅乾。」澤于笑笑，從背包裡拿出一台嶄新的筆記型電腦。

但笨蛋阿拓就顯得忙碌多了。

他常常在半夜打電話叫我過去他家，幫他跟百佳完成那三千片的超級大拼圖，我果斷回絕了好幾次，有時還裝睡；但當我知道他收到外交役合格錄取通知後，我的信念開始動搖。

「大概還剩下一千片左右，總不好意思兩年後回國再接再厲吧？快點來啦！我下個月就要新訓了，現在是分秒必爭！」阿拓在電話裡著急的說。

於是我厚著臉皮傳簡訊問百佳，問她允許有我這個電燈泡去插花一下？

沒多久，百佳回了一個笑臉。我鬆了口氣。

阿拓是我最好的朋友，他出國當苦工前我能跟他多聚一些就多聚一些，要不他這個怪咖一去就是兩年，從此我就只能一個人去洗衣店吃飯，一個人去暴哥那裡看電影、去看小才表演，一個人去倉仔那裡夾娃娃。

而這些地方，都是阿拓帶我去的，這是我們獨特的新竹地圖，以奇遇為經，以友誼為緯繪製而成。

在一起拼拼圖的幾個夜晚裡，百佳抱著睡著的胡蘿蔔，提出她想租下阿拓現在的房子，好讓這條我行我素的小狗能在熟悉的環境裡繼續待著的想法。

阿拓幾乎沒有遲疑，大叫了一聲，嚇得我跟百佳身子抽動了一下。

然後阿拓緊緊抱住百佳。

「妳真是個好人！妳真是個大好人！胡蘿蔔一定會很感激妳的！」阿拓在百佳的耳邊大聲嚷著。

百佳又驚又喜，眼睛一眨一眨，在阿拓的背後向我比了個勝利手勢。

我笑笑摸摸被突然吵醒、一臉大便的胡蘿蔔。心中滋味很難說清楚。

也許人生就像是兩年前一直困擾我的排列組合題目。然而我是對的。

誰跟誰在一起，其實早就註定好了，每一道題目不管多麼繁複，答案都只有一個。也只能有一個。

澤于在等一個他不需要在其面前偽裝的女孩。

所以他出給自己的愛情題目，答案只有一個。

百佳在等一個她不需要負擔選擇壓力的男孩。

所以當答案出現在她眼前，她一點也不猶豫。

阿拓在等一個懂得欣賞他純真本質的好女孩。

所以對他來說只需要耐心等候，而耐心在阿拓身上從不匱乏。

而我，兩年前當我在咖啡店初遇澤于的時候，我就已經為自己擬好一道艱難夢幻的題目。而現在，我已經走到這場愛情排列組合的尾聲。

11.5

幾天後，寢室熄燈，百佳睡不著，偷偷爬上了我的床。

「要嚇死人啊？」我趕緊縮腳，睡到一半腳被人抓住的感覺真恐怖。

「我好像睡不著，跟妳擠一擠嚕。」百佳笑笑。

「靠，如果睡不著，我可以抱妳，講故事給妳聽。」念成慵懶地翻身，曖昧地看著我們。

「少花心了妳！」「念成我要告訴妳女朋友！」我跟百佳同時笑罵道。

念成哼了一聲，乖乖睡她自己的了。

「思婷放假回去後，寢室少了好多聲音。」百佳說，玩著枕邊的長頸鹿。

「嗯，尤其她的聲音大。」我笑笑。

「過幾天，阿拓去成功嶺新訓，我也會回台北。有個暑期安親班的工作。」百佳看著長頸鹿脖子上的縫線。

「阿拓又不是不回來。」我說。

「我知道哇，誰在跟妳說這些！」百佳捶了我一下。

「一想到愣頭愣腦的他站在非洲草原上，拿著矛跟土人一起打獵的樣子，就覺得好笑！他一定會跟很多怪怪的土人變成好朋友的！哈！」我越想越好笑。

「嗯，他一定會的。」百佳笑笑。

「如果他半路遇到獅子，也許還會碰到泰山來解圍？」我越說越興奮。

「嗯，說不定呢。」百佳點點頭。

「也說不定阿拓會碰巧遇到部落戰爭，然後不小心救了酋長的女兒，接著酋長大表感激於是把女兒嫁給他，阿拓就變成了非洲國的女婿哩！」我大概笑得很白痴。

「思螢，妳真是越說越遠了。」百佳嘆口氣。

我端詳百佳，她的眉頭輕輕鎖著些什麼。

「我真羨慕妳。」百佳的額頭觸碰著我的鼻子。

「阿拓雖然出國，但……」我話還沒說完，百佳就已搖搖頭。

「我的意思是，我很羨慕妳，總是能用這麼開心的語調說著阿拓的事。」百佳閉上眼睛，手指碰著我的嘴，不讓我說話。

我看著她，她的嘴角卻露出微笑。

「每次在妳的小說裡看見阿拓，都是那麼活靈活現，而我的記憶裡，卻只有那張永遠都拼不完的拼圖，還有躺在我懷裡睡著的胡蘿蔔。不過我很幸福，吊在那房間裡的深黃燈光是我最喜歡的顏色，他認真問我『這塊拼圖放在這裡會不會很牽強』的表情是我最難忘的回憶，他騎車送我回來時總會注意到我每次都少穿了件衣服。他說笨蛋不會感冒，他說抓沖天炮的手不要抖、要呈四十五度才會又高又遠，他說我們人類的念力很強……」百佳依舊閉著眼睛，越說聲音越細。笑得很幸福，好像熟睡似的。

我輕輕摟著百佳，幫她蓋好涼被。

我知道她正在做一個美夢，一個醒來之後，還會繼續下去的美夢。

「記得幫我在夢裡向阿拓打聲招呼，順便提醒他寄張拿著長矛的明信片回來呦。」我也閉上眼睛，輕輕說著。

11.6

成功嶺一個月新訓結束後阿拓將手機門號停了，反正非洲也用不到。

他將滿櫃子的書送給倉仔，因為倉仔很喜歡自己研究些有的沒的。

電腦則送給金刀嬸他們，這樣就可跟遠在高雄跟台北的兒子玩視訊。

一個從沒養過魚的魚缸則送給了暴哥，他說暴哥如果不缺條狗，也許缺幾條魚。

吹風機則送給了沒有頭髮的鐵頭，因為他說鐵頭沒有頭髮頭會冷，吹風機可以幫他溫腦袋。

冰箱跟衣櫃等家具則留給百佳，當然還有那幅拼好了的大拼圖，他們將它裱好掛在牆上。我一直都沒提過，那是幅壯闊的黑白山水畫，難度高得不得了。

「你怎麼什麼也沒留給我？我缺一條帥氣的披風說。」小才坐在他那將性命賭在象棋上的老爸旁，一邊看棋一邊抱怨。

「我還以為你缺的是帽子？一個人體魔術師怎麼可以少了吃飯的傢伙？將軍抽車！死棋！」阿拓大笑，下了他有史一來最好的一手棋。

我開心地從大背包裡拿出一頂帥氣紅色的長筒帽，那是我跟阿拓特意去選的。

「天啊！是紅色的！爸！你看帥不帥！」小才又驚又喜立刻戴上帽子。

勇伯卻正自沉思如何化解阿拓那一手號稱死棋的困局，無暇管他。

「因為黑色的全賣完了，所以只好買紅色的囉。」我笑笑：「阿拓說，反正你也比較適合紅色。」

「希望你戴上這頂帽子可以帶來好運贏得美國的魔術大賽！」阿拓豎起大拇指。

「什麼好運氣？我是實力派的！」小才說著說著，立刻從剛到手的魔術帽裡拎出一隻鞋子。

送完小才禮物那晚也是阿拓最後幫小才補習，儘管小才還是定不下心。

在贏了唯一一盤軍棋後，阿拓騎著野狼載我去南寮海邊，那個我們放過一箱沖天炮的海堤，老地方。

我們照例在熟識的小吃攤前買了兩杯熱珍珠奶茶還有兩隻烤魷魚，阿拓托著我的腳助我爬上堤防，將吃的東西交給我，然後壁虎般爬了上來。

「忘了買煙火，真是失策。」我拍拍褲子，下次一起放沖天炮就可是兩年後了。

「也沒什麼失策，總是有機會的。」阿拓笑笑，喝著奶茶。

南寮海港的風景在晚上根本就是一片髒髒的漆黑，遠處燈塔既不詩情畫意，偶而看到漁船燈火也多是海巡巡邏艇，要不就是全身著火的水鬼。

少了沖天炮真的差很多。

我們坐在海堤上隨便聊點什麼，一點離別的感傷都沒有，就連提到這兩年相識相熟的過程也只是三言兩語笑笑帶過，沒有刻意去撩撥些什麼。只是我突然想到，我們認識這麼久了卻一次架也沒吵過，真是滿詭異的。

阿拓說他本來就不習慣跟別人吵架，因為吵架根本就沒有必要，雖然跟我在一起的確也沒什麼好發脾氣的。

「怎麼說？」我問，咬著烤魷魚。

「從很小的時候我就習慣用十年後的自己來看當下，所以很多事我其實都不在乎，例如店員找錯錢給我或是服務生送錯了菜這種小事，十年後的我根本就不會在意，所以現在的我何必要生氣呢？浪費時間也浪費精神啊。」阿拓伸著懶腰。

「還有呢？」我嚼著珍珠。

「還有啊，我以前小學常常因為忘記帶笛子被音樂老師罰半蹲，可是我都馬不在乎，一個人在走廊上還可以想很多事，例如放學後要去找誰玩啊等等。」阿拓說，簡直沒什麼干係。

「可是那天被流氓作戲圍住後，你還是很生氣打暴哥一拳？」我反駁。

「那是因為我清楚知道十年後我還是會很在意那次的惡作劇啊，而且暴哥是我的好朋友，我可不想跟他之間有什麼嫌隙，所以打還是要打的，只是……」阿拓歉然說：「那天晚上嚇到了妳，不知道打那一拳夠不夠？如果不夠，我再打電話給暴哥約個時間再補打？」

「白痴啊你，不怕暴哥把你給砍了。」我笑著：「不過你怎麼知道十年後的你會怎麼看現在呢？說不定十年後的你會在意，只是現在的你還沒發覺罷了。」

「當然我也不是百分之百都知道以後的事，就好比以前我被彎彎甩掉那件事，我以為我朋友嘲笑我只是一陣子，沒想到一笑就是一年多，坦白說我很會後悔，不過既然一開始我沒發脾氣，就不能怪我朋友，其實他們也沒有惡意。」阿拓搔搔頭傻笑。

「那時候的你真的很可憐吧。」我回想起他那人群前尷尬的樣子，當時的他臉跟脖子都紅了。

「嗯，所以還是謝謝妳救了我，沒有妳，我現在可能還被困在原點呢。」阿拓伸出手，眉毛抖動。

「哈，我有說過你每次跟我握手，都快把我的手扭斷嗎？？」我伸出手，阿拓哈哈大笑。

當然，還是一記內力十足的握手。

阿拓隔天一早，就騎機車從新竹到台中成功嶺報到，將房子留給百佳跟胡蘿蔔。

他打電話說，已將摩托車寄放在住在台中的同學家，就理了個大平頭進去當阿兵哥，等新訓結束再來新竹找我們吃飯聚聚。

巧的是，哥也在這個時候上了成功嶺。

「神靈保佑，希望他別抽到金馬獎！」文羚在網路上寫信給我，我則搖頭嘆息。

哥的籤運一向很差，小時候我們到雜貨店裡抽獎品籤，哥總是抽到銘謝惠顧要不就是橘子汁冰棒，在祖先牌位前擲筊問事，不是沒筊就是笑筊，如果在遊樂場玩紙籤販賣機，多數都抽到大凶。

而這次我看哥多半也是飄洋過海的命，好點也是無堅不摧的海軍陸戰隊。

「喂，暑假那麼閒，要不要找個時間去學車啊？如果我真的抽到金門，車子太久沒開會壞掉！如果壞掉就找妳算帳！」哥整理行李時將車鑰匙丟給我。

「你也有自知之明會抽到金門？」我毫不客氣收下鑰匙，心中雀躍不已。

「嘿嘿，至少有個漂亮美眉在台灣等我啊，哇哈哈哈！不像某人～～」哥笑得跟白痴一樣。

哥說得也沒錯。

而阿拓去非洲，也有個漂亮美眉在台灣等他，到底都是幸福的期待。

但有些事情開始變得怪怪的，尤其是我自己。

11.7

「最近真的是越來越少看見老闆娘了。」我說，看著櫃檯前的小圓桌。

「談戀愛就是這樣。」阿不思翻著漫畫，頭也不抬。

以前老闆娘都趴在櫃檯上玩些小東西打發時間，剪紙啦米雕啦用吸管蓋房子啦，甚至有一陣子迷上了用手指摸麻將猜牌，整天都皺著眉頭喃喃自語「一鳥？花牌？」怪可愛的。

現在只剩光會嗑麵包跟小蛋糕的肥貓蘇門答臘，還有牠微微發出的鼾聲。

「妳說老闆娘真的會跟培信在一起嗎？會結婚嗎？」我問，手裡調著亂點王指名要的「哈比人搞Gay咖啡」。

「管那麼多？」阿不思對漫畫的興趣比什麼都要高。

「喏，你的哈比人咖啡跟冰淇淋鬆餅，共兩百塊。你不要老是點冰淇淋鬆餅，熱量那麼高。」我將餐點放在桌上，拍拍亂點王的肩膀。

在阿不思的教導下，這兩年我對咖啡的認識越來越多也越來越深，手底下能調出的咖啡多達四十幾種，還開始嘗試調製自己喜歡的綜合咖啡。這是在所難免。

然而阿不思跟老闆娘還潛移默化了我的特異功能，就是隨興製造出客人亂點的咖啡，這需要極大的勇氣跟牽強附會的想像力。這，似乎已成了本店去之不掉的特色。

「好啊，可是這是冰淇淋鬆餅嗎？這是……蜂蜜鬆餅吧？」亂點王怪笑。

我低頭一看，果然一點冰淇淋的影子都沒有。

「最近常常發呆喔？交了男朋友喔？在思春喔？」亂點王繼續怪笑著，捧起咖啡喝了一口，然後吐了出來，臉色大變。

「啊？不好喝嗎？不可能吧？」我不信，雖然都是創意之作，但我對哈比人搞Gay咖啡還是很有信心。

「妳自己來！沒吐出來的話我一定付錢！」亂點王趕緊用礦泉水漱口。

我狐疑地喝了一小口，立刻像噴泉一樣將那怪東西吐出。

我的天！我剛剛到底在做什麼？

「妳將我剛剛嗑完的瓜子殼倒進去磨豆機了。」阿不思繼續看著漫畫，頭還是沒有抬起來。

「媽啦妳剛剛怎麼不講！」我捧倒，將瓜子殼咖啡倒在洗碗槽。

「我還以為妳要學老闆娘的風格。好了，別吵。」阿不思手翻著漫畫。

我呆呆地回想剛剛是怎麼將瓜子殼當成咖啡豆倒進磨豆機打碎，但完全沒有印象。

然後又懷疑自己怎麼可能在沖熱水時聞到怪味，但完全不可理解。

一切都匪夷所思，沒有印象。

「對了，最近怎麼都沒看見妳那個沒品味、每次都一口乾掉咖啡的朋友來找妳啊？就那個叫阿拓的啊。」亂點王大口吃著蜂蜜鬆餅，只要甜的他都愛。

「你才沒有品味咧！」我瞪著他，手裡做著新的哈比人咖啡。

「哈，那他去哪啦？回家放暑假？」亂點王問，舔著沾在叉子的蜂蜜。

「他去當兵了啦。」我說。

阿拓才上成功嶺兩個禮拜，我就覺得渾身不對勁。

前天我一個人騎車到洗衣店想上樓吃頓大餐，但車子才一停下我就覺得好奇怪。以前都是跟阿拓兩個人一齊去吃氣氛都很熱絡自然，但現在我一個人，我突然覺得怎麼樣都不可能會有那種氛圍。所以我再度發動野狼就這麼走了。

然後我要去找小才也怪怪的，雖然阿拓已經將小才的家教讓給了我。

而且我也不太會下軍棋，勇伯一邊跟我賽棋，一邊都在唉嘆這次又要從頭教起，我問為什麼，才知道阿拓的棋藝也是被勇伯慢慢磨出來的。

暴哥那裡反而好些，畢竟看電影就是看電影，我才不怕他咧。

而且阿拓說得對，暴哥除了砍人外，其實是個寂寞的傢伙，也是最需要我替阿拓關心的人。阿拓走後我照例去看電影，暴哥雖然表面不說，但心底其實高興得要死，每次我屁股還沒坐下，他就去外面拎了我最常喝的珍珠奶茶回來。不過他其實不知道，阿拓才是最喜歡喝珍珠奶茶的人。

上禮拜我去游泳遇到阿珠，她很怪，到現在還只會水母漂跟一點點仰式。

我跟她說阿拓已經去當兵，也將她送她的胡蘿蔔交給未來的女友養。

阿珠很驚訝說阿拓未來的女友不就是我嗎？我說當然不是，是我的室友。

哪知道阿珠突然號啕大哭，說她還以為我們是一對、所以始終沒有對阿拓施以她最拿手的瘋狂倒追，白白失去一場好姻緣。

想起來就好笑，不過阿珠後來哭到連水母漂都不停嗆水。

想起來，真是有點寂寞。

阿拓上成功嶺後，我生活頓時少了一半的快樂，被抽成半真空似的。

有時會卯起來猛發呆，例如那天看到阿珠崩潰後，我自己也游到撞牆！到現在額頭還貼著撒隆巴斯。

「喏，這杯我請客，剛剛那杯抱歉啦！」我收拾亂點王剛剛吃完的瓷盤，遞上新的咖啡。

「下次小心點啊！」亂點王爽快地接過，喝了一口。

然後又吐了出來，這次吐得滿桌子都是。

「不會吧？」我錯愕，歪著頭看著阿不思。

「我剛剛沒抽完的菸。」阿不思頭也不抬，冷冷地拋下一句。

現在才兩個禮拜，接下來是兩年，看來還有得習慣。

11.8

暑假百佳回到台北短期打工的這段期間，胡蘿蔔暫時跟我住。

朝夕相處，我發覺胡蘿蔔真的是一條很像牠朋友主人的狗，很獨立，卻也很愛交朋友，也很有義氣。

牠整天都在外面遊蕩，肚子餓的時候才會回來，自己到廚房試著打開冰箱找東西吃，有時候還會帶別的野貓野狗回家，大快朵頤一頓後，又趾高氣揚地領著那些貓朋狗友出去玩累了才回家，玩得興起就在外面過夜。

「看狗就可以知道主人是蝦米款！妳那個朋友一定很臭屁吧？」爸頗有興味地看著胡蘿蔔，牠正在客廳的電視上拉大便。

「他才不臭屁，臭屁的人養的狗最衰了。」我說：「阿拓是個很尊重朋友的人，所以他的朋友都很怪。」

「那妳也是其中一個？」爸哈哈大笑，胡蘿蔔毅然決然從電視機跳下。

「對啊，阿拓說我拯救了他，還是個騎野狼的女生，還會很屌地用手放沖天炮！」我洋洋得意，拿著報紙包起電視上的大便。

又過了一個禮拜，有天晚上阿拓從成功嶺上打電話給我跟我約時間吃飯。

照理說新訓幾乎不可能有空閒跟機會跟外界聯絡，但我從不懷疑阿拓跟長官、同僚搏感情的能力，他在這方面簡直就是裝熟魔人。

「我九月五號新訓結束，九月九號一大早就要啟程去非洲啦！」阿拓在電話那頭爽朗的聲音。

「到底是去非洲哪裡啊？南非嗎？」我問，心情很好很好。

「南非跟我們又沒有邦交，是甘比亞，甘地的甘，比賽的比，亞洲的亞，不過它在哪裡我也搞不懂，反正去了就知道啦！希望可以看到獅子，哈哈！哈哈！」阿拓依舊笑得跟笨蛋一樣。

「所以你五號回新竹，八號走囉？那我們約什麼時候吃飯？順便把胡蘿蔔帶給你看，牠最近在練大便，在我們家每個地方都拉了一把，超恐怖！」我哈哈笑。

「我五號還要去辦點出國的手續，六號正好參加台北的大學同學會兼婚禮，那天我會住在同學家，就是我們社長阿爆啊，就是他要結婚了！真是太快了！」阿拓連珠砲地說，語氣興奮。

「那……那你什麼時候回新竹？」我的心突然沉了下去，不是很高興。

「八號晚上吧，那天正好是禮拜天，真的是太有口福了我！記得跟金刀嬸強調一下喔，我要吃雙倍的份！不過只能待在新竹幾個小時就是了，我的飛機在九號凌晨就要出發，所以我吃完飯、看完老朋友以後就要騎車去中正機場嚕。」阿拓越說越快。

「那七號呢？七號就可以回來了吧？」我悶悶的。

「七號下午要去找以前在附中照顧我的福利社歐巴桑啊，考考她有沒有忘記英文單字囉，晚上想約百佳吃個飯，她應該在台北吧？妳幫我跟百佳約晚上七點在車站西三門好不好，我後面已經排了好幾個人要打電話。」阿拓興沖沖的說完滿滿的行程。

「嗯，好吧，那我們就禮拜天晚上見面，幾點？有時間跟暴哥看場電影嗎？」我說，故意拿暴哥出來。

「就七點吧，我估計十點或十點半開始出發去機場，跟另外兩個一起去甘比亞的役男會合，凌晨兩點的飛機，我看只能去跟暴哥打聲招呼了。」阿拓說：「好啦就這樣，我要跟排長去偷泡麵吃了，掰掰。」

電話結束。

我悶得不得了，不過還是立刻打了通電話給百佳。

百佳當然很高興，還在電話裡給我一記香豔的飛親。

「妳覺得那天晚上我親他怎麼樣？會不會很完美！」百佳的聲音很雀躍，就像老電影《真善美》裡扯開喉嚨歌唱的修女。

「我怎麼知道，我又沒有接吻過。」我拍著額頭。

「還是……嘻嘻！還是將他變成一個真正的男人？」百佳已經開始亂幻想了。

「啊?怎麼變?」我不懂。

「我……我想把初夜給阿拓，就在他出國前。」百佳的聲音只遲疑了一下。

我愣住了。

「這不太好吧?」我不知道該怎麼說。

「我也不知道，不過我知道我不會後悔的。總之謝謝妳幫我約囉，之前我還在擔心他會不會一下子就飛到國外了，現在我總算放心了。」百佳長吁了一口氣。

我卻倒吸了一口氣。

第十二章 巧合的無限迴圈

每天收到一罐仙草蜜的時候我都感動不已，
還因此掉過三十六次眼淚。
每天都有值得期待的美好時光，
每天都在實現夢想，
每天都離你，再更近一些。

12.1

三個機率問題。

題一，一顆拳頭大小的隕石註定在A天從天落在B街，某甲每天都在B街走上一百次，請問某甲在A天被該隕石砸到的機率有多少？

按數學或然率的時間機率計算，答案趨近於零。

題二，某甲的摯友乙君愛上某甲的妹妹丙小姐，而後乙君因愛上了某甲的未婚妻丁女而拋棄丙小姐，最後發現丁女是自己同父異母妹妹的機率是多少？

按照八點檔不等於現實法則，答案根本是零。

題三，承題一與題二，請問題一中的某甲跟題二的某甲是同一人的機率有多少？

不需要按照任何法則，答案不折不扣，是零。

「阿不思，小妹，我有件事要跟妳們說。」

老闆娘容光煥發，臉上淡淡的妝顯得很有朝氣，也剪短了頭髮整個人都在發光。那時我正等六點半跟念成換班，而阿不思正烘著剛到的豆子。

傍晚的等一個人咖啡店，氣氛前所未有的古怪。

「一個好消息，一個不算好消息的消息。」老闆娘坐在櫃檯前，撫摸著眼神呆滯的蘇門答臘。

我跟阿不思停下手邊的工作，亂點王也湊了過來。

一百杯苦澀難當的愛情考驗後，老闆娘要結婚了。

培信不再意志消沉渾渾噩噩，他重新拿起小提琴站在舞台上，重新坐在鋼琴前譜曲。老闆娘不再居戀小小的咖啡店盡做芝麻蒜皮的小工藝，她決定跟培信到奧地利國家管弦樂團，參加為期兩年的歐洲巡迴表演。

老闆娘終於等到了，她的那一個人。

當然，這也表示這間咖啡店要結束營業了。

「對我們來說，兩個消息都是好消息呢。」我擁抱著老闆娘。

「生小寶寶的話，別忘了寄張照片。」阿不思也笑笑拍老闆娘的肩膀。

「很高興在我最寂寞的這段期間有妳們陪著我。」老闆娘抱著我們，很緊很緊。

但有一個人突然失控。

「等等！那我以後怎麼辦？我……我要怎麼打發時間？」亂點王大驚失色，站起來的時候椅子都跌倒了。

「租約至少到九月底，我算算喔，你至少還可以點二十幾杯怪怪的咖啡！」我哈哈大笑，掩飾我心中即將淹沒的寂寞。

正當亂點王差點要哭出來的時候，店門打開。

是澤于，笑得陽光燦爛，向我們點點頭，走到他習慣的角落坐下來。

「妳的肯亞。」阿不思打了個呵欠，找了本漫畫回到她熟悉的節奏。

老闆娘安撫著亂點王，他居然頹廢得六神無主。

我熟練地沖了杯濃郁芬芳的肯亞咖啡，挑了幾塊巧克力餅走到澤于面前。

「今天本店發生了一件大事呢。」我將咖啡跟餅乾放下，澤于一如往常打開他的筆記型電腦。

「喔？是什麼事？」澤于示意我坐下。

「老闆娘要結婚了，我們只營業到這個月底。」我說，手指輕敲澤于面前的咖啡杯：「以後你得到別間店，重新習慣另外一種風味的肯亞囉。」

「我想不見得吧。」澤于莞爾，拿起咖啡聞了聞。

「嗯？」我不懂，卻見澤于將筆記型電腦轉了一圈，放在我面前。

「兩年前的今天，貴店也發生了一件大事。」澤于喝著咖啡，他此刻的笑容我未曾見過。

電腦螢幕上，一封信。

兩年前的今天，大雨天。
男孩半淋著雨，推開門，走進一間叫等一個人的咖啡店，看見一個慌張的女孩。
女孩端了一杯漂了咖啡豆渣的怪東西給一個男孩，開始他們數百次邂逅的起點。
女孩那直爽的個性男孩從來不曾想像，那可愛的笑容男孩靜靜欣賞，
在小小的社窩一起吃著泡麵、傳紙條，是男孩一生最快樂的時光，
想像女孩每天在門口收到一罐仙草蜜的畫面，是男孩每晚做的美夢，
只有在女孩面前，男孩才能擁有最真實的肯亞也才是最真實的肯亞。
兩年後的今天，男孩有句話想對女孩說。

我呆呆地看著電腦螢幕，不能呼吸。闔上電腦的，是一雙大大的手。
「請問仙草蜜，願意跟肯亞在一起嗎？」
澤于的臉都紅了，但他大大的眼睛在發亮。
我期待、我幻想、我在腦中彩排這一刻已經整整兩年。
但我從來沒想到，這一刻來臨的時候我還是呆住了。
呼吸困難，心跳加速，腦中一片空白，只剩下一個字。
「嗯。」

澤于握著我的手，輕輕地包著。視線開始模糊，我竟流下淚來。

終於等到了，我終於等到了。

每個女孩子這輩子都在期待，一個穿著白色鎧甲的騎士策馬終有一天來到身邊，獻上白色的花朵，牽著女孩的手，邀請她上馬飛馳。

但大多數的女孩，只能在闔上眼睛時，才能見到那美麗動人的畫面。

而我，竟能夠全身顫抖，激動不已地坐在騎士身邊。

「今天，九月八號，是我們初遇、也是在一起的紀念日，一定得好好慶祝才行！」澤于看起來開心極了：「我知道一個很棒的地方。」

那時我才猛然想起，不到一個小時阿拓就會到新竹，來到洗衣店。

牆上的鐘，六點二十二分。

12.2

坐進澤于的小跑車，我好奇地東摸摸西瞧瞧。

我想像自己坐在這台車子裡的次數，已多得全身的指頭都不夠用。

「對不起空間有點小。想聽什麼音樂自己放吧。」澤于笑笑發動車子。

「我們……我們要去哪啊？會不會很久？」我說，選了張野人花園的專輯。

「晚點妳有事嗎？我在國賓飯店訂了晚餐，還以為今晚可以跟妳……」澤于轉動方向盤，踩下油門。

「不，沒事，只是我不能太晚回家。」我趕緊說，無論如何今夜都是最值得紀念的一晚，絕不能錯過。

阿拓這笨蛋自己要搞那麼多活動才會只剩今晚可以敘舊，只能說他是咎由自取。

我拿起手機一字字按著注音符號，想傳簡訊給阿拓改約再晚一點的時間。

「如果妳跟朋友有約，我們可以改期，我是說真的。」澤于笑笑，他今天的笑特別燦爛：「因為我今天已經很幸福了。」

「不用了，只是通知他一下。」我紅了臉，紅得快昏倒了。

「我今天真的好快樂，真的好快樂，好快樂……」澤于兀自笑笑重複著，油門很輕快。

「哪有那麼快樂，你事先訂好了晚餐，可見你很有把握、早有心理準備喔？」我故意說，將音樂的聲音關小。

「我不是有把握，我只是勢在必行，非成功不可。」澤于搖搖頭，深深吸了一口氣：「況且若我被我這輩子最想要在一起的女孩拒絕，犒賞自己一頓五星級的大餐應該不算奢侈吧。畢竟心都碎了。」

我看著他，他的表情一點都不像在開玩笑。

我還以為我的騎士對女孩的追求從來沒有被拒絕過，也沒想過會被拒絕。

車子停在位於新光三越旁的國賓飯店停車場，澤于紳士般幫我開門，溫柔地牽起我的手。

我的手一時好僵硬，尷尬大過於感受此時的快樂。

原來我的愛情一直停留在幻想階段，實際上我根本沒有準備好。

「我穿這樣沒關係嗎？」我開始有些緊張低頭看著自己的牛仔褲跟球鞋。

「沒關係，我可是VIP的客人。」澤于笑嘻嘻帶著我走進飯店大廳。

服務生親切地領位，我們走到四面都是電梯大樓與矮椰樹的露天宴所。

晚風柔煦，搖曳著桌上燭台昏黃的酒精燈火，一名穿著燕尾服的樂師站在宴所中央，拉著悠揚的提琴。

環顧一看，不管是餐客或是侍者，所有人的舉止都好優雅，看似大方實則小心翼翼似的，一個外國人聞著紅酒橡木塞上的氣味，點點頭，侍者躬身倒酒。我彷佛置身貴族晚宴，不由得有些自慚形穢。

「別介意那些，這裡的東西真正好吃，這就夠了。」澤于笑笑，他的話讓我安心不少。他才是真正敏銳的人。

一個胖胖的侍者躬身遞上菜單。

「嗯，你點菜，你比較熟。」我看著菜單有點不適應這麼正經的菜名。

「那就交給我囉。」澤于雖是這麼講，但還是一邊點菜一邊問我可不可以，我只好猛點頭，最後索性用腳在桌子底下踢他，他才飛快點完。

胖胖侍者領著菜單走了，我才鬆了一口氣。

「說實在話，我還真不習慣有人在我身邊等菜單，好像在監視我的品味跟喜好似的。所以在咖啡店的時候我都是丟下菜單轉身回到櫃檯，等他自己想好了再跟我說。」我解釋，尤其那些菜名後面跟著一長串英文跟法文還是義大利文的，說不定有什麼菜必搭配或必不能搭配什麼菜的美食傳統我不曉得，讓我坐立難安。

「嗯，我可以理解，尤其剛剛那個服務生一直盯著妳看，我也覺得怪怪的。」澤于說，看著走遠的胖胖侍者。

「大概是我的衣服穿得太隨便了吧？」我吐吐舌頭，看看腳上的球鞋。

「如果妳介意，我可以立刻去隔壁的大亞百貨買一套牛仔褲換上，真的。」澤于認真地說。

「別別別，我可不想你又開始違背本意亂配合別人，我也一樣，免得被你甩。」我故意逗他。

「妳不會的。在妳面前的我是最愜意輕鬆的，妳就是我一直在等的那一個人，我從來不曉得喜歡一個人可以這麼沒有壓力，可以這麼單純。」澤于正經八百地說。

「也許是因為我們是從朋友開始的，比較不用想太多。」我又臉紅了。

雖然前陣子跟澤于之間的距離變得很近很近，我還是覺得愛神來得很唐突，深怕只是美麗的錯覺。

此時那位胖侍者又回來，雙手捧著一瓶紅酒。

胖侍者站在桌子旁，一邊為我們倒酒一邊猛瞧我。

我跟澤于面面相覷，直到他將酒瓶放下離開後還一直回頭看我們。

「那胖子真是夠怪的了，如果他再一次亂看，我就叫他們的領班過來問。」澤于也摸不著頭緒，手中的酒杯輕敲著我的杯子。

「謝謝你請我吃晚飯。」我說，靦腆地喝了一口紅酒。

「不要這麼說。」澤于看了一下錶，微笑：「在四十五分鐘前，李思螢已經正式成為楊澤于的女朋友，男朋友請女朋友吃飯是天經地義呢。」

我點點頭，還是很緊張。

但我越想越不對，我跟澤于相處不應該換了個身分就生疏起來才對，那麼，我究竟在緊張些什麼勁？

「怎麼了？妳從剛進來已看了十七次錶。」澤于的手搭在我的手上揉著。

「是嗎？我看了錶十七次？」我訝異立刻看了第十八次錶。七點七分。

「如果……」澤于才剛開口。

「不，我……我去一下洗手間就好。」我起身，手裡緊握著手機。

12.3

國賓飯店女廁所也是五星級的寬敞，我站在洗手台前打電話給阿拓。

這時我才想起阿拓的手機門號早已在一個多月前停掉。

但他為什麼沒有打電話問我呢？問我怎麼沒去洗衣店吃飯啊？難道沒跟我吃到飯一點都不重要嗎？喂喂喂，你可是要去非洲廿什麼的兩年耶！

我想打電話給金刀嬸傳話，卻驚覺我從來沒有過洗衣店的電話。

想打給暴哥，想打給倉仔，想打給鐵頭，想打給小才，但同樣的，我的手機裡從來就沒有他們的電話。我跟阿拓一向都是說去就去的。

「算了，反正沒有門號的是你不是我。」我自言自語，在鏡子前整理長長的頭髮後，就走出廁所。

詭異的是，那胖胖的侍者就站在廁所前，似乎在等著我。

「抱歉，請問妳是不是叫做李思螢？」胖侍者唐突地問。

他說話的樣子就像《少林足球》裡的輕功水上飄六師弟。

「啊？你認識我？」我停下腳步，端詳著他。

「妳真的是李思螢！我……我是技安張啊！」胖侍者高興地伸出手。

我恍然大悟，原來是糾纏我的超級惡夢技安張！

難怪我一直想不起來是誰，因為我一直想拋去那段不堪的記憶。

「真是好久不見。」雖不願意，但看在我今天走狗運還是向他揮了手。

「以前的事真是超級抱歉的，一直都沒臉跟妳說聲對不起。我現在白天在學修車，晚上就到這裡打工，剛剛看到妳我還不敢相信呢，看樣子從國中畢業以後妳變漂亮好多，剛剛坐妳對面的應該是妳男友吧。」技安張歉疚的表情應該不是裝出來的。

「以前的事就算了，反正你上國中以後已經收斂很多，我已經千幸萬幸了。」我聳聳肩，阿拓說用十年後的自己來看當下，我站在現在看十年前的技安張，他小時候還是一樣可惡不可原諒，所以我當時討厭他還是很有道理的。

「這是我的名片，以後妳的車如果壞了，我免費幫妳修十次，就當作賠罪。」技安張從上衣口袋掏出一張車行名片，滿臉虧欠。

看樣子真是轉性了，「長大」真是一種奇妙的東西啊。

「你真是變了，我有時還會夢到以前被你嘲笑哩，算了算了。謝啦！」我心情開朗，拍拍他的肩膀。

轉身要回座時突然想起一件事。

「對了，上了國中你跟我同班，但你為何突然沒再嘲笑我？」我好奇。

技安張臉突然漲紅了起來。

「還記得國一的新生訓練嗎？我看到妳害怕到進保健室休息，心裡洋洋得意，所以下課就在走廊上大聲說以前曾經……以前的糗事。」技安張搔搔頭，很不好意思。

「天啊，我怎麼沒有印象？你還是說了？」我驚訝不已，因為國中時期根本沒人重提我被野狗嚇到尿褲子的事，那童年噩夢彷彿憑空蒸發似的。

「那時妳還在保健室，所以不知道。我在走廊洗手台旁邊大聲宣佈這件事情時，有一個聽說已經畢業的流氓學長碰巧回來亂晃，他無意中聽到了，二話不說就把我打了一頓，我當然還手啊，不過他有夠狠的，三兩下就把我打到睜不開眼睛。」技安張露出痛苦表情，繼續說：「他說如果被他知道有人敢再嘲笑妳，他下次就把誰的牙齒一顆顆打斷，如果不服氣就去國三那問他以前的名號，那名號我現在還記得清清楚楚，那才是噩夢。」

「叫什麼？」聽到現在已非常訝異，當然好奇陌生救命恩人是哪位大俠。

「蝴蝶刀阿拓。」技安張拍拍臉，鼻血突然流了出來。

我愣住了。

「從此以後我只要一提到他的名字，我的鼻子就像中邪一樣開始流鼻血，好像那幾拳重新又砸在我的臉上，提幾次流幾次，實在有夠倒楣。所以啊，雖然大家都知道妳的糗事，卻再也沒有人敢提。」

技安張拿起手帕塞住鼻子，坐在廁所前的石階上仰起頭。

我沒有辦法言語，一塊很重很重的東西天崩地裂轟在我胸口的某處。

「也不算，我國中三年沒被記過也沒打架，只覺得那些愛耍狠的朋友很好玩、不會整天補習死讀書，所以愛跟他們混在一塊。高中搬回台北後，我偶而還會回到以前的國中走走，看看以前跟我混一掛的幾個學弟，以前沒打架，回去倒是打了一次。」

我想起第一次到阿拓家煮火鍋的聖誕夜，他笑笑回答念成的話。

原來早在我自以為是阿拓的救世主之前，毫無關係的阿拓就已拯救了我。

就因為路見不平，他為素未謀面的我打了生平唯一的一場架。

結束了我的殘酷記憶。

「不要介意，只是流鼻血休息一下就好了。」技安張揮揮手示意我回座。

我呆呆地回到座位時，菜已經上了兩道。

「這蒜香紅酒燴田螺雖然附有特殊的蘸醬，不過我推薦直接吃比較有味喔。」澤于笑笑，也沒問我怎麼去了那麼久。

「嗯，就不蘸醬吧。」我的叉子剁剁切切嚐了一口：「這田螺果然很棒。」

澤于不可置信大笑起來，我不解。

「妳看叉子上的是什麼？」澤于笑著說，於是我看著叉子。是紅蘿蔔。

「這紅蘿蔔好詭異啊，居然長得像田螺，吃起來也像田螺。」我自我解嘲，笑笑又刺起一塊紅蘿蔔送進嘴裡。

「我真是猜不透妳。」澤于笑笑不以為忤，親自幫我挖起一只田螺，放在盤子裡。

我吃了一口，肉稍微老了點，但我還是露出滿足的笑容。

「很棒吧，這裡是我吃過最好的地方，我問過服務生，兩個大廚都是從國外修業回來的，一個從義大利餐飲學校畢業，一個擅長法國菜。」澤于介紹著：「像這道卡布其諾香蕈奶油湯就是最好的義大利開胃菜，每次來都必點。」

我笑了出來，這種菜名倒是挺有意思，但喝了一口卻也還好。

技安張彬彬有禮地靠過來，放下一個大餐盤，掀開。

「桑椹醬汁香煎雞胸菲力，名字的長度跟它好吃的程度成正比。」澤于微笑，請技安張幫它分成兩份。

「哇！這道『血海深仇之雞牛之戀』我以前也吃過耶！」我興奮地切切剁剁，叉起一塊細細品嚐。

「啊？妳在說什麼？」澤于莞爾。

我歪著頭，又吃了一塊。

「這牛肉如果連筋都剁碎了，會更有血海深仇何時了的味道。」我喃喃自語。

澤于忍俊不禁，聽不出我是認真的。

我才吃幾口，技安張又捧來一個餐盤，打開，香氣撲鼻而來。

「風味羊排佐薰衣草薯泥。這道菜的肉邊骨是精華所在。」澤于笑笑：「我喜歡所有的菜一次上完，除了甜點。」

我又笑了出來，笑到眼睛都流淚了。

「怎麼了?還是妳喜歡一道一道上?」澤于有些慌張。

「沒，我只是想到這道菜還有另一個名字。」我邊笑邊擦掉眼淚，說：「叫願做薯泥更護花之沉默的羔羊。」

記得當時鐵頭說出這道菜名，我著實笑了十分鐘之久。

「妳今天晚上怪怪的。」澤于只好陪笑，聳聳肩。

好不容易笑完，澤于跟我開始聊我的生活。

以前都是我聽他說，現在他要求我讓他多了解我一些。

我於是從剛剛踏進等一個人咖啡店的寒假開始說起，起先說得很簡單扼要，但後來我又犯了自己說故事時的毛病，越講越繁複，越說越長。

我承認一開始就對澤于一見鍾情，也在每一次澤于換女友的時候小小心碎了一下，每天最期待的事，就是能夠在櫃檯後偷偷看著他、拿著拖把當忍者偷聽他說話。

澤于看著我說話，從他沉默卻熱切的眼神中，我看見了以前的自己。

那個期待火焰般愛情的自己。

莫名的，心中異樣感動，彷彿在時光隧道的另一端重新開啟某種甜蜜的、命定的循環，只要我伸出手，就可以輕易拾起由衷冀盼的東西。

但我的心底，卻已沉入一塊巍峨巨石。

「如果每天都有一張粉紅色的紙條，我就會高興個老半天。」

我笑笑：「我注意到，粉紅色紙條上的語句都特別令我開心。」

「在社窩讀書、吃泡麵的時候，你一直都沒注意到，我常趁你不注意時偷偷調換你和我的筷子。」

我閉上眼睛，泡麵的蒸汽彷彿就在眼前：「只要偷換成功我就樂上好久，像小女孩終於遇見大明星笑個不停。」

「每天收到一罐仙草蜜的時候我都感動不已，還因此掉過三十六次眼淚。」我伸出手撫摸空氣：「每天都有值得期待的美好時光，每天都在實現夢想，每天都離你，再更近一些。」

「澤于，你能夠跟我說一聲你很喜歡我，然後親我一下嗎？」我閉上眼睛，微笑：「我每天每天都在等待。」

「現在？在餐廳裡？」澤于的聲音有些靦腆。

我點點頭，不敢睜開眼睛。

然後，我感覺到唇尖柔軟的觸覺，還有異樣顫抖的鼻息。

「我很喜歡妳，很喜歡喜歡。」他說，我睜開眼睛，眼淚正好落下。

澤于滿臉通紅，但仍是紳士般微笑。

「學長，你聽過非洲有個叫甘什麼的國家嗎？」我擦掉眼淚，但沒有用。淚水不斷湧出。

「非洲？甘什麼的？那是哪裡？」澤于摸不著頭緒。

「對不起，我一定要去查一下。」我全身發抖，站了起來。手裡握著毫無回應的手機。

「我……我不明白？」澤于錯愕不已，完全不能理解。

「對不起，我突然想起我的故事還沒寫完，一直都沒有寫完。」我的淚水無法克制，不斷流下。

澤于看著我，想要明白我正在說些什麼。

「學長，謝謝你的晚餐，但我想我還是不適合你。」我看著我的愛情，哭著：「我的腦袋裡現在只裝得下那個不知道叫甘什麼的地方，還有一個硬要過去那裡的大笨蛋。」

澤于的頭越來越歪，啞口無言。

「技安張！」我看著站在牆角等待招呼的技安張，他跑了過來。

「可不可以載我去一個地方，現在！」我擦掉眼淚：「然後我就原諒你好嗎？」

「沒問題，當然沒問題。」技安張立刻點頭，臉上表情像是放下多年大石。

我擁抱技安張，又哭了起來。

「我從沒想過再遇見你時會是那麼快樂。」

第十三章 追

我都說，我認識一個很有正義感，
很有勇氣的女生，
她叫做思螢，
思念的思，螢火蟲的螢，
她不但救了我，還教我騎野狼，
還常常請我喝咖啡、跟我看電影、
還猜對了金刀𡡉的菜名，
今年夏天剛學會游泳就救了溺水的阿珠好幾次……

13.1

我不確定，我現在匆匆尋找的目的地，是不是愛情。

不過我的淚水告訴我，那是一段非常非常重要的記憶，一個非常非常重要的人。

如果我現在沒有趕緊坐上技安張的野狼機車催促他爆開油門，我跟那個甘什麼的地方，相隔的就不只是幾片海洋跟大陸，而是兩年空曠的寂寞時光。

「直直騎嗎？什麼時候轉？」技安張緊張地說，他騎的速度夠慢的了。

從以前他惡形惡狀的模樣，完全看不出來他的膽子這麼小。

「那條巷子進去後右邊第二條巷子，然後就快到了！你騎快一點啦！」

我簡直想伸手幫他催緊油門。

洗衣店，鐵門半掩。

但我沒看見阿拓的機車。他說過機車不會賣掉，會寄放在住在機場附近的同學家。

也或許，阿拓只將機車停在遠一點的地方？還是計畫改變有人載他？

「等我一下下，別走喔！千萬別走喔！」我快步溜進鐵門後，撂下一句：「不然別想我會原諒你！」

我跑上樓，登登登的聲音通知他們我跑上來了。

但金刀嬸、金刀桑、鐵頭、鐵頭嫂都坐在橢圓桌旁發呆，我叫了一聲他們才回過神，每個人的表情看起來都很驚訝。

桌上的菜清潔溜溜，一點菜渣都沒剩。

卻沒有看見阿拓。

「小妹，妳遲到兩個小時啦！阿拓一個小時前就走了。」鐵頭的笑容有點不自然，摸摸後腦勺。他的額頭還有一點灰屑。

「走之前他可是狂掃桌上所有能吃的東西，所以妳要吃的話……」金刀嬸歉然。

「可惡，阿拓他幹嘛不打電話給我！我臨時有點事啊。」我氣得跳腳。

餐桌上的四個人面面相覷。

「阿拓去過咖啡店了。」金刀桑摳摳頭皮。

「什麼，他現在還在咖啡店嗎？」我急問，轉身就要下樓。

「我是說，阿拓說他在來這裡之前，已經去過咖啡店了，他現在當然不在那裡。」金刀桑急忙澄清。

「嗯？」我回頭。

「他本想去接妳的，不過他看妳不在就問了店員，店員說妳今天終於能跟喜歡的男生在一起，還一起去吃晚飯，所以他就一個人過來了，也沒打電話打擾妳。」金刀嬸接著解釋。

「我們本來還以為妳跟阿拓會是一對呢，真是想太多。不過這不能怪妳。」鐵頭嫂試著安慰我。

「別替阿拓擔心，他今晚發神經猛笑，從來沒看過他那麼高興。」金刀嬸笑笑。

「高興？」我不解。

「阿拓那傢伙高興就是高興，那是裝不出來的。」鐵頭拍拍腦袋。

「那他現在跑去哪裡了？去機場了嗎？」我一下子全慌了。

「他沒說，不過還早吧？大概是去找朋友了吧？」不知道是誰說了這句話，總之我飛奔下樓，鑽出鐵門。

技安張玩著手中的安全帽，身上還穿著飯店的黑色西裝。

「載我去另一個地方！」我喊道，跨上技安張的野狼後座。

此時金刀嬸跟金刀桑也跑了下來，拉開鐵門，叫住了我。

「他好像說要去看電影？」金刀嬸邊說邊歪著頭打量技安張，眼睛越睜越大。

金刀桑的頭也歪了，在後面探出頭的鐵頭也傻眼了。

「我的天，妳竟然因為這傢伙沒跟阿拓說再見？」鐵頭嫂也跑下來愣住。

我沒時間解釋這麼多，拍拍技安張的肩膀，衝出。

13.2

技安張的野狼有夠沒力，也因為技安張實在太重也太沒種，我們花了十幾分鐘才飛車來到暴哥家樓下，我簡直氣到沒話說。

「你以前欺負我的狠勁跑去哪啦？快一點！」我用力捏著他的肚子。

「妳知道嗎—我又在流鼻血了—」技安張的臉半仰，哭笑道：「他們剛剛說的阿拓就是蝴蝶刀阿拓對不對？難道妳還要找他扁我出氣？」停下車拿出手帕塞住鼻孔。

我正要上樓，卻看見暴哥坐在公寓外側的金屬樓梯上，一個人默默抽著菸，腳邊還有幾罐空啤酒。

「小妹，妳幹他馬的甩了阿拓？有種。」暴哥將菸徒手抓熄，笑笑拋了一罐啤酒過來。但他看到技安張笨重地走下車，臉色立刻沉了下來。

「阿拓沒在樓上？什麼時候走的？」我忙問，將啤酒接住。

「四十分鐘前走的。」暴哥瞪著我身後的技安張：「他只是來跟我打聲招呼，說再見。」

「他有沒有說要去找魔術師還是夾娃娃機魔人？」我大聲問立刻又上車。

暴哥搖搖頭。

「等等，妳可以走，但死胖子要留下。」暴哥站了起來，技安張嚇得後退一步。

暴哥的眼神寫著『宰了這頭死肥豬，阿拓就能跟小妹在一起』。

「你不要亂發神經，我們走。」我跨上車，叫技安張拿著啤酒坐後面。

「妳會騎打檔車嗎？還是我載妳頂多我騎快點。」技安張忐忑不安。

「你要讓我載，還是留在這裡跟新竹砍人王一起喝酒？抓緊！」我轉動油門，只留下一堆煙霧給正在咆哮的暴哥。

13.3

竹東或竹北？

先竹東小才還是先竹北倉仔？

還是住在青草湖附近的阿珠？

「妳騎好快！真看不出來！」技安張在後面大叫。

「如果等一下騎錯了我還會騎更快！」我壓低身子，看著時速表已經衝到九十。

阿拓那傢伙，怎麼這麼無厘頭。

如果你在乎我們之間的友情，就應該打電話給我而不是擅自替我做決定。

如果你認為我也在乎我們之間的記憶，就別走得那麼快，應該相信我會去找你。

如果阿拓是阿拓，就應該懂我。

「技安張，你說得對，我要去找蝴蝶刀阿拓，你怕不怕！」我衝上竹節旁的明湖路往青草湖猛力前進。但技安張實在太重了，至少拖垮了時速二十公里。

「真的是那個阿拓？我看……我看不要吧！」技安張很緊張。

夜晚明湖路幽幽暗暗，是熱愛飆車砍人的有為青年的最愛。

「嗯，跟我想的一樣。下車！」我煞車停在一戶矮房子人家前群狗狂吠。

一個胖胖的女孩站在二樓陽台上，抽抽咽咽。

「阿珠！阿珠！」我對著胖女孩大叫。

胖女孩看到我，又是一陣淒厲的嚎啕大哭。

「阿拓來過了嗎？」我大聲問，幾隻狗撲上竹籬又咬又叫的。

「哇……來過了！」阿珠歇斯底里的大哭。

「多久前？去哪裡？」我急問。

阿珠說半小時前阿拓來說聲再見，至於他去了哪裡她也不知道。

「技安張，你沒看見有位純情少女正需要你嗎？你當壞蛋當久了，偶而也該演演好人平衡一下。還有你不想遇見那個阿拓吧？」我轉頭要技安張下車。

技安張猛點頭，立刻下車，手裡還拿著那罐啤酒。

「我有你的名片！明天就把車騎去還你！一定！」

我掉頭衝下山，時間越來越緊迫。

少了一百公斤的大累贅，野狼終於像頭野狼，而不是大笨豬。

時速，一百公里。

時間，八點四十分。

心跳，無法估計。

13.4

我都說，我認識一個很有正義感、有勇氣的女生，她叫做思螢，思念的思，螢火蟲的螢，她不但救了我還教我騎野狼，還常常請我喝咖啡、跟我看電影、還猜對了金刀嬸的菜名，今年夏天剛學會游泳就救了溺水的阿珠好幾次……

竹北，金寶戲院旁的小巷。

倉仔家門口多了一台壞掉的拳擊機，電路板跟工具箱散落一地。

「阿拓？在裡面啊。」倉仔吃著蝦味先，指著屋子裡面。

我開心尖叫了一聲，衝了進去。

根本就空無一人。

「你這個死胖子敢唬我！」我用力踢著夾娃娃機。

「喏，這不就是了。」倉仔笑笑，拍拍投籃機上面的分數表。

單場一分鐘，可怕的兩百八十分。

「阿拓說他今天運氣超好，所以手感很順，連我都未必擋得住哩！」倉仔嘖嘖稱奇，撿起一個球丟給我：「試試看？」

「我今天運氣・差・透・了！」我遠遠站在門口將球筆直丟向投籃機。

命中！

沒有別的地方了，阿拓現在一定在小才那裡。

我似乎只要控制車身，然後不斷催緊油門就可以了。

但我的心跳似乎跳得比車輪還要快，強烈的不安並沒有被時速一百公里給擺脫。

竹東，小才家的樓下。

一老一少，一盤剛剛分出勝負的棋局。

但不見阿拓。

「阿拓剛剛贏了我第二次，才花了不到半小時，還有說有笑的，他說……」小才爸看著棋局深思，一副很難理解的模樣。

「他說他今天運氣很好。」我呆住，喃喃自語。

「妳也聽他說過啊，他還騙我他今天沒碰上妳。」小才爸繼續深思方才的棋局，呢喃：「原來下棋運氣也很重要。」小才拍拍我，我回過神。

「十分鐘前，阿拓騎機車去機場了。」小才一臉的沮喪，他還戴著那頂我跟阿拓合送的高帽子。

「可現在才九點半，還沒……還沒十點？」我低頭蹲下將頭埋在膝蓋裡。

小才也蹲下。

「我還沒來得及練出靠自己噴火，他就走了。」小才悵然：「我才差一點點就成功了。」我沒應話，因為我後悔得說不出話來。

「阿拓知道妳總有一天會來找我的，所以要我把這個留給妳。」小才說，我抬起頭來時已是淚流滿面。小才脫下高帽子，讓我看看裡頭，空無一物，然後伸手往裡一探，居然抓出一件物品。是一雙綠色襪子。

「阿拓在搞什麼我也不懂，大概是怕妳腳冷吧，不過他忘記現在是夏天，笨死了他這糊塗鬼。」小才笑笑，將襪子放在我的手裡。

我呆呆地看著這雙醜到不行的綠色襪子。

記得倉仔說過，一個人這輩子第一次夾到的東西就是那一個人人生寫照。

我的人生是隻脖子爆開的長頸鹿，阿拓的人生則是這雙莫名其妙的襪子。

我不哭了，最後還笑了出來。

雖然我也不懂阿拓將襪子留給我幹嘛，多半是出國前清倉大放送中太醜沒人要，所以只好寄在我這裡。怪怪的，不過總算將我的心情逗開來。

跟小才道謝後，我站了起來，將襪子塞在口袋裡，準備離開。

突然，我聽見一聲什麼。

「小才，你有沒有聽見什麼？」我問，皺起眉頭。

「沒有啊。」小才豎起耳朵，不懂我在說些什麼。

但我又聽見了剛剛那好像不存在的聲音。

「爸，你有聽見什麼怪聲嗎？」小才問，他爸沒有理會仍舊盯著那盤棋。

但我的心跳了一下，因為我又聽見了。

我下意識衝到野狼上，發動引擎。

「思螢，妳到底聽到了什麼？」小才問，因為他看見了我臉上的笑容。

「煙火。我聽見了煙火。」我說，然後離開。

我沒有跟小才多解釋什麼，因為要說服他我遠在竹東，卻聽見來自南寮漁港的沖天炮聲，是多麼不可思議、胡說八道。

我沒有刻意加速，因為我知道已經來不及了，而且我發覺自己的心情已經相當平靜，我猜想那雙襪子可能有安定神經的醫療效果，也可以開始回想今晚的一切。

我急著找到阿拓，然後呢？然後我要跟他說什麼？

在短短的時間裡，又能說清楚什麼？

我就這樣從澤于的眼前離開，幾乎沒有眷戀。我到底在想什麼？

如果說我有一點點喜歡阿拓，那也是從幾個小時前開始的。

那為什麼，我剛剛感覺到這麼惶急、這麼後悔莫及？

我不知道，也許我只是想跟他說聲謝謝，然後緊緊抱著他跟他說聲再見。

那聲再見，意義非凡。我不能想像阿拓離開時，竟沒帶著我的祝福。

當我騎到南寮、辛苦地爬上海堤，伸直雙手平衡、小心翼翼走到老地方時，果然見到滿地的空煙火盒。

我沒有哭，因為阿拓一個人在這裡放煙火的樣子一定很快樂。

也許就是他心中那份真誠的快樂，讓我聽見了遙遠的煙火聲及他的祝福。

後來我慢慢騎著技安張的野狼，尋著名片上的住址回到市區，找到技安張白天學修車的車行，店正好剛剛打烊。我跟禿頭老闆說，請他幫我將車子還給技安張，今天晚上實在是謝謝他了，我對他從此只有感激。

還了機車，我招了輛計程車回咖啡店牽自己的野狼。

一路上，我不禁認真思考我對阿拓的感覺究竟是不是愛情，還是共同的倚賴。你救了我，我救還給你的那種依賴。

阿拓這一去兩年，足夠我好好想上好幾百遍了。

「司機先生，你叫李忠龍，有沒有外號？還是應該怎麼叫你？阿龍？龍哥？」我不知不覺開口。

「大家都叫偶大頭龍，因為偶的頭很大一粒。」司機歪著頭，想了一下才回答。

「嗯，真的滿大的，你當兵時一定塞不下鋼盔？」我端詳了他一眼。

「被妳說中了，不只鋼盔，馬的安全帽我也戴不下，有次窮到沒錢吃飯只好計畫去搶銀行，幹，結果絲襪一套上去就被我撐破了，最後只好算了。」大頭龍自顧自笑了起來，我也大笑。

「大頭龍平常做什麼消遣？有沒有想過練鐵頭功？我有個朋友頭沒你一半大，不過他有練正宗少林鐵頭功，鏗的一聲磚頭就在他額頭上碎掉，挺可怕，他看到你一定覺得你很有潛質。」我說，想起了鐵頭。

「鐵頭功？我還火鳥功咧都二十一世紀了，鐵頭功沒搞頭啦又不是拍周星星的電影。說到消遣啊，不開計程車時我都在練吉他手走唱，不過哈哈哈馬的我遜斃了，找了好久才找到一間破餐廳肯收留我，喏，叫光影美人，有空來聽我的野獸搖滾吶！」大頭龍從口袋裡掏出一張溼溼皺皺的名片給我，我收好。

「大頭龍你好像很聒噪，那你喜不喜歡聽故事？」我問，搖下車窗。

「馬的超愛，我滿屋子的漫畫。」大頭龍顯得興致勃勃。

「嗯，那我說一個故事給你聽，給我點意見，我有個朋友，他……」我這話才剛剛出口，就自己笑了出來。

原來是這麼一回事。

「啊？不是要說故事嗎？還有十分鐘才會到清大夜市啦！慢慢講，講得好我可以不收妳的錢喔！講得差點，也還可以打打折！」大頭龍從後照鏡的反射裡看我，笑嘻嘻的。

我也笑了。

原來阿拓一直都在我身邊，用他獨一無二的方式跟我分享這世界。

慢慢的，我看待這個世界的角度也逐漸轉換，不知不覺。

「再見了，飛機不會把你載去太遠的地方。」我摸著口袋裡的襪子。

等一個人咖啡的故事，兩年後再重寫吧。

終章　大家，都很想他

我發覺學歷跟人生快不快樂沒什麼關係，
重點是一個人生活的態度：
能不能幽默地看待自己、以及這個世界。
我想，沖煮一輩子的咖啡，
或許就是我跟阿不思的浪漫吧。

九月底開學後，我已是大二，不再是事事好奇的新鮮人。
而等一個人咖啡店如預期打烊了。永遠打烊。
老闆娘沒有發喜帖，只是在店裡小小地辦了個派對邀請所有願意來的人。
整個派對除了哭個不停的亂點王外，可以說充滿了祝福跟懷念，連以前常常來的幾個高中生都到齊了，所以我跟阿不思還是不能閒著，調了好幾杯不知所云的咖啡，鬆餅烘了一個又一個，還開了好幾瓶紅酒跟香檳。
派對上，我終於忍不住偷偷問微醺的老闆娘，那一個她沒說完的故事裡的前未婚夫最後到底怎麼了。

「他啊，我知道他一直都在身旁看顧著我，不忍我孤單寂寞。」老闆娘伸出左手無名指，微笑：「他在亂石崩雲裡，為我在這裡緊緊繫上了一條紅線。」

派對後一個星期，這對新婚夫妻就帶著痴肥的蘇門答臘啟程去歐洲，此後連續好幾個月我都接到不同地方的風景明信片，明信片後沒多寫什麼，有時短短兩句話，有時甚至只畫了笑臉或意義不明的草草塗鴉。

我不怪老闆娘，我知道情人都有太多比寫明信片還要快樂的事要做。

□

阿拓走後，我學著開始自己畫地圖。

地圖上多了很愛聽故事也很愛講故事的計程車司機兼爛吉他手大頭龍，喜歡拖著一只大行李箱來店裡買新鮮咖啡豆的長髮美女（她常常幻想行李箱裡裝了屍體），在酒店上班、同時交了十七個男朋友且樂此不疲的珍姐，以為自己是棵野生蘑菇的小學生大雄。他們豐富了我的人生，是我新竹地圖的真正靈魂。

我常常有種錯覺，以為阿拓也認識他們，我也說不上為什麼。

「我有一個很喜歡的人，以後我一定會帶他來認識你，因為你實在太有趣了！」我都是這麼跟每一個新地圖的成員說，高興地期待著阿拓真正認識他們的一天，阿拓一定會很驚訝我是怎麼發現他們的。

當然，阿拓跟我之間共同擁有的新竹地圖，我加倍珍惜著。

□

每個禮拜天我都會到洗衣店吃飯，有時下廚幫金刀嬸洗菜切肉，順便偷學一些。

在我升大三的暑假，金刀嬸在高雄實習的廚師兒子出師了，台大兒子也考上了研究所，而鐵頭則發現他的後腦勺可以吸住湯匙等金屬製品，目前他正在挑戰吸住整個電鍋。阿拓錯過的豪華慶祝大餐可不少。

另外，在發覺鐵頭的後腦勺像顆磁鐵的慶祝大餐上，我也聽到一件令我感動不已的祕密。

「阿拓第一次被我們邀請來這兒吃飯時，他一直說很好吃很棒，發誓他將來一定要帶喜歡的女孩子來這裡大快朵頤一番。」金刀嬸回憶道：「當時我就說啦，如果你這小子真的帶意中人來，我就當場發明一道新的菜色，然後把命名的享受讓給她。」

這就是我為何能猜到「鰻身依舊在，幾度夕陽紅」這道菜名的原因。

這祕密在阿拓跑去非洲一年後才知道，當時我已穿了那雙綠色的怪襪子一整年。

□

當然，我還得幫阿拓照顧那些身心幼稚的笨蛋，所以我每兩星期至少去暴哥家看一次電影，避免他因為太無聊亂搞得太過分。

不過暴哥還是幼稚到爆，這段期間我去警局保了暴哥三次，幫他包紮被砍的傷口五次，跟暴嫂一齊怒罵他為何像伐木工整天砍個不停無數次。

從前的暴哥大概很難想像現在他會完全失去身為一個黑道分子的尊嚴吧。

「別忘了我可是黑社會！黑社會！妳們竟敢這樣嘰嘰喳喳說個沒完！」暴哥有一次被我跟暴嫂罵得走投無路，竟氣得用牙齒咬酒瓶。

「阿拓還有半年就回來，你再亂砍人，小心我不帶他來了！」我淡淡地說，將酒瓶從暴哥顫抖的牙齒邊搶回來。

而家裡影碟多得快堆不下的暴哥，在我的牽線跟建議之下在清大夜市覓了一間店面，準備正正經經開個租片店，每租五片送炒蛋一份。

我想應該沒有人敢逾期不還吧。

立了業，當然也該成家。有了自己的家，男人多少會穩重些，不過暴哥對阿拓還是很有義氣的。

「阿拓回來我們再結婚吧，趁他不在怪不好意思。結婚看災難片再適合不過。」暴哥對暴嫂這麼承諾，當時我立刻拿筆寫了份合約要他簽名。

阿拓跟我，可會是他們的伴郎伴娘呢。

□

阿珠那邊就好玩了。

雖然她始終學不會游泳，不管我教她什麼式，蛙式、自由式、仰式、蝶式，她都可以將它們游成千篇一律的水母漂。不過啊，她跟改過向善的有為青年技安張變成了男女朋友，等於賺到一個超級大浮桶，以後再也不必怕溺水。

說起來我可是他們的媒人，因為那天我要技安張在阿珠家前下車，導致他被一條躍出竹籬的拉不拉多犬咬中了屁股，於是阿珠要他進屋子治療受創的小屁屁。

很色吧？再加上那罐暴哥的啤酒，想必那天晚上一定是乾柴烈火。

「思螢，我只是暫時跟阿娜達張在一起，等阿拓一回來，我可是要跟妳搶個妳死我活！到時候我希望不管誰輸誰贏，我們都還是好朋友。」阿珠認真的表情讓我忍俊不禁。

不過我當然還是說：「沒問題啊，放馬過來吧！」嘻嘻。

□

至於比技安張還肥一圈的倉仔啊，他真是個了不起的預言家。

有一天晚上他在竹北家樂福擺的投籃機前亂晃，看見穿著高職制服的大美女正在玩，還連續丟出一分鐘破百的成績，投得香汗淋漓好不得意。

於是倉仔冷笑了一聲，一言不發丟進十元銅板，丟了空前可怕的三百八十分，再丟一次結果灌破了四百，讓站在後面的投籃機美少女看了極為震驚。

倉仔抖抖身子，接著在一旁的夾娃娃機神乎其技地連續鉤出五個玩偶，那美少女於是走上前，問他到底是何方神聖。

「我？我就是人稱夾娃娃機教父、兼投籃機魔人、又兼勇猛拳擊痴漢的竹北倉仔。」倉仔滿不在乎地說，他一定練習這句台詞很久了。

他說對了。不久後這對肥鵰與小龍女就在一起了，還生了一個可愛的小鬼頭，叫小阿拓。雖然是個女娃娃。

這個寓言告訴我，一個男人不管肚子有多大、頭髮有多亂、衣服如何沒品味，只要他有一個無人能敵的特質，他一定能等到他嚮往的那個人。

「妳想出長頸鹿代表的人生意義嗎？」

倉仔抱著剛出生的小阿拓，硬是餵她吃父乳。

我正在打勇猛拳擊電玩，倒數第二關拿鐵鍊的黑人我始終破不了。

「硬要講的話，大概是說我一直在引『頸』期盼喜歡的人吧？」

我聚精會神，手指飛快連續敲擊。搭搭搭，搭搭搭，搭搭搭。

「那阿拓襪子代表的意義呢？想出來了沒？」

倉仔打了個呵欠，小阿拓一直哭，因為父乳很難吃。

「不知道，大概是被我穿在腳上吧，哈哈啊可惡！都是你讓我分心！」

我大叫一聲，憤怒地踢著機台。我又輸了。

至於小才，他可了不起了。

不過在提小才之前，要先說說亂點王後來的發展。

等一個人咖啡店關了，我跟阿不思跟念成一下子通通失業。

念成的問題比較簡單，她原先就在找家教，才兩個星期就找到了兩個該死的國中生。但我跟阿不思還是比較喜歡在咖啡店工作，然而沒有特色的連鎖咖啡店並不在我們的考慮範圍之內，而其他咖啡店的老闆都不幽默，缺的是服務生而不是咖啡師，真是致命。

直到有天，我騎野狼載阿不思在市區亂晃時，竟發現有一間剛開幕、還沒取名的咖啡店正在徵人，而且櫥窗上的徵文很有意思，上面寫著：「徵阿不思、徵思螢」。

「百分之百，是亂點王開的店。」阿不思點了根菸，推開門。

於是我們又開始幹活了，許多舊雨新知都慢慢聚攏回來。但我們可沒因為亂點王是老闆就停止對他的唇槍舌劍，而亂點王顯然也樂在其中，動不動就狂點些怪名字。

老闆娘以前的男友說得沒錯，有些事，一萬年也不會改變。

□

而小才，在我大三下的某一天穿著西裝筆挺來到店裡，戴著那頂紅色的魔術帽。

「最近忙嗎？我爸說妳來找過我三次。」小才還是一樣削瘦如柴，但容光煥發的，完全沒有落榜了八次大學應該有的樣子。

「還好，不過你到底跑哪裡去？你爸神祕兮兮的，還硬要我陪他下兩盤棋，贏了才肯告訴我。不用說，我當然什麼都不知道。」我沒好氣地說，沖煮著咖啡。

「思螢，告訴妳兩件消息。」小才脫下帽子彬彬有禮鞠躬。

我以為他要從帽子裡拿出他那隻會吃檳榔的鸚鵡，不料什麼都沒有。

「喔，是什麼事啊？」我問，請了小才一杯美景三河咖啡。

小才微笑，然後突然從嘴裡噴出火來。

沒有火柴，沒有汽油，沒有任何我看得見的輔助工具，小才就這麼莫名其妙的噴出火來！

「啊！你會噴火了！你會噴火了！」我驚喜交集，但當然沒問他是怎麼辦到的，因為那是每個魔術師，不，是每個人體師珍藏的祕密。

「第二個消息，我上禮拜贏得了在美國洛杉磯舉辦的世界盃怪人怪事表演大賽，而且還是獨一無二的冠軍！除了三分鐘內表演一百個人體才藝，靠的就是剛剛的噴火。現在就等阿拓回來時秀給他看了。」小才得意地將紅帽子戴回頭上，剛剛那杯咖啡竟無影無蹤。

「你真是越來越有大師風範了！」我興奮地抱著小才，這真是太棒了！

「你知道嗎？當初阿拓剛剛當我家教的時候就說了，他要帶他喜歡的女生當我第一個女粉絲，他說這樣會為我帶來好運，他果然料事如神。」小才也很高興，根本不知道我的心又重重跌了一下。

我永遠都是最後一個知道的人，包括面對我自己。

而澤于，那曾經我以為佔據我全部靈魂的完美對象，雖然我們並沒有在一起，但我們仍是很好的朋友，無話不談。

我只能說，他真的很有風度，是個很好很好的人，我的初吻能夠送給這樣的白馬王子，我至今仍然竊喜不已。但我們再也沒有合吃過泡麵。

如果你問我為什麼沒有跟澤于在一起，我只能說，澤于是個很棒的人，是那種願意費心栽培一個美好的果實、專注準備一個大禮物送給心愛的女孩分享的那種人，當女孩發覺眼前的禮物一定會覺得自己多麼幸福、多麼受到照顧而感動不已。

但阿拓卻是另一個典型。如他所言，他從來不曾試圖證明什麼，他只是一直在身邊，很自然而然地與我分享他平凡卻動人的世界。沒有哪一個比較好的問題，只有我是哪一種女孩子的問題。

這點跟高三時困擾我不已的圓桌排列組合題目一樣，誰跟誰會坐在一起的答案，其實早已從問題產生前就已經註定。我經歷了兩年才逐漸相信自己當初無意的牢騷，是一種隱隱約約的諭示。

「真搞不懂我們這麼適合，妳也喜歡我這麼久，最後竟然留下我一個人在五星級飯店裡吃晚餐？現在想起來還是很糗。」

澤于幽幽地說，他總是喜歡拿這件事來虧我。

「如果你乖又聽話，哪天心情好再帶你去吃什麼叫真正一流的大餐！」

我也幽幽地回話，舉起雙手的沖天炮：「不要怕不要急，等尾巴冒火了再放！一、二、三！」

澤于他要跟我學的事可多了，改天還要教他用手接蝴蝶炮。

仍是後話，澤于成了辯論社的傳奇前輩，在他的指導下交大辯論社還是無往不利，常常出現在大賽四強之林，但我一直很遜，與最佳辯士距離仍舊遙遠。不過沒關係，我反正也沒在意過這件事，反倒是楊巔峰那小子不僅當了社長，還拿下兩次大比賽的最佳辯士。

當然我也照舊幫澤于打新女友的分數。而眼前這個我給了九十九分。

「如果有一天妳改變主意了，隨時告訴我。」

澤于開玩笑地說，舉起了他手中的肯亞。

「別在你的女朋友面前亂開玩笑，把她弄跑了可別怪我，我賠不起。」

我假裝生氣，遞給他可愛的女友一杯巧克力脆片。

澤于終於也等到了他的那一個人。

我就說嘛，世界這麼大，倉仔都有辦法了，何況是你。

□

「思螢，妳別得意，至少胡蘿蔔會投我一票。」

百佳哈哈一笑，抱著啃著大白菜的胡蘿蔔。

「那可不一定，胡蘿蔔每個暑假都住在我家，還到處大便做記號！」

我神氣地說，摸摸胡蘿蔔的尾巴。

這就是善良又不服輸的百佳，我違背當初的約定但她一點都不介意。

她說那就來場公平競爭吧，兩年的非洲之旅會改變許多事的，所以她選擇了一起等待生命中的那個人，也選擇了被那個人等待。當然，百佳這天使般的女孩也釋放了我心中隱隱的內疚。

但百佳萬萬沒料到的一件事，就是她自己。

大三下的寒假，百佳閒閒沒事跟思婷的山服社出團到觀霧兩個禮拜，在海拔兩千多公尺的高山上跟個大二的小學弟雙雙墜入情網，下山時就成了一對。

世事難料，美好的事往往更讓人難以想像。

「我也搞不懂我在想什麼，不過未來的事誰知道？阿拓還沒回來呢，說不定他一回來我就芳心大亂喔！」百佳玩著我床頭的長頸鹿，邊說又邊睡著了。

不過百佳還是住在阿拓的舊居，胡蘿蔔也還是跟著她，我想就算阿拓回來了，百佳也不會將胡蘿蔔還給阿拓，她們倆一人一狗可黏得很。

然後，我大四了。

算算日子，如果沒被獅子吃掉，阿拓也應該快回來了。

大家，都很想他。

□

亂點王的店裝潢平淡無奇但氣氛輕鬆，許多路人都不自覺進來喝杯咖啡、看看書報消磨午後時光，從此就變成了常客。越來越忙，我跟阿不思打算再找一個幫手加入我們，我問過百佳，但她正專心準備研究所甄試沒有空閒。

牆上掛著老闆娘跟音樂家從埃及寄回來的大照片，金字塔前，蘇門答臘趴在音樂家的腦袋上瞇著眼睛，老闆娘的手裡則捧著一個熟睡的小娃頭。我常常跟亂點王呆呆看著照片出神，猛一回神時臉都笑僵了。說到結婚，抽到金馬獎的哥回來了，現在在工地跟鐵頭學監工，我猜他跟文羚之間也快有個譜了吧。

「小妹，妳打算準備研究所考試嗎？」

阿不思熟練地揀選豆子，在爐裡放進些許乾果打算一起烘焙。

「看到澤于常常抱怨寫論文跟跑實驗的事，我覺得還是算了吧。」

我笑笑，吃著自己做的鬆餅，不自覺看看牆上的日曆。

十月七號，這天好像有什麼意義？想了半天卻想不起來。

這些年來我跟許多怪人當了好朋友，我發覺學歷跟人生快不快樂沒什麼關係，重點是一個人生活的態度：能不能幽默地看待自己及這個世界。

我想，沖煮一輩子的咖啡，或許就是我跟阿不思的浪漫吧。

「阿不思，妳一直都沒跟我說過，當初彎彎為什麼會被妳從阿拓那邊搶走啊？阿拓跟我說的版本模稜兩可，什麼努力就會成功啊我根本不信。」

我突然想起這件事，亂點王老闆也湊了過來。

亂點王仍舊在追阿不思，即使他後來知道他鍾情的對象是個拉子。

這就是愛情的力量，每每使人瘋狂。但誰知道接下來又會怎樣呢？

「原來思螢喜歡的人的前女友是被妳搶走的？怎麼搶的？」

澤于好奇地抬頭，放下雜誌看向櫃檯。

他打算念博士班，看看能不能讓近視破表不用當兵。

「阿拓的祕密，最適合由專業的人體師來保管。」

小才一邊說話一邊從鼻孔噴出七彩泡泡，肩上的鸚鵡嚼著檳榔。

他現在是駐店高級人體師，每個禮拜收票公演的時候都吸引滿屋子的掌聲，偶而還會去東門城下免費表演。

「居然還有這麼一回事，我要聽。」

坐在小圓桌旁的阿珠跟技安張也感到興致盎然。

他們都在網路上看過我寫的故事，但這個問題的答案一直是個謎。

「這答案有這麼重要嗎？」

阿不思酷酷地說，但她已經無路可逃，被我們團團圍住。

阿不思嘆了口氣，嘴巴才正要打開。

此時，技安張的鼻孔突然流出兩槓洶湧的鼻血，大家全嚇壞了，一時手忙腳亂。

「你怎麼搞的？怎麼說流鼻血就流鼻血？」

阿珠匆匆拿著桌上的衛生紙塞住技安張的鼻孔，阿不思則打開冰箱拿出冰塊包在厚布裡，壓在技安張的鼻梁上。

「我有種很不祥的預感吶！」技安張發抖著，鼻血居然一時止不住。

突然店門叮咚打開，一個熟悉的、愣愣的面孔踏進店裡還揹著個大包包。

黝黑的皮膚，細長的雙眼，還有那呆到不行的笑容。

「我覺得奇怪怎夜市的店收了，在市區晃了一下，原來是搬到這裡。」

久違的爽朗聲音，是阿拓。

大家全靜了下來，自動讓開一條路，技安張則縮在角落發抖。

「好久不見呢，剛剛回來吧。」我笑笑。

這一刻我已經期待、準備已久，所以沒有特別激動。

只是，我手裡開始忙著不停，先削了一個蘋果，然後再將阿不思剛買的鹹酥雞一起丟進果汁機裡。

「是啊，本想先去找妳再去跟百佳要胡蘿蔔，不過找妳找不到正在苦惱的時候，竟然在這裡看到『等一個人』的老招牌，真是巧了！我還打算騎去問暴哥哩。」

阿拓傻笑坐在櫃檯前，承認忘記我的電話號碼。

「出國前一天居然一個人跑去放煙火，你真沒義氣，然後去了非洲也沒寄半張明信片回來，怎麼？非洲有那麼忙嗎？忙著打獵還是剝人頭皮啊？」我哼哼瞪著他，將一瓢生咖啡豆倒進果汁機，按下開關。

果汁機吃力地運轉，顏色極其古怪。

「我到了非洲才發現我竟然沒記下任何人的地址，超後悔！超笨的！當然也找不到網路可以連回來問啊，不過非洲真的很好玩喔！酋長還硬要把女兒嫁給我，我差點逃不回來！還好我跟大祭司玩二十一點贏了！」阿拓說完卻哈哈大笑。

我迫不及待，想要聽他說說那些有趣的非洲行。

「大笨蛋大蠢蛋！你不知道我家地址，難道不會寫交大女二舍李思螢收嗎？那麼簡單！」我氣呼呼地看著他。右手將果汁機裡的怪東西倒出來，左手拿濾網過濾。

「啊！對！我怎麼沒想到這點！」阿拓大驚失色，震驚自己的白痴，一旁的大家都笑了起來。

時候到了。

我深深挺起胸膛，吸入氧氣，跟勇氣。

「罰你一口氣喝完這杯李思螢特調！然後還有九十九杯等著你！」

我憤怒地將怪東西倒在大咖啡杯裡，推到阿拓面前。

阿拓愣了一下，呆呆地看著那杯李思螢特調，然後又看著我。

我的愛情故事，現在才要開始。

Never the End

後記　第五年，已五年

距離《等一個人咖啡》首次出版，已經五年了。

以稍微嚴格一點的標準來說，《等一個人咖啡》是我第一本純粹的愛情小說，動筆的時間正好也是我開始創作的第五年。

在這之前，我寫過很多擁有愛情元素的故事，比如奇幻小說《月老》、科幻小說《紅線》、超級英雄小說《打噴嚏》等等，而《等一個人咖啡》是我第一本沒有超能力、沒有吸血鬼、沒有狼人、沒有連續殺人犯、沒有魔王 哈棒，簡簡單單就是一個充滿愛情氛圍的故事。

寫作的題材很多，卻是在我創作第五年才寫出第一本愛情小說，因為我一直認為愛情小說最難寫。最難寫，導致愛情故事最有可能寫得很難看。於是市面上最多最爛最難看的小說，肯定就是愛情小說。

難看是一回事，重複性太高更是一回事。

市面上有很多愛情小說都長得很像，男女偶然相遇的情節、攜手克服種種難關、彼此相恨與相戀的橋段、乃至起承轉合悲歡離合都很相似，即使一個故事寫得很感人，也充滿了很多在其他愛情故事裡已經出現過的雷同劇情。說是各家用同一盤隔夜菜，自行熱一熱，拼湊出大同小異的菜色也不為過。

我最重視創意，在沒有很特殊的想法之前，我遲遲無法動筆。

……反正總有別的故事可以寫。

一定是發生了什麼。

在讀東海大學社研所時，某天晚上我在自助洗衣店等衣服烘乾，無聊，照例將筆記型電腦放在烘衣機上寫點東西。肚子餓了，腦子開始運作等一下衣服洗好後要吃什麼東西好——於是，一個古怪的句子就這麼撞了進來：「如果洗衣店樓上的老闆娘煮東西很好吃，卻是一間不對外開放的隱藏小店？那會怎樣？」

故事，就從這麼一個怪怪的靈感句子開始發展。

最後枝繁葉茂，長成了你們所看到的故事。

我很喜歡《等一個人咖啡》。

太喜歡了，每一個角色都充滿了有趣的生命力，都讓我寫完之後意猶未盡，割捨不下，很想讓他們的故事更有延展性。所以後來我在寫《愛情，兩好三壞》時將新角色拉進《等一個人咖啡》裡的經典場景，也讓新故事裡的阿克與舊故事裡的阿拓相遇。

這也是我的系列小說長久下來的傳統。

但這個故事裡有一個元素不是傳統，是特例。

《等一個人咖啡》是我第一個愛情小說，也是第一個、或許也是唯一一個，我採借真實世界裡讀者網友的名字與個性，當作書中角色的故事。

阿拓，曾元拓。

現實人生比虛構的小說殘酷太多。

在《愛情，兩好三壞》即將完稿之際，真實世界裡的阿拓出了一場嚴重的車禍，後來連續發生了很多相關的事件，連鎖效應越滾越大，也帶出了故事之外的阿拓對很多人的意義。對我也是。

最後阿拓過世了。

翅膀劃過天際，可人間下了一場鹹鹹的大雨。

此後我一直有一種壓力，說是焦躁恐懼也可以。

我想談《等一個人咖啡》，我想回應很多關於阿拓的記者或讀者提問，我想單純用更多的小說去延續阿拓這個角色的時候，都感覺很矛盾，無法隨心所欲。

我心中知道，不管用任何方式讓「阿拓」繼續存在下去——不管是小說裡的阿拓，或是真實世界裡的阿拓，都是一種義氣。以我對阿拓的了解，漫步雲端的他肯定超開心。

但相應的批判也很容易預料：「九把刀消費阿拓」。

所以後來我在校園演講中幾乎不提這部分，回答記者與讀者的提問也用最精簡的方式解決，原先計畫要寫的角色大亂鬥《魔力救援》（預告中，以阿拓為主角）也無限期暫停。想一想，真的是很不爽。

活了三十年，面對各式各樣的批判，我一直以「媽啦，誰鳥你啊！」的科科科姿態逆向生存在這個世界上，也活得非常痛快，甚至常常越是被質疑，我越是想為自己抱持的信念而活——唯獨不想被說消費阿拓。

現在，《等一個人咖啡》終於改版了。

大概我也得再一次面對這樣的壓力與質疑。我很想假裝我無所謂，但其實根本不是這麼一回事。我很在乎，進退兩難。他媽的放著這本書的新版後記沒寫好幾天了，一直很有情緒障礙，寫了個屁。

後記持續空白著，還有其他的部分得忙。這幾天為了寫新的封面與封底文案，我想摘錄書中的某些文字重新編排，於是重讀了一次《等一個人咖啡》。

我是一個擁有幸福體質的作家，很容易被自己給感動。明明就是自己寫的故事，卻還是讓我在看到暴哥的時候大笑，讓我在看到技安的時候大哭，書末，阿拓風塵僕僕出現在等一個人咖啡店裡的時候……我全身的毛細孔都觸電般打開了。

真的，非常感謝。

如果世界上真有神，我想謝謝祂。

謝謝祂讓這個故事與我相遇。

趁著觸電的感覺還沒消退，趁著忽然生出了的一點點信心，至少我想說這麼幾句話。

給他聽，給你聽，也給我自己聽：

阿拓，我會一直一直一直用故事延續你的生命。

……如果你覺得我把你寫得不夠帥，來世英雄再見的時候你再揍我一頓好了。

最後，謝謝所有因為這個故事，與我相遇的人。

九把刀

等一個人咖啡 / 九把刀著. -- 四版. -- 臺北市 : 春天出版國際文化有限公司, 2022.01
面 ; 公分. -- (愛九把刀 ; 1)
ISBN 978-957-741-490-8(平裝)

863.57 110022224

愛九把刀 01

等一個人咖啡

作　　者 ◎ 九把刀
內頁插圖 ◎ 恩佐
總 編 輯 ◎ 莊宜勳
主　　編 ◎ 鍾靈
封面設計 ◎ 克里斯

出 版 者 ◎ 春天出版國際文化有限公司
地　　址 ◎ 台北市大安區忠孝東路四段303號4樓之1
電　　話 ◎ 02-7733-4070
傳　　真 ◎ 02-7733-4069
E－mail ◎ frank.spring@msa.hinet.net
網　　址 ◎ http://www.bookspring.com.tw
部 落 格 ◎ http://blog.pixnet.net/bookspring
郵政帳號 ◎ 19705538
戶　　名 ◎ 春天出版國際文化有限公司
法律顧問 ◎ 蕭顯忠律師事務所
出版日期 ◎ 二〇二二年一月四版

定　　價 ◎ 350元
總 經 銷 ◎ 楨德圖書事業有限公司
地　　址 ◎ 新北市新店區中興路二段196號8樓
電　　話 ◎ 02-8919-3186
傳　　真 ◎ 02-8914-5524
地　　址 ◎ 九龍旺角塘尾道64號 龍駒企業大廈10 B&D室
電　　話 ◎ 852-2783-8102
傳　　真 ◎ 852-2396-0050

ISBN 978-957-741-490-8
Printed in Taiwan